AtV

TANJA DÜCKERS wurde 1968 in Berlin geboren. Sie studierte Germanistik und Nordamerikanistik an der FU in Berlin. Längere Aufenthalte in den USA, Amsterdam und Barcelona. Mehrere Preise und Stipendien. Sie lebt in Berlin.

Veröffentlichungen: Morsezeichen (Kurzprosa und Lyrik, 1996); Fireman (engl. Kurzprosa und Lyrik, 1996); Spielzone (Roman, 1999); Café Brazil (Erzählungen, 2001); Luftpost. Gedichte Berlin-Barcelona (2001) sowie zahlreiche Beiträge in Anthologien und Literaturzeitschriften.

Lester folgt Julia, in die er sich hoffnungslos verliebt hat, in einen seltsamen Turm – eigentlich will er nur an einem ungewöhnlichen Ort Fotos von ihr machen, doch plötzlich schwenkt Julia zwei Pistolen und fordert ihn zum Duell ...

Lukas hat einen Nachschlüssel für die Wohnung seiner Ex-Freundin, die inzwischen mit Uwe, dem absoluten »Anti-Lukas«, zusammen ist. Wenn die beiden nicht zu Hause sind, schleicht sich Lukas ein und hinterläßt Spuren, um etwas Irritation in die Pärchenharmonie einzufädeln ...

Der alte Herr Hazatérés gesteht Frau Sieben, wie es dazu kam, daß er nach einer langen Ehe nun mit einem Mann zusammenlebt, und er braucht dabei keine Intimitäten und Sünden auszusparen, denn er weiß, daß Frau Sieben trotz ihres Gedächtnistrainings alles sofort vergißt ...

All diese Geschichten um normale Nervtöter, leichtsinnige Kinder oder verwirrte Großmütter stecken voll zärtlicher Bosheiten und akribischer Perfidien. Psychologisch raffiniert erzählt, fehlt es ihnen nicht an Traurigem, Groteskem und verblüffenden Wendungen.

»Dückers kann auf subtile Weise boshaft sein ... Tanja Dückers' Buch ist eine Art flammendes Plädoyer für den Eigensinn, fürs Anderssein - für das sogenannte Individuum.« *Süddeutsche Zeitung*

Tanja Dückers

Café Brazil

Erzählungen

Aufbau Taschenbuch Verlag

ISBN 3-7466-1359-0

1. Auflage 2002
Aufbau Taschenbuch Verlag GmbH, Berlin

Umschlaggestaltung und Foto gold, Fesel/Dieterich
Druck Elsnerdruck GmbH, Berlin
Printed in Germany

www.aufbau-taschenbuch.de

Inhalt

Lebenskästchen

Ich bin das Ergebnis eines Mordes. Das ist kein schöner Anfang für eine Geschichte, nicht wahr? Es ist nicht so, daß ich sehr wild darauf bin, das hier zu schreiben. Der Untersuchungsrichter hat mir drei Blatt Papier hingelegt und gesagt: »Erinnern Sie sich mal ein bißchen ... dann sehen wir weiter.«

Der Moment ist nicht ungünstig, um zu schreiben, denn Helge und Oliver spielen einigermaßen ruhig Schiffe versenken, und Tom schläft (schnarcht allerdings wie ein Walroß). In einer halben Stunde gibt es Abendessen, und ich bin noch beziehungsweise schon wieder im Schlafanzug – ich versuche, soviel wie möglich zu schlafen. Schlafen ist das billigste und ungefährlichste Vergnügen. Stimmt's oder habe ich recht? Außerdem bin ich chronisch müde. Müde vom Reden, Denken, vom Hin- und Her-Laufen, das Muster meiner Schritte auf diesem Boden ein einziges sinnloses Zick-Zack, nein, auch das klingt noch zu zackig, eher ein Hick-Hack oder einfach die Spur eines Kreisels, der sich um sich selbst dreht und dreht. Was soll ich denn schreiben? »Kommen wir zur Sache!« sagt er immer, der Herr Allert, mein Untersuchungsrichter mit den abgestoßenen Manschettenknöpfen und dem Busfahrerbart.

Knut war ein Mörder und, wie Ihnen bekannt ist, verschossen in Sommersprossen. Eine schlechte Schlagerzeile wert. Ich erinnere mich besser an Knut als Sie: Er hatte ein rotangelaufenes Gesicht, dicke blaue Adern am Hals und Hände, die gar nicht zu einem Menschen zu gehören schienen, so seltsam, schwer wie Bananenstauden oder reife Trauben, baumelten sie an seinen Armen. Den kräftigen Oberkörper, mit Haaren, die aus dem Hemd quollen, trug er etwas zur Schau. Die eher dünnen Beine waren fast haarlos. Die Haut seines Gesichts war großporig und lederartig, am Hals dagegen überraschend weich, fast babyhaft; er hatte sogar ein leichtes Doppelkinn. Seine Stirn war von breiten Linien zerfurcht, die mich an die Redewendung »ein Brett vor dem Kopf haben« erinnerten. Er hatte längeres schwarzes krauses Haar, das ihm etwas Wildes verlieh. Sein Kopf war kastenförmig, sein breiter Mund asymmetrisch, ein Mundwinkel zeigte nach oben, einer nach unten, seine Nase war recht platt, mit einem Höcker wohl von einem Nasenbeinbruch, die sehr hohen Wangenknochen verliehen ihm etwas Exotisches, das im Kontrast stand zu den sehr blauen Kinderaugen, die einen in einer Mischung aus Dreistigkeit und Naivität anglotzten.

Ich habe ihn nur einmal in meinem Leben getroffen, aber ich habe ihn mir gründlich angeschaut.

Am 5. März 1997 gegen 17.00 Uhr habe ich Herrn Knut Leerdams Leben beendet. Auf einem Schrottplatz in Hamburg. Ich habe eine abgeschlagene Cola-Flasche in seinen Hals gerammt, ein verrostetes Stopschild von hinten zwischen seine Beine gestoßen, ein altes Fahrradgestell wiederholt auf seinen Kopf geschlagen, einen Lampenschirm über sein Gesicht gestülpt und durch die Öffnung Spucke auf ihn tropfen lassen, einen aufgeweichten Pappkarton mit Legosteinen über ihm ausgeschüttet, mit den Federn eines Kinder-Indianerkostüms auf ihn eingestochen, ein fünftausendteiliges Puzzle auf seinen Nabel regnen lassen und ein buntes Kaleidoskop rektal eingeführt sowie verfaultes Gemüse auf seinem Rücken zerrieben.

Ich habe ihn mir genau angeschaut, das schrieb ich schon, und ihn dann mit zwei ölgetränkten Tüchern zugedeckt und angezündet.

Zwei junge Leute, die Kunststudenten gewesen sein könnten, begegneten mir auf dem Weg zum Ausgang, beladen mit Zylindern, Zahnrädern und Eisenbahnschrauben, die sie auf die ein mal ein Meter große Waagschale legten und auswogen. Fürs Kassieren war ein kleiner weißhaariger Mann, der ununterbrochen Pistazien aß, zuständig.

Ich habe dann den Bus zurück nach Eimsbüttel genommen und im »Blue Moon« zwei Kirscheis mit Vanillesoße gegessen. Zu Hause habe ich mein Namensschild abgeschraubt, »Leif Gone« mit schwarzer Tinte auf die Rückseite des Schildes geschrieben und es wieder befestigt. Das ist mein Künstlername. Für das Kunstwerk meines Lebens, das mit einem Mord begann.

Was mich am meisten bedrückt, ist der Zustand meiner Mutter. Sie weint ununterbrochen, wenn sie hier ist, und bringt mir viel mit, Kuchen zum Beispiel. Aber ich merke ihre Zurückhaltung, ihren Abstand zu mir. Das Unverständnis. Sie sagt, daß ich verrückt bin, glaubt sie nicht.

Mehr als ein paar Fliegen und Frösche habe ich bis jetzt nicht um die Ecke gebracht. Die Vorstellung, ich hätte jemanden getötet, kommt selbst mir total absurd vor.

Es ist ganz und gar nicht langweilig im Gefängnis; das schreiben nur Leute, die nie einsaßen. Zu viele Eindrücke, zu wenig Zeit, sie zu verarbeiten, weil man ständig gezwungen wird, etwas zu tun: frühmorgens aufstehen, gleich unter die Dusche mit zehn anderen lauten Typen, anstatt den Tag gemächlich beginnen zu können, essen, Gymnastik in der Halle, schwachsinnige manuelle Arbeiten, Zellenkontrollen ... ständig ist etwas los. Und immer wieder neue Häftlinge, neue Lebensgeschichten, Adrenalinstöße, nächtliches Stöhnen, Streitereien.

Mit Lawrence habe ich oft einfach nur auf dem Sofa gelegen, nachdem wir miteinander geschlafen haben, stundenlang Musik gehört, das war gerade unsere Wave-Zeit, und nichts gesagt. Liebe, Liebe machen, das sind Ausdrücke, die mir schon vollends fremd geworden sind in der langen Zeit, bevor ich beschloß, Knut kennenzulernen.

Herr Allert sagte mir, ich soll über den psychischen Zustand schreiben, in dem ich mich vor dem und am Tage des Mordes befunden habe.

Ich weiß, das ist keine sehr originelle Idee, aber ich hätte gerne eine Maschine, mit der man die Zeit anhalten und zurückspulen kann wie auf einer Videokassette. Ich würde gerne nachschauen, wann und wie Knut begann, sich für meine Familie zu interessieren, so sehr, daß er Enschede in den Niederlanden verließ, nach Hamburg zog und sich verschuldete, nur um eine Wohnung in unserer Nähe zu bekommen.

Ich bin ziemlich müde, das ewige Gegröle von Helge und Tom geht mir auf die Nerven. Sie erzählen sich den ganzen Tag Fäkalgeschichten und denken sich gerade Namen für verschiedene Kothaufenformationen aus: Da hätten wir den »Doppelwhopper«, den »Sputnik« und den »Mutterkuchen« – ob Helge und Tom irgendeine Vorstellung haben, wie ein Mutterkuchen aussieht? Für diese vulgären Lümmel ist das wohl ihr Pendant zu dem »Motherfucker« der Hip-Hop-Musik, die sie ununterbrochen hören. Helge und Tom scheinen sich von allen Dingen auf der Welt, für die man sich begeistern könnte, nur für eines zu interessieren: den Hintern anderer Menschen, der die beiden Dinge, die sie am meisten faszinieren, auf wundersame Weise miteinander verbindet: Sex und Scheiße. Daß die HipHopper noch nicht auf den »Fatherfucker« gekommen sind, erstaunt mich.

Der Untersuchungsrichter will, daß ich mich zu der Formulierung »Kunstwerk meines Lebens« äußere. Wohlan. Manche Leute leben einfach in den Tag hinein. In der Retrospektive sähe ihr Leben wie eine geschlungene, verknäulte Linie aus. Aber man kann auch so leben, daß man nachher ein eindeutig erkennbares Muster, einen Webteppich hat, in dem jeder kleine Ausschnitt die Struktur des Ganzen in sich trägt. Pars pro toto. Auf diese Struktur, die dem Leben Einheit und Sinn gibt, kommt es mir an. Eine Form, die sich gänzlich unterscheidet von der chaotischen Ansammlung zusammenhangloser Erlebnisse in den Biographien der meisten Menschen.

Ich habe versucht, dies in meiner Mappe »Die Lebenskästchen«, die ich an der Hochschule der Künste eingereicht habe, zu erklären, aber man konnte oder wollte mich nicht verstehen, denn ich erhielt einen Ablehnungsbescheid. Danach habe ich sechs Wochen deprimiert auf dem alten Sofa meiner Mutter herumgelungert. Bis ich beschloß, Archäologie zu studieren, und das mache ich seit zwei Semestern.

Das Lebenskunstwerk: Auch wenn ich jung sterben sollte, was ich nicht hoffe, aber man weiß ja nie, wünsche ich mir, daß mein Leben schon jetzt etwas Charakteristisches hatte, etwas, in dem mein »Ich« sichtbar wird. Keine Schulnoten, Sportpokale oder die Tatsache, daß meine Eltern mir drei Vornamen gegeben haben, nein, die Details meines Lebens, meine Gedanken und Sehnsüchte, die Art, wie ich Blumen gieße, oder das ausgeklügelte System, mir Dinge zu merken – all das soll für mein ganzes Leben sprechen, etwas über mich verraten. Falls doch mal irgendein Verrückter, ein Amokläufer, ein betrunkener Autofahrer oder ein weiterer Sommersprossenfetischist, der es nicht nur mit Kindern gut meint, die filigrane Struktur meines Lebens zu zerfetzen trachtet. Man weiß ja nie.

Ich habe mein Zimmer vor drei Jahren total umgeräumt, Schluß gemacht mit dem Jugendzimmer aus Ikea-Möbeln und Postern an der Wand, das sich in jedem Einfamilienhaus zwischen Stockholm und München hätte befinden können. Mein Zimmer ist jetzt ein Kabinett mit einer Sammlung von Kästchen und Dosen und Schachteln, in denen ich Steine, Glasperlen, Stoffstücke, rostige Nägel, alte Glühbirnen, Versteinerungen, Milchzähne, Miniaturgloben, Schnürsenkel, kleine Stücke von Postkarten, ausgeschnittene Buchstaben, Gedichtzeilen und dergleichen mehr, mit kleinen Datumsschildern versehen, aufbewahre. Jeder Gegenstand hat seine Bedeutung, jeder verlorengegangene Gegenstand würde ein Loch in meinem Leben, eine fallengelassene Masche, bedeuten. Wer jemals in meinem Zimmer Forschungen anstellen würde, könnte sich durch die Sedimente meines Lebens wie durch ein Tagebuch blättern und dort alles finden: meine Leidenschaften und Wutausbrüche, Kränkungen und Phasen des Rückzugs, meine geistigen Interessengebiete und die Intensität, mit der ich sie zu verschiedenen Zeiten verfolgt habe, meine Freundschaften, meine Ängste, meine Träume … für alles, was mir wichtig erschien, habe ich ein materielles Äquivalent gefunden.

Ich habe keine Farbe, keinen Stein, keine Schraube, keinen Bierdeckel, keine Muschel, keine Fahrradschläuche, keine Lampenschirme, keine Kugelschreiberminen, keine Indianerfedern, keine Straßenschilder für Mord. Der Webteppich meines Lebens fängt gleichsam in der Luft an, wurde absurd, bevor ich auch nur einen Faden legen konnte.

An meinem einundzwanzigsten Geburtstag, dem 5. März 1997, wollte ich ihn treffen, Knut, ihn mir von nahem besehen, ihn, der uns so lange von nahem gesehen hatte und soviel Unglück über unsere Familie gebracht hat. Wegen dem meine Mutter jahrelang einen Therapeuten aufsuchte und zweimal stationär behandelt werden mußte. Die Pillen, die auf ihrem Nachttischchen herumlagen, habe ich probiert, um zu wissen, was sie ihrem Körper zuführt. Zwei Tage lang fühlte mein Körper sich an, als hätte man ihn in eine Bleirüstung gesteckt, mein Kopf war wie aus Granit, und Gedanken hatte ich, wirr wie Ameisenstraßen und unwirklich wie Zuckerwatte.

Jetzt muß ich schon wieder aufhören zu schreiben, weil wir auf den Gang sollen, es soll heute ein medizinisches Checkup geben, wegen einem Tbc-Fall vor ein paar Tagen. Helge und Tom streiten sich über das Datum der Mondlandung. Helge meint, das wäre vor dem Zweiten Weltkrieg gewesen, denn die Deutschen hätten den Mond als Raketenstützpunkt benutzt, um Rußland anzugreifen. Tom meint, er wüßte es besser, da er älter sei, und er sei sich sicher, daß dieses Ereignis in den frühen sechziger Jahren stattgefunden habe. Oliver ritzt wieder mit seinen Fingernägeln Buchstaben in die Metallstangen des Bettgestells. Dabei gibt es ein scheußliches, quietschendes Geräusch. Ich weiß, ohne hinüberzugehen, was er schreibt: O + M, M + O, O + M …

Wieder zurück. Genervt. Dieses ewige dumme Gequatsche. Auf der K-Treppe stand neben »Elvis«, unserem Lieblingswärter, eine Frau mit langen schwarzen Haaren und einer Handtasche, wie meine Oma sie tragen könnte. Ich konnte mit halbem Ohr mithören, daß sie Schriftstellerin ist und – das hat sie so nicht gesagt – hier mal herumschnüffeln will. Na denn viel Spaß beim Schreiben …

Ich habe seit drei Tagen nichts mehr geschrieben. Der Untersuchungsrichter hat mein Geschreibsel noch nicht kommentiert, aber ich finde langsam Gefallen daran. Wenn ich denn schon meine Kästchen und Schachteln schmerzlich vermissen muß, gezwungenermaßen meine Transformationsarbeit einstellen mußte.

Ich bin müde und verwirrt, sehne mich nach Ruhe und nach Gegenständen, die warm und still in der Hand liegen. Es macht mich krank, daß ich mein Lebenskunstwerk hier nicht fortsetzen kann, alles nimmt man mir weg, fast wünsche ich mir wieder diese Pillen, die ich damals probiert habe.

Seitdem ich hier bin, verstehe ich mein Leben nicht mehr, alles ist formlos und chaotisch, verworrene Geschichten überfluten mich täglich, schlechte Suppe, die laute Klospülung, Samenergüsse aus Körpern, die ich nicht sehe, da ich meine Augen dann fest zuhalte. Mein Lebenswebteppich produziert steuerlos wie eine entartete Zelle strukturlose Muster, Farbknäuel, häßlich und von blutiger Farbe. Es ist, als ob man den Teppich meines Körpers auf dem Strecktisch meines Lebens in alle Richtungen ziehen würde. Meine Mutter kann mir nicht mehr helfen, sie weint nur, und Vater schaut betreten auf den Boden und sagt fast nichts, wenn er hier ist. Und mein Zimmer, das Archiv meines Lebens, hat sich nicht mehr verändert seit dem Tag, an dem ich festgenommen wurde, zwei Tage nach meinem Geburtstag. Kein Zeichen, kein Indiz für all das, was mir seitdem widerfahren ist, keine Spuren mehr von mir, dort, in dem Mausoleum meines Lebens.

Der Anfang vom Ende:

Knut arbeitete auf einem Kirmesplatz in Enschede; er hob die kleinen Kinder auf die Sitze des Riesenrads. Er ging sehr fürsorglich und lieb mit ihnen um. »Niet bang zijn«, sagte er immer, fuhr ihnen kurz durchs Haar. Meine Schwester, ihr Name eine kobaltblaue Glasperle in meinem Zimmer, nahm bereitwillig Knuts große Hand, als sie in eine Gondel kletterte, er half ihr, das linke Bein über den bunten, mit Flokatistoff beklebten Rand der Gondeln zu heben. So genau weiß ich das eigentlich nicht, denn ich war nicht dabei, aber meine Mutter hat es mir so und nicht anders Hunderte von Malen erzählt. Es gibt sogar ein Foto von meiner Schwester, wie sie lachend in der Gondel sitzt, die gerade erst ein Viertel der Radhöhe erklommen hat.

Zwei Tage später half ihnen der gleiche Knut bei »Hema« in der Spielzeugabteilung, eine bunte Hängematte und ein großes Känguruh mit Brusttasche für meine Schwester auszusuchen. Meine Mutter konnte ihn nur mühsam davon abbringen, die Sachen in das Ferienhaus zu tragen.

Drei Monate später war Knut ihr Nachbar in Eimsbüttel. Er bot sich an, meine Schwester zur Schule zu bringen, abzuholen und ihr bei den Hausarbeiten zu helfen; nicht mal eine polizeiliche Verwarnung nahm ihm seinen Eifer. Das war alles vor meiner Geburt. Zu Zeiten, wo kein Gedanke an mich verschwendet wurde.

Knut legte weiterhin Spielzeug, Überraschungseier und selbstgepflückte Blumensträuße »für de kleine Prinsesin«, wie er in seinem Gemisch aus Niederländisch und Deutsch schrieb, vor unsere Tür. Manchmal ließ er sich wochenlang nicht blicken, doch dann tauchte er plötzlich, als würde er Schabernack mit meinen Eltern treiben, an irgendeinem Ort völlig unvermittelt auf: im Planetarium bei der Kindervorführung um 15.00 Uhr, bei einem Sonntagsausflug am See, einmal sogar im Garten meiner Großeltern im Sauerland. Meine Eltern waren seiner Versuche, Aufmerksamkeit zu erhaschen, irgendwann so überdrüssig, daß sie sie konsequent ignorierten. Auch meine Schwester ging stoisch ihren Schulweg, ob er da mit seiner Kindermundharmonika stand oder nicht.

Aber am Morgen des 3. März fand man meine Schwester, von siebzehn Messerstichen getötet, auf einem Schrottplatz schräg gegenüber ihrer Schule.

Knut hat nie ein Geständnis gemacht, aber einige Indizien sprachen dafür, daß er der Mörder gewesen ist. Passende Fußabdrücke auf dem matschigen Boden, ein Schulheft meiner Schwester in seiner Wohnung, verworrene Aussagen über seinen Tagesablauf am 2. und 3. März (ihr Todeszeitpunkt wurde auf den frühen Abend des 2. März gelegt, wo sie wie oft auf dem Spielplatz mit ihren Freundinnen

Tischtennis spielte) und sein schuldbewußt wirkendes Betragen vor Gericht. Er wurde jedoch von einem Gerichtspsychiater für nicht zurechnungsfähig erklärt, da er unter einer endogenen Psychose litt (er erzählte von Stimmen, die ihm nachts Märchen vorlasen) und einen Intelligenzquotienten unterhalb der Debilitätsgrenze aufwies. Knut verbrachte die nächsten zwölf Jahre seines Lebens in einer psychiatrischen Klinik.

Meine Mutter war 41, als das alles geschah. Ironie des Schicksals: ein Jahr später, fast am Todestag meiner Schwester, wurde ich, das Ersatzkind, geboren. Mich gibt es nur, weil meine Schwester so früh gestorben ist. Meine Eltern – beide berufstätig und keine »Kinder-sind-das-Einzige-in-unseren-Leben-Eltern« – wollten nie zwei Kinder haben. Den Tod meiner Schwester zu betrauern, hieß für mich, mich selbst tot, ungeboren zu wünschen. Mein eigenes Leben zu genießen bedeutete, einem Mord in der eigenen Familie innerlich zuzustimmen. So schien es mir zumindest lange Zeit. Ein bißchen Abstand zu all dem bedeutete das Jahr, das ich als Austauschschüler bei einer amerikanischen Gastfamilie in Colorado verbrachte. Das war 1993. Dort verliebte ich mich in Lawrence, den Sohn meiner Gastfamilie, und kapierte, daß es möglich sein kann, meinen Körper zu genießen, ohne zu denken, hier, an meiner Statt könnte jetzt der Körper meiner Schwester liegen. Doch in Deutschland grübelte ich wieder über ihn nach, diesen Knut, und es beunruhigte mich, daß ich bis dahin so wenig in der Lage gewesen war, ihn zu begreifen und in mein Kabinett einzuordnen. Nicht um ihn und das, was er wohl getan hat, zu akzeptieren, sondern um die Bombe in meinem Kopf zu entschärfen und die mit ihm verbundenen Ereignisse genauso dingfest zu machen wie all die anderen Erlebnisse in meinen vielen Schachteln. Ich mußte ihn finden. Ich mußte wissen, wer er ist.

Er war zunächst in ein anderes Heim verlegt worden, wo die Insassen, nein, Patienten sagt man ja, freien Ausgang haben. Nach drei weiteren Jahren, also fünfzehn insgesamt, wurde der nunmehr Achtundvierzigjährige freigelassen. Er bekam eine kleine Wohnung in einem Viertel mit Sozialwohnungen bei Horn zugewiesen und arbeitete seitdem für wenig Geld als Putzkraft in einem Bürokomplex.

Ich hatte mir einen Trick ausgedacht und bekam ihn auch gleich beim ersten Anruf ans Telephon. Es war ein frostiger, windiger Februartag, als ich ihn anrief.

»Wer ... is ... da ... hä?« machte Knut.

»Guten Tag, hier ist Leif Gone, Journalist für die Deutsche Welle. Wir bereiten ein Feature zu dem Thema: ›Die Niederländer und die Deutschen‹ vor, denn uns interessiert gerade in dieser politisch brisanten Zeit, wie die Niederländer über die Deutschen denken, wir möchten mit unserem Feature zum Dialog zwischen diesen beiden Nachbarländern beitragen. Deshalb, Herr Leerdam, wären wir Ihnen, als gebürtigem Niederländer, sehr dankbar, wenn wir ein Interview mit Ihnen durchführen könnten. Selbstverständlich erhalten Sie ein Honorar.«

Soviel Mühe hätte ich mir gar nicht machen müssen, denn er schien wirklich nicht mit großen Geistesgaben gesegnet zu sein und interessierte sich nur für das Honorar. Er war sofort bereit, sich mit mir zu treffen. Nicht mal die Örtlichkeit machte ihn stutzig: die Ecke, an der sich der Eingang zum Schrottplatz befindet, auf dem meine arme Schwester sterben mußte. Ich hatte befürchtet, daß er Verdacht schöpfen könnte, aber ich wollte keinen anderen Treffpunkt vorschlagen, da nur ein Stelldichein an diesem Platz den Zyklus des Schreckens und der inneren Qualen in meinem Leben zu Ende bringen würde. Nach dieser Begegnung würde ich in einen neuen Zyklus übergehen und schwarzen Samt über die vielen Kästchen und Schachteln, die mein Leben bisher hervorgebracht hat, legen und nur noch gelegentlich in ihnen stöbern. Dann würde die Befreiung beginnen, etwas, das die Farbe des Himmels über Colorado am heißesten Tag des Jahres hat.

Ich hatte mich also mit Knut Leerdam für 16.30 Uhr an besagter Straßenecke verabredet. Bislang hatte ich nur ein Foto von ihm gesehen, da war er zweiundzwanzig. Das Foto liegt bei meinen Eltern mit einigen Zeitungsausschnitten und Gerichtsunterlagen in einem schmutziggelben Ordner, an dessen Ende die erste Fotoserie von mir als Baby anfängt.

Ich war aufgeregt an diesem Tag, so aufgeregt, daß es sogar meinem Vater auffiel, der meinte, ich würde mich wie meine Schwester benehmen, damals zu Weihnachten, wenn sie vor dem Tannenbaum stand. Ich sagte meinen Eltern nicht, was ich vorhatte, sicher hätten sie versucht, mich von dem Treffen abzuhalten.

Um Viertel nach drei ging ich los, denn ich wollte auf dem Schrottplatz eine große Schere besorgen, und vielleicht würde ich ein paar andere Sachen finden, denn ich mußte die letzten zwei Wochen noch materialisieren, da gab's einige Lücken. Ach, was für ein Wortspiel, nämlich eine Zahnlücke, ja im Ernst, ich bin nämlich in einer Kurve vom Fahrrad geflogen und habe mir einen halben Schneidezahn abgebrochen, dafür mußte mir noch etwas einfallen. Herr Allert, nerve ich Sie jetzt?

Ich wurde fündig und wog meine Sächelchen auf der riesigen Waage ab; der weißhaarige Mann, der wie ein Russe aus dem 19. Jahrhundert aussah, berechnete mir 13,50 Mark und legte das Rückgeld mit seinen roten furchigen Händen auf die stumpfe Waagschale. Ich ging, immer nervöser, zum Eingang des Schrottplatzes, die Schere unter meiner Jacke versteckt, denn damit wollte ich – ehe Knut sich versah – ein Stück von seiner Jacke oder seinem Hemd ausschneiden, ganz schnell, ein kleines Stück für meine besondere Schachtel, in das ich es dann zusammen mit einem Stück von dem Kleid, das meine Schwester an ihrem Todestag anhatte, legen würde, und diese Schachtel würde ich an ihren vorgesehenen Platz unter allen anderen Boxen und Schachteln legen, ganz zuunterst, und vom Gewicht der über ihr lagernden Schachteln und Kästchen würde ihr Pappdeckel langsam eingedrückt werden.

Es war Punkt halb fünf. Ich wartete. Zehn Minuten vergingen. Ich lief im Eingangsbereich des Schrottplatzes auf und ab. Schließlich öffnete ich den Filzkasten, den ich gerade erstanden hatte, und legte einige Werkzeuge, die ich auch gekauft hatte, hinein. Kein Knut. Ich war enttäuscht und verärgert. Mir fiel ein, daß er, falls er mir hätte absagen wollen, unter »Leif Gone« von der Auskunft keine Telephonnummer bekommen hätte. Wenn Knut überhaupt schlau genug war, an so etwas wie die Auskunft zu denken. Doch da kam eine kräftige, große Gestalt mit angegrautem, krausem Haar und platter Nase auf mich zu.

»Herr Gooone? Ich bin's.«

Eine harmlos klingende, überraschend helle Stimme kam aus seinem schweren, gedrungenen Körper.

»Herr Leerdam, ich habe auf Sie gewartet, ich dachte schon, Sie kommen gar nicht mehr.«

»Tschuldigung ... hab mich verfahren, falscher Bus, das is nämlich nich die Neun, sondern die Einhondertdreijunzwanzich, ich kenn mich hier nicht so aus, war noch nie in dieser Gegend ... aber tut mir leid, daß Sie auf mich warten mußten ... hab vielleicht was zur Entschädigung für Sie in meinem Anorak.«

Knuts dicke, kräftige Hand verschwand in seiner Manteltasche, und während ich noch über seine Sätze nachdachte, holte er einen kleinen Schlumpf, der auf einer Harfe spielt, hervor. »Der Musik-Schlumpf«, erläuterte er mir mit breitem Lächeln, »der macht Ihnen wieder gute Laune!«

Aber ich war verwirrt und nicht in der Lage, auf die fröhliche Kumpelschiene einzusteigen, ich starrte nur entsetzt und voller Ekel auf seine kräftigen roten Hände und dachte an die Bilder von meiner kleinen Schwester, die jetzt älter wäre als ich, und ein sehr sonderbares Gefühl, das ich nur von ganz früher kannte, überkam mich. Ich merkte, daß ich anfing zu zittern. Ich bewegte meine Lippen, erst lautlos, dann flüsterte ich: »Bring mich um.«

Ich wiederholte es mit flehender Stimme: »Bring mich um.«

Dann sagte ich in englisch ebenso schnell und leise in sein perplexes Gesicht: »If you need anything, it's here.«

Ich weiß nicht, warum ich das gesagt habe. Lawrence hatte das gesagt und Kondome und Gleitcreme damit gemeint, und ich gab meinem befremdet guckenden Gegenüber jetzt den Filzkasten vom Schrottplatz. Knut öffnete den Kasten nicht einmal, er sah mich nur völlig bedeppert an, wie ein Tier, dem man Tricks beibringen will, die es nicht versteht. Dann runzelte er die Stirn. Ich zitterte und wartete auf seine Reaktion. Ich fixierte seine blauen, undurchdringlichen Kinderaugen. Er regte sich nicht. Er schien nachzudenken. Dann, plötzlich, begann er schallend zu lachen, er schlug sich auf die Schenkel, er grölte und hatte Tränen in den Augen.

»Ich kann dir einen Ort sagen, wo se dich wieda heile machen!« brachte er unter Lachen hervor. »Du … du krankes … doofes … Huhn!« kam es aus ihm heraus.

An diesem Punkt beginnt die große Leere in meinem Kopf. Ich haßte ihn plötzlich unbändig, wie er so dastand und mich auslachte, und ich griff wahllos nach irgendwelchen Gegenständen auf dem ersten der Müllberge neben uns und schlug auf ihn ein.

Aber ich will und kann darüber nicht weiter schreiben. Ich habe Kopfschmerzen. Ich bin müde. Ich will zurück zu meinen Kästchen.

Im Innern des Turms

Sie sitzt auf dem alten Buffet, ohne sich zu bewegen. Manchmal, wenn sie sich zurücklehnt, höre ich das feine Geräusch, wie der Stoff ihres T-Shirts an den blau-weißen Tellerrändern entlangstreicht. Sonst ist es still. Bis auf das Pochen in meinen Schläfen, meinen Handgelenken, den Kniekehlen. Gelegentlich ein Rascheln draußen im Gras, ein Klappern der Dachziegel, ein fernes Auto. Wenn Julia ihre Position verändert, ein Bein über das andere schlägt, blitzen ihre silbernen Sandalen auf, ein Blitzen, das mich zusammenzucken läßt. Vielleicht merkt sie das, sie schlägt die Beine über, noch einmal und noch einmal. Das Zucken der Forellen im Bach, die wir vorhin beobachtet haben, das Glitzern des Wassers, der Steine unter ihren unruhigen Sandalen. Um ihr linkes Fußgelenk (ich schreibe mit links; wenn ich nicht weiß, ob ich nach links oder rechts abbiegen soll, biege ich immer nach links ab, sagt sie) hängt ein türkisfarbenes Band, wie ein Geschenkband, aber aus Metall.

»Wollen wir uns ins Gras hinlegen oder den Turm erforschen, Less?«

Ich heiße Lester, Lester Schwarz, aber sie nennt mich einfach Less. Less White. Ich wußte nicht, daß Schwarz in Deutsch eine Farbe ist.

Julia beugt sich vor, das Fernglas baumelt an ihrer linken Schulter.

»Wenn die Treppen nicht zu morsch sind?«

Bei einem unserer seltsamen Ausflüge haben wir uns gestritten, in einer Heftigkeit, mit der ich mich selten gestritten habe, schon gar nicht mit jemandem, den ich kaum kenne. Jetzt erinnere ich mich an unsere erste Tour: Julia wollte eine Ruine bei Charleston, ein stillgelegtes Fabrikgebäude, besichtigen, um sich darin ein Moosbett anzulegen und dort ein Stück ihrer Lieblingstorte zu essen. Mein Job dabei war, ihr auf dem Weg dahin zu helfen, denn sie hat einen phänomenal schlechten Orientierungssinn, und außerdem sollte ich sie auf ihrem Moosbett, die Torte verspeisend, fotografieren.

»Ich sammle schöne Orte und kröne sie mit mir«, hat sie mir auf der Rückfahrt ins Ohr geflüstert. Ich sagte nicht, welche Vorstellungen ich hatte, wie man gemeinsam diese Orte krönen könnte. Sie hat mir ihre leicht gebräunte Hand aufs Bein gelegt, ich hatte Shorts an wegen der Hitze, und gesagt: »Nächstes Mal bringe ich auch dir ein Stück Kuchen mit!«

Das hielt ich für ein gutes Zeichen.

»Ich will auf den Turm!« ruft sie jetzt.

Das Porzellan hinter ihr klappert leise, blau-weiß bricht sich der Himmel über ihrem langen Haar, das mich an einen Wasserfall erinnert. Als ich ihr das sagte, meinte sie nur spöttisch: »Ihr Amerikaner seid alle so kitschig, wie gut, daß ich hier nicht ewig leben muß.«

Sie springt auf, Trägheit und Aktivität wechseln bei ihr unberechenbar, und läuft zielstrebig auf die große Wendeltreppe zu. Ich folge ihr in einigem Abstand. Ihre Sandalen funkeln vor mir auf der halbverfaulten Treppe. Wenn wir bis nach oben laufen wollen, müssen wir Hunderte dieser morschen Stufen nehmen.

»Julia?«

Sie reagiert nicht. Ich glaube, ich habe aus Versehen wieder »Dschulia« gesagt, dann antwortet sie nämlich einfach nicht.

»Bitte, hör mir zu!«

Sie dreht sich um, guckt genervt.

»Wirst du schon wieder feige?« ruft sie.

»Hör mal, ich möchte mir hier nicht das Genick brechen!«

»Oben ist es bestimmt herrlich!«

Sie wirft einen Blick auf ihren Leinenbeutel, in dem sie die Moospolster mitgenommen hat. Auf dem Rücken trägt sie in einem bunten Rucksack, den sie in Mexiko gekauft hat, den Kuchen und ihre Holunderbeersaftflasche. Sie hat sich jetzt ganz zu mir umgedreht, ihr Blick ist fest auf mich gerichtet.

»Was soll passieren, es wird schon nicht die ganze Treppe einbrechen!«

Mit ihrem harten deutschen Akzent bekommt jeder ihrer Sätze eine zusätzliche Schärfe. Ich wünschte manchmal, ich könnte auch so reden, aber die Worte gelangen weich und geschmeidig wie Gummi aus meinem Mund.

Bei jedem meiner Schritte, sie ist bestimmt schon einen Absatz weiter, taste ich vorher behutsam den Boden ab. Endlich bin ich in der ersten Etage. Julia hat erstaunlicherweise auf mich gewartet.

»Seltsam, wie man einen alten Wasserturm umgebaut hat!«

»Das sieht aus wie eine Funkzentrale mit den alten Kabeln hier.«

»Stell dir vor, du fällst in einen Wasserturm, und um dich nichts als Wasser und Mauern.«

»Das möchte ich mir lieber nicht vorstellen!« sage ich.

»Aber es wäre eine angenehme, ruhige Art zu sterben, ohne Leute um einen herum, die nerven, irgendwie erhaben.«

»Da möchte ich lieber auf einem Berg unter einem Baum sterben.«

»Eigentlich ist es schade, daß man nicht verschiedene Arten zu sterben ausprobieren kann, Angst ist so 'ne blöde, überflüssige Sache ...«

Ob sie sich vorstellen könnte, ein Kamikaze-Flieger zu sein, frage ich sie, weil mir das immer unbegreiflich war. Doch, sagt sie, wenn man sich's traut, wär's die beste Art zu sterben überhaupt. Einfach nur ein Ziel, ein Gedanke, eine Überzeugung, keine Abwege, Abgründe. Sie klopft an die dicke Wand des Turms, winzige rote Tierchen laufen über den Stein.

»Ach, die Fenster hier sind ja schön!«

Im Zuge der Umfunktionierung des Turms hat man offenbar einige Fenster eingesetzt, deren Scheiben zum Teil fehlen oder kaputt sind. Die offenen Flügel stoßen durch den leichten Wind aneinander; das leise Geräusch erinnert mich an das sanfte Stühle-Zurechtrücken vor dem Abendessen früher in der Wohnung meiner Eltern – dieses leise, erwartungsfreudige Geräusch.

Julia betrachtet mich von einem der offenen Fenster aus. Dann beugt sie sich nach hinten, so daß ihre Haare im Wind wehen, und sagt: »Rapunzel mich!«

Sie sieht mich an.

»Rapunzel mich.«

Jetzt fängt sie an zu lachen. Sie amüsiert sich immer, wenn ich irgend etwas, das sie auf Deutsch sagt, nicht verstehe. Ich habe auch schon versucht, ihr einige Fallen zu stellen, aber ihr englischer Wortschatz ist leider ziemlich groß. Das Wort eben klang irgendwie unschön und aggressiv. Eine Sekunde muß ich an »rupture« denken. Aber das Flattern ihrer Haare war sanft.

Sie hüpft auf den nächsten Treppenabsatz zu und stürmt hoch. Ich beschließe, die Holzbohlen nicht zu genau anzusehen, um nicht in Panik zu geraten, da passiert es schon: Eine Stufe knirscht und zerbricht unter meinen Füßen, ich rutsche einen halben Meter tiefer.

»Less, was machst du für einen Mist, deine dämliche Angst hat dich schwer gemacht!«

Kalter Schweiß ist mir ausgebrochen. Auch wenn ich

mir heute fest vorgenommen hatte, Julia beim Kuchenessen einfach zu küssen, werde ich ihr definitiv nicht nach oben folgen. Zum Glück weist mein Bein außer einigen blutigen Schrammen keine Verletzungen auf, und ich krieche auf allen vieren zurück auf die untere Ebene, egal wie lächerlich das aussieht. Ich möchte weder für einen Glauben noch für eine Regierung noch für einen anderen Menschen sterben.

Unter dem offenen Fenster, an dem eben noch Julia gestanden hat, sitze ich nun und lege den Kopf auf mein zerschundenes rechtes Knie. Der Wind fährt über meine verschwitzte Stirn, und das Klappern der Fensterflügel stimmt mich sehnsüchtig. Von oben dringt das leise, behende Klappern der Sandalen, das Blitzen, das ich jetzt nicht sehen kann, aber fast auf meiner Haut spüre. Wäre die Stufe ganz gesplittert, wäre ich ungefähr zehn Meter in die Tiefe gefallen, auf Stahlträger und Beton. Julia ist die entscheidenden Kilo leichter als ich, hoffentlich. Diesmal wird wohl niemand ihren Schmaus an einem schönen Ort dokumentieren. Schon höre ich ihre Schritte wieder nach unten eilen.

»Hey, was ist, kommst du gar nicht mehr, wir wollten doch picknicken, auf die Berge gucken und im Moos liegen ...«

Sie sieht mich an. Offenbar werde ich jetzt in ihre Aktivitäten eingeschlossen.

»Es ist mir zu gefährlich, laß uns nicht wieder darüber streiten!«

Einen Moment muß ich an unseren letzten Ausflug denken. Das Ziel war ein verfallenes klassizistisches Hotel bei Savannah gewesen, ein riesiges, leeres Ding. Julia war besessen von dem Gedanken, sich dort fotografieren zu lassen. Wir waren durch eine hintere Tür hereingekommen, die ich aufgestemmt hatte. Doch im ersten Stock erlebte Julia eine herbe Enttäuschung. Eine Stahltür war offenbar nachträglich eingesetzt worden, um Leute wie uns vom Herumschnüffeln abzuhalten. Es war klar, daß wir sie nicht aufbekommen würden. Julia lief erneut um das Hotel herum, ließ sich von mir auf die Schultern heben, erklomm einen Vorsprung, aber es nützte nichts, die Balkone des ersten Stocks lagen viel zu hoch. Endlich fanden wir im Erdgeschoß ein Fenster, das nicht zugemauert war. Julia trat gleich gegen die Glasscheibe, hinter der sich eine Holzplatte befand. Das Brett gab aber nicht nach. Sie hämmerte mit den Fäusten dagegen, beschimpfte mich als unfähig und lahm. Immer zielloser und wilder trommelte sie gegen das Brett und geriet in die überall herumliegenden Scherben. Sofort schoß Blut aus ihrer Hand, aber sie schlug weiter mit ihrer blutenden Hand auf das Holzbrett, das Glas, die Scherben, den Fensterrahmen ein.

»Julia! O Gott, hör sofort auf!«

Ich versuchte immer wieder, sie fortzuzerren.

Plötzlich ließ sie von dem Fenster ab und sah mich an.

»Du wirst mich nicht davon abhalten, das zu tun, was ich will!«

»Du blutest!« sagte ich nur.

Sie stand jetzt direkt vor mir.

»Na und? Fürchtest du dich etwa vor Blut? Ich blute einmal im Monat!«

Sie preßte ihre inzwischen blutüberströmte Hand auf meine Brust, mein weißes Hemd. Ich war sprachlos.

Ohne sich weiter um die Ruine zu kümmern, setzte sie sich in ihr Auto, umfaßte mit der blutigen Hand das Lenkrad und fuhr ohne mich ab.

Julia hat sich jetzt vor mir hingekauert und hält mein brennendes Knie, vorsichtig fahren ihre Finger darüber.

»So schlimm wäre es doch wirklich nicht, hier im Turm zu sterben!«

»Was soll das jetzt?« frage ich müde. Auf einmal werden ihre Augen sehr schmal, und sie rückt dicht an mich heran:

»Ich möchte, daß du mich da oben erschießt! Niemand wird es hier merken!«

»Du bist verrückt.«

Plötzlich hält sie eine Pistole in ihren Händen. Dann noch eine zweite.

»Wir duellieren uns jetzt! Du Feigling. Nichts wird herrlicher sein als ein Foto von mir, ausgestreckt auf meinem Mooslager, erschossen von einem Mann, der ...«, sie sieht mir direkt in die Augen, »der mir seit Wochen hinterherläuft, im wahrsten Sinne des Wortes, und seinen Blick nicht abwenden kann von mir ...«

Ihre langen Beine glänzen vom Sonnenöl. Sie tritt ein paar Schritte zurück, hält den Pistolenlauf in meine Richtung.

Die Hände um mein zerschrammtes Knie gelegt, blicke ich zu ihr hoch. Seltsamerweise ängstigt mich diese Situation nicht, ich schaue sie ruhig an, ohne mich zu regen. Ich spüre, sie wird ungeduldig, diese Frau, die ich erst seit vier Wochen kenne. Mit der mir manchmal eigenen Ruhe in ziemlich brenzligen Situationen denke ich darüber nach, wie unsere Treffen von Mal zu Mal extremer wurden. Das Ganze scheint sich unweigerlich wie eine Spirale zu entwickeln, ohne daß ich wüßte, was mein Anteil daran ist. Außer natürlich, daß ich zu keinem ihrer Pläne »nein« gesagt habe.

Die Wand hinter mir zittert, Julia hat in den oberen Fensterrahmen geschossen, ein paar der ohnehin schon zerschlagenen Scheiben splittern zu Boden. Ich werde nur noch ruhiger. Julia hält die Pistole in ihrer Linken, um das Handgelenk ist ein schmales geflochtenes Armband geschlungen, ein Kinderband eigentlich. Plötzlich verspüre ich so etwas wie Mitleid. Sie erinnert mich an Maja, meine jüngere Schwester.

Ich nehme die Pistole, die sie mir hingelegt hat, stehe auf, prüfe die Pistole in aller Ruhe, sie ist geladen, dann gehe ich auf Julia zu. Sie sieht mich abwartend an. Es ist so still, daß ich ihr tiefes Einatmen höre. Hinter ihr taucht die Sonne wie ein Schiff in den Wogen der Wolken auf und ab, auf und ab. Je näher ich komme, desto unruhiger wird Julia, die Hand um ihre Pistole zittert. Sie beißt die Lippen zusammen. Ich trete näher. Plötzlich, äußerst schnell, bückt sie sich, streift eine ihrer silbernen Sandalen ab, grinst mich an und wirft mir den Schuh ins Gesicht. Ich fahre nur einmal kurz über die Wange, die aufgesprungene Lippe, richte die Pistole auf sie, um sie in Schach zu halten, dann gehe ich auf sie zu, lege eine Hand auf ihren linken Arm, streichele ihre Schulter, fahre ihren Arm herab. Mit einer kurzen, festen Bewegung nehme ich ihr die Pistole ab und werfe sie aus dem Fenster.

Julia legt ihre Arme um mich, ich wiege sie etwas hin und her und sehe den Schatten unserer Umarmung über die runden dicken Wände des Turms gleiten.

Plötzlich scheint ihr der ganze Vorfall peinlich zu sein, sie entfernt sich ein paar Schritte, setzt sich im Schneidersitz vor das offene Fenster und blickt auf den Boden. Ich fahre mir mit der Zunge noch mal über meine Lippe.

»Wollen wir Kuchen essen? Ich habe Hunger ...«, sage ich.

»Okay.« Sie legt den kleinen mexikanischen Rucksack auf ihre Beine.

»Honig-Nuß-Kokos-Karamel-Torte«, sagt sie ehrfurchtsvoll. Dann wirft sie einen Blick auf die Pistole, die ich auf den Boden gelegt hatte. Ich hebe die Pistole auf und ballere herum. Das Donnern hallt unglaublich in dem Gemäuer.

»Yeah!« Julia lacht und krallt ihre Hände in meinen Arm.

Ich sehe sie an.

»Machst du so was immer mit deinen Männern?« frage ich.

Ich denke an meine Schwester, die auf die absonderlichsten Arten bestätigt bekommen muß, daß man sie liebt.

»Nein, nur manchmal.«

Ich nicke.

»Möchtest du deshalb gerne viele Tode sterben können?«

Sie schweigt, ißt Kuchen. Ihre vollen Lippen, ihr hartes Englisch, ihre blauen Augen, ihre Haare, Augenbrauen, die Fotos, Plastikblumen auf der Rückbank im Auto, ihre Hände auf dem Kuchen, ihre unruhigen Hände, die ich jetzt küsse, Finger für Finger, meine Zunge zwischen ihren Fingern, im Innern ihrer Hand, der Turm, der Wind und das Klappern der leeren Fensterrahmen.

Der Flamenco-Spieler

In meinem in Rosa gehaltenen Zimmer liege ich auf dem riesigen rosa bezogenen Bett und schreibe einen Brief an Tommy, der natürlich erst nach Weihnachten ankommen wird. Im Fernsehen bittet ein Billy seine Freundin Trixi, doch wieder zurückzukommen und diesen Biff zu vergessen. Mary sieht sich so etwas jeden Tag an. Aus dem Nachbarzimmer dringt der Fernseher der Großmutter. Sie bevorzugt Sendungen über Verbrechen und Mitschnitte aus Gerichtshöfen. Wenn ich die Ohren spitze, nehme ich ein dumpfes Brummen aus Steves Zimmer wahr: MTV. Seit sechs Monaten lebe ich hier, »um was von der Welt mitzukriegen«, wie meine bildungssüchtigen Eltern beabsichtigten: Ich hocke in einem Kaff namens Forty-Fort in Pennsylvania, mit Mary, Misslyn und Steve, die mit ihren Autos herumheizen und samstagabends bei McDonald's (»Burger King ist doch scheiße, da setzen wir keinen Fuß rein«) herumlungern, wenn sie nicht vor der Glotze hängen. Misslyn arbeitet als Stewardeß und ist logischerweise selten zu Hause. Mary beneidet ihre ältere Schwester um ihre schlanke Linie und quält sich mit Milkshake-, Peanut- und Pasta-Diäten, die jedoch keinerlei Erfolg zeitigen. Steve und ich haben einander nichts zu sagen; ich glaube, er findet mich blöd, weil ich unblond und sarkastisch bin. »The german humor«, nennt er das. Ich bin die erste Deutsche, die er in seinem achtzehnjährigen Leben kennengelernt hat. Von all diesen Dingen und vielem mehr: »duck shoes«, »pledge of allegiance«, Tankstellen, die sich »Jesus« nennen, und die »condom diet«, schreibe ich Tommy, Nina und Vera und, ja auch, meinen Eltern.

Ich höre von unten Fußgetrappel, das sind wohl die letzten Patienten, die heute gehen. Mein Gastvater ist Arzt, hat eine Privatpraxis, ein Privatflugzeug, ganz zu schweigen vom obligatorischen Swimmingpool, in dem Mary noch vor drei Monaten ihre Water Aerobics gemacht hat. Meine Gastmutter ist depressiv und Hausfrau. Manchmal verläßt sie den ganzen Tag das Haus, ach, was sage ich, den Palast, nicht und betrachtet sich selbst im Spiegel. Dazu hört sie Pop-Versionen von Klassikstücken wie Carmina Burana. Meinen Gastvater kriege ich wenig zu Gesicht, aber wenn, ist er immer sehr nett zu mir. Er ist ein großer, rotwangiger, temperamentvoller Typ, der jeden Menschen gleich ins Herz zu schließen scheint und ein bißchen einen auf »vertrauenswürdiger Arzt« macht. Ganz so viel Vertrauen, wie er glaubt, daß alle Welt zu ihm haben müßte, habe ich nicht, aber er ist wenigstens nicht so anstrengend wie Lorraine, die Mutter, oder so sentimental-tückisch wie die Großmutter mit ihren Porzellanfiguren im Zimmer und zersägten Leichen und elektrischen Stühlen im Kopf. Mein Gastvater ist oft in Geberstimmung. In Berlin habe ich mit Nina und Tommy ein bißchen Musik gemacht, die »Schöneberger Gipfel« nannten wir uns und klimperten unseren Eltern und genervten älteren Geschwistern die Ohren voll. Unsere »Auftritte« beschränkten sich auf Klassenfeten und gelegentliche Sets in der »Grotte«, unserem Jugendclub, wo unsere besorgten Eltern uns schichtweise jedes Wochenende mit ihren VW-Bussen und alten Volvos abholten, um uns nach Hause zu bringen. Jedenfalls war ich ein bißchen traurig, daß ich in den U.S.A. meine grandiose Karriere als Gitarristin nicht fortsetzen konnte. Ich hatte dies nur in einem Nebensatz erwähnt, und schon schenkte Dad, so wollte er auch von mir genannt werden, mir eine Flamenco-Gitarre. Er hat früher in einem mexikanischen Krankenhaus gearbeitet und steht seitdem auf Flamenco-Musik, die seiner Meinung nach mexikanischer Herkunft ist. Flamenco ist allerdings nicht ganz so der Stil der »Schöneberger Gipfel« gewesen, wir produzierten eher Neue-Deutsche-Welle-Zeugs, sangen Lieder mit Titeln wie »Die Avus«, »Nachts an der Tankstelle«, »Am Lietzensee o weh« oder »Feuerzeuge«. Naja. Ich zupfte nun also, während ich über die Berliner Avus sang, an meiner Flamenco-Gitarre herum.

Heute ist der Vierundzwanzigste. Endlich ein Tag ohne Schule. Nachdem ich es geschafft habe, Tommys Brief zur Post zu bringen, ein halbstündiger Fußmarsch ohne Auto, stehe ich in der Diele und versuche mit rotgefrorenen, steifen Fingern, aus meinen unmöglichen duck shoes (Moonboots sind nichts dagegen) herauszukommen. Im Winter wird es in Pennsylvania verdammt kalt und naß, und ich mußte mir wie jeder hier »duck shoes« kaufen: eine Art Gummistiefel, gelb und vorne ganz breit, wie ein Entenschnabel, innen rot gefüttert. Das knallrote Innenfutter ragt oben über die Gummierung hinaus. Die Schuhe sind optisch wirklich das Letzte, aber die Kälte in Pennsylvania scheint die Eitelkeit kollektiv herabzusetzen, sogar Misslyn stiefelt selbstzufrieden in duck shoes herum.

Ich gieße mir einen Hibiscus-Tee zum Aufwärmen auf und schiebe etwas Chinese Food in die Mikrowelle. 3,5 Minuten später esse ich nach nichts schmeckende Sojabohnen und Glasnudeln. Über mir das beständige Brummen von Steves neuer CD. Die Kälte ist mir so ins Mark gekrochen, daß ich immer noch friere. Über rosa-weiß-gestreiften Teppich stapfe ich nach oben. Die Tür zum Schlafzimmer von »Mom« und »Dad« steht offen, ich nicke kurz, will weitergehen.

»Hi, Jana! Howa you?« ruft Dad von innen und wedelt mir mit einem TV-Magazin zu. »Well, okay, it's just very cold«, gebe ich zurück.

»Well, come in and lay down.« Dad lächelt mich strahlend an. Ich blicke auf das riesige Ehebett, Dad starrt auf den Bildschirm. Keine Live-Sendung einer Herztransplantation, sondern irgendeine nette Südamerikanerin, die über ihr Land berichtet. »You look really freezin', need a coffee, Jana?«

»Thanks, had a tea«, sage ich und stehe unschlüssig auf der Schwelle. Mary, seine Tochter, liegt auch manchmal bei ihm im Bett, sie sehen gemeinsam fern, albern und knuddeln herum. Mary nennt ihren Vater dann »Big pig«, er nennt sie »Little big pig« und zwickt ihr in die gewaltigen Schenkel.

»You look really freezin', just come in and lay down, there's a million blankets an' pillows here, just get comfortable ...« Pistazien knacken zwischen seinen Zähnen.

»Okay«, sage ich schließlich, um nicht unhöflich zu sein und weil ich der spontanen amerikanischen Freundlichkeit nicht mit der »typischen deutschen Kühle« begegnen will. Ich packe ein Schulbuch aus meiner Tasche und lege mich an die andere Kante. Dads große Pranke sinkt auf meine Schultern: »Sweetie, warm up.«

Die Schönheit auf dem Bildschirm beißt herzhaft in irgendeine mir noch nicht bekannte Südfrucht, sie hört nicht auf zu lächeln. Ich drehe mich auf die andere Seite, ziehe mir die Decke bis ans Kinn, dann klappe ich mein History-Buch auf: die Eisenhower-Ära – darüber schreiben wir nach den Ferien einen großen Test. Dad stellt jetzt den Ton ab und geht aus dem Zimmer. Zwei Minuten später steht er mit meiner Flamenco-Gitarre da, die Tür zieht er leise hinter sich zu. Mit schiefgelegtem Kopf und breitem Lächeln raunt er: »Jana ... something really melodical and romantic ... for Christmas ... just for you.«

Er setzt sich ans Fußende des Betts, ich ziehe meine Füße ein bißchen hoch, und beginnt ein paar Akkorde zu spielen. Ich weiß nicht, ob er das ironisch meint, die hochgezogenen Augenbrauen, das ewige Grinsen, das Wiegen des Oberkörpers – will er das Klischee vom amourösen Südländer kopieren, um mich zum Lachen zu bringen? Ich betrachte ihn skeptisch.

Plötzlich bricht er abrupt ab. »The Dragon Show is on now, I never miss it.«

Er legt die Gitarre auf meine Beine und begibt sich wieder ins Bett, wechselt den Kanal, stellt den Ton an. Als ich schon wieder am Eisenhowern bin, sagt er plötzlich: »You know, later I'm gonna play something really beautiful, something magic, Jana, I'm gonna show you something magic, Jana, yes ...«

Ich wundere mich, denke, daß nachher doch die Weihnachtsbescherung ist, da höre ich Schritte auf dem Flur. An ihrer trägen, schlurfenden Abfolge erkenne ich Lorraine. Ich sehe, wie die Türklinke langsam heruntergedrückt wird. Lorraine ist sehr blaß, ihre Augen sind tief umrandet, sie blickt ihren Mann an, dann mich, die Gitarre auf meinen Beinen, das Geschichtsbuch. Sie trägt einen zitronenfarbenen Bademantel, der ihr nicht steht, weil sie so blaß ist. Jetzt schiebt sie ihren aufgedunsenen Kopf nach vorne.

»What are you doing in here?«

»I'm reading something and try to warm up a little.« Ich sehe sie an, dann klappe ich mein Schulbuch zu und befreie mich aus dem Deckenberg. Mit ihren tiefliegenden, heute ungeschminkten Augen beobachtet Lorraine jede einzelne Bewegung. Groß, aufrecht, mit einer Entschlossenheit, die ich in all den Monaten nie an ihr gesehen habe, fixiert sie mich. Ich sehe, wie sich ihre dicken Hände ineinanderkrampfen. Etwas verunsichert gehe ich auf die Tür zu. Die glaubt doch nicht ernsthaft, daß ich mein fünfzehnjähriges Herz verloren hätte an ihren schmerbäuchigen alten Knacker ... bloß weil der Flamenco-Gitarre spielen kann? Meinten sie nicht beide am Anfang, »we'll treat you just like our own daughters«?

Ein Schmerz durchzuckt mich, und ich spüre, wie Blut von meiner Nase auf den Wollpullover tropft. Lorraine holt noch einmal aus. Diesmal ducke ich mich.

»Lorraine, Lorraine, please stop this, what's the matter with you, honey, I just played some Flamenco-songs to our foreign musician!« Lorraine beachtet ihren Mann nicht weiter.

»You damn slut, you go back where you come from, you pack your things and leave my house tonight ... tonight I said«, sagt sie zu mir, und ihre ungeschminkten, hautfarbenen Lippen beben.

»Lorrainie-baby, it's Christmas, let's not fight now ...«, höre ich den Dad nölen.

Lorraine steht vor mir, groß und aufrecht und müde. »You leave my house tonight ... you leave my house tonight.«

Ich drücke mit einer Hand in ihren weichen, dicken Bauch und schiebe sie mühevoll zur Seite, sehe auf die Tablettenschachtel in der Tasche ihres Bademantels. Dann haste ich den Flur entlang; ich schließe mich in meinem Zimmer ein, lege mich aufs Bett und bin vollkommen verwirrt. Eine halbe Stunde vergeht, ohne daß ich von Mom oder Dad noch irgend etwas gehört habe. Es ist halb sieben abends, Heiligabend; in Deutschland ist es jetzt schon halb eins nachts, meine Eltern und mein Bruder essen die letzten Marzipankugeln und Zimtsterne nach der Bescherung, dann schlafen sie wohlig. Ich wische mir mit einem Taschentuch endlich das Blut ab.

Irgendwann muß ich auf Toilette. Vor meiner Tür finde ich einen Zettel. Lorraine teilt mir in ihrer wackeligen Handschrift mit, daß Mrs. Wilshire mich um 7 p.m. abholen wird, bis dahin soll ich all meine Sachen gepackt haben. Ich muß an Mrs. Wilshire denken, die kleine emsige Leiterin meiner Schüler-Austauschorganisation, mit der ich Trips nach Washington D. C. und New Orleans unternommen habe. Die wird sich gefreut haben, Heiligabend so einen Anruf zu bekommen. Soll ich bei ihr und ihrer Familie wohnen? Oder wird sie eine neue Gastfamilie für mich suchen? Hier oder in einem anderen Staat? Delaware oder Hawaii? Während ich nicht viel mehr über die Zukunft weiß, als daß ich Heiligabend mit den Wilshires verbringen werde, packe ich einen Pullover nach dem anderen in meine Koffer und ziehe die duck shoes an. Die Geschenke für meine Gastfamilie, Parfüm für Mary, Ohrringe für Misslyn, eine CD für Steve, zwei Deutschland-Bildbände für »Mom and Dad« und Süßigkeiten für alle, schiebe ich unter das große rosa Bett.

Rote Federn

Nichts tue ich lieber, als die Buchrücken auf dem hohen, bis zur Decke reichenden Regal mit einem Staubtuch abzuwischen, als zu den drei Ostereiern im Körbchen ein viertes ins quietschgrüne Plastik hinzuzulegen oder die halbleere Teetasse wieder aufzufüllen, den Kellerschlüssel heimlich an einen anderen Ort zu plazieren.

Und niemand weiß, wer es war.

Ich nicke dem türkischen Imbißmann zu, biege in die Adalbertstraße ein. Bei »Knopf oder Kragen« habe ich gerade zwei smaragdgrüne Perlmuttknöpfe gekauft. Ich sehe sie schon vor meinem inneren Auge in ihrer Handtasche. Und dieses Feuerzeug hier, für neunundsechzig Pfennig aus dem Pennymarkt, das stelle ich auf ihren Küchentisch.

Zu Hause in der Naunynstraße angekommen, lege ich mich in die Badewanne. Das Telefon lasse ich klingeln. Freitag nachmittag wird nicht mehr gearbeitet.

In zweieinhalb Tagen werde ich schon wieder am Empfang stehen und lächeln. Jeden Tag ein frisches Hemd. Bunte, fröhliche Farben. Manchmal eine Krawatte mit Mickey Mouse drauf. »Bißchen was Peppigeres«, hat mir der Chef gesagt, als ich einen Schlips von meinem Vater trug. »Der sieht aber arg staatstragend aus«, meinte Simone kichernd in ihrem schwäbischen Dialekt. Ich glaube, sie trat mir absichtlich auf die frisch geputzten Schuhe.

Daß ich mit dieser Simone was haben könnte, hatte Kirsten manchmal vermutet. Allen Ernstes. Sie dachte, wer plötzlich Mickey-Mouse-Krawatten trägt, der lügt auch.

In der Wanne bleiben und Zeitung lesen. Vanillejoghurt essen. Zeitung lesen. Vanillejoghurt essen. Müde sein. Nicht schlafen können.

Wichsen.

Nicht schlafen können.

Fotoalben durchblättern, vor und zurück, zurück und vor. So lange, bis ich doppelt sehe. Bis mein Körper mich zwingt, damit aufzuhören. Notschlafen.

Montag kommt meine Mitbewohnerin zurück. Rebecca. Eine Österreicherin, nett, umgänglich, langweilig, Helfersyndrom (bei mir). Bevor sie nach Deutschland gekommen ist, hat sie in Südafrika in den Homelands mit Kindern Spielzeug gebastelt, um »etwas Sinnvolles zu tun«. Danach hat sie sich bei mir eingemietet. Wenn das nichts zu bedeuten hat.

Sie wird die Vanillejoghurt-Becher zählen. Die schillernden Perlmuttknöpfe auf meinem Fensterbrett entdecken und den Kopf schütteln. Sie wird den Zeitungsstapel argwöhnisch betrachten, dann aber, wenn sie meinen ungehaltenen Blick bemerkt, schnell fragen: »Sag mal, was meinst du, welche Partei wird im September gewählt?«

Ich werde nicht so tun, als würde mich ihre Schmeichelei an meinen Intellekt beeindrucken; von Kopf bis Fuß werde ich sie betrachten und sagen: »Deine Mutter hat mal wieder zu gut gekocht.«

»Liebe deinen Computer wie dich selbst«, habe ich als Bildschirmschoner eingebaut.

Alles hat seine Gründe. Auch ich. Doch heute meckere ich nicht. Etwas Interessantes hat sich in meinem Scheißjob ereignet: Eine junge Frau, die schon seit zwei Jahren bei uns arbeitet, wurde bestohlen. Ihre Taschenuhr, ein Erbstück von ihrem Großvater, ist in der Nachtschicht perdu gegangen. In der gleichen Nacht sind außerdem ein

Videorecorder, ein Laptop und ein Aufnahmegerät verschwunden. Alles war in Aufruhr; es machte Spaß, mit anzusehen, wie alle sich aufspielten, jeder schon seit Jahren wußte, wie schlecht die Sicherheitsvorkehrungen hier sind, daß man ja seinen eigenen Kollegen nicht trauen kann und so weiter.

Der Gedanke, Kirsten als nächstes heimlich einen Laptop auf den Schreibtisch zu stellen, hat etwas Reizvolles. Aber erst mal einen haben. Ich könnte mehr als bisher vermutet von meinen Kollegen lernen.

Kirsten. Während unseres ersten Dates habe ich gedacht: Was für ein scheußlicher Name. Während des zweiten und dritten überlegte ich schon: »Warum hat diese Frau nur diesen doofen Namen?« Während des vierten habe ich diesen Namen leise in ihre Ohrmuschel geflüstert.

»Ihr Sammel und ... und Surier!« hatte meine Mutter einmal wütend gerufen, als sie das vollgemüllte Zimmer von meiner Schwester und mir betrat, nachdem wir ein Trödelmarktwochenende hinter uns hatten. »Du Sammelheini«, hatte Kirsten nicht wütend, sondern verächtlich gesagt, als sie die Kästchen unter der Badewanne fand. »Mensch, Lukas, hebst du denn alles auf, was ich einmal angefaßt habe?«

Aber das ist nicht alles. Sagte Mickey Mouse und grub den Garten um.

Kinokarten, Haarspangen, ausrangierte Unterhosen, ihr Bernsteinhalskettchen, das sie von heute auf morgen nicht mehr mochte, Kugelschreiberminen, mit denen sie Briefe an mich geschrieben haben mußte, alles bewahrte ich auf. Eines Tages fand sie auch diese Sachen, in einer Baumwolldecke versteckt, auf dem Dachboden. »Du Heini!«

Sie ging, und diese blöde Österreicherin kam. Allerdings nicht in mein Bett. Danke. Danke, ich habe keinen Panzerführerschein.

Es nützt nichts, es nützt doch alles nichts mehr. Also: Baden, Zeitung lesen, Joghurt essen. Samenfontänen auf die Schaumberge spritzen, weiter Zeitung lesen. Das Brauereipferd in der Küche rumoren hören. Der sollte man mal Messer und Gabel stehlen. Und mir die spitze Zunge.

Dieses Wochenende habe ich wieder einen »Auftritt«. Hoffentlich ohne Publikum. Ich bin immer schon aufgeregt genug. Unter der Woche bringe ich das nicht, da ist mir mein Job als Empfangsfritze zu anstrengend. Und doch freue ich mich die ganze Woche darauf, das einzige, worauf ich mich richtig freuen kann.

Samstag abend, neun Uhr. Jeder normale Mensch und jedes normale Pferd hat jetzt Besseres zu tun, als alleine in der Küche pfundweise von Muttern gebackenen Kuchen zu vertilgen oder alleine in einer lauwarmen Badewanne, von leeren Plastikbechern umgeben, zu gammeln. Ich warte noch eine halbe Stunde, dann schnappe ich das Telefon, wähle Kirstens Nummer. Die Anrufbeantworteransage kommt. Ich lege auf. Dann ziehe ich mich möglichst unauffällig an. Also keine Krawatte, weder Mickey Mouse noch »staatstragend«. Einen anthrazitfarbenen Rolli, eine schwarze Jeans, Wildlederschuhe, Kreppsohle, leise Sohle.

Ich schließe die Haustür auf, gehe in die Adalbertstraße, zu Kirstens neuer Wohnung im dritten Stock. Vorbeigehende Nachbarn auf der Treppe grüße ich. Ich warte, ob wirklich kein Geräusch zu hören ist. Dann klingele ich. Falls ich tatsächlich Schritte hören sollte, was bis jetzt noch nicht passiert ist, renne ich fort. Okey dokey. Ich hole meinen Schlüssel heraus und schließe auf. Und dann ist er wieder da, der Duft. In den sich leider ein ganz anderer, ein scheußlicher Geruch mischt. Ich laufe über die abgezogenen Dielen, die Kirsten und Uwe in Küche und Bad mit einem quietschbunten, um nicht zu sagen: peppigen

Linoleum belegt haben. So einen Geschmack hatte Kirsten nicht, als sie noch mit mir zusammen war. Dann kotze ich ins Klo. Nein, das tue ich nicht. Das nehme ich mir jedesmal vor, tue es aber natürlich doch nicht. Ich schaue mich um. Notiere mir dies und das. Das benutzte Geschirr im Spülbecken, herumliegende Kosmetiktücher. Neue Teesorten auf Kirstens Teebord. Einkaufszettel. Und so weiter. Ins Schlafzimmer gehe ich nicht. Das verkrafte ich einfach nicht. Küche, Bad, Flur, Wohnzimmer, Kirstens Arbeitszimmer, das reicht. Uwes Arbeitszimmer umgehe ich auch meistens. Nur wenn ich sehr schlecht gelaunt bin, stiefele ich da rein und mache mutwillig ein bißchen Unordnung, so daß Uwe nachher herumschimpfen wird: »Ich hab erst letzte Woche 50 neue Disketten-Label gekauft, wo sind die bloß schon wieder? Wenn du dir welche nimmst, kannst du ja auch mal neue kaufen, Kirsten!«, und die Pärchenharmonie ein bißchen gestört ist. Das freut mich dann später, wenn ich Fontänen auf meine Schaumberge mache.

Aber eigentlich nehme ich keine Sachen weg. Ich füge Dinge hinzu. Seit Kirsten weg ist, lege ich unauffällig kleine Dinge von mir in ihre Wohnung: Zum Beispiel wähle ich nie Dinge, bei denen sie ahnen könnte, daß sie von mir sind. Manchmal sind es nur haarkleine Veränderungen, die ich in ihrem neuen Reich vornehme: Ich lege zwei Teebeutel Matetee von mir in ihre halbvolle Schachtel Matetee. Oder: Ich lege einen Kugelschreiber, den ich gerade bei Karstadt gekauft habe, in Kirstens Schreibetui. Oder: Ich schiebe eine meiner Kinderzeichnungen zwischen die Kinderzeichnungen ihres Patenkindes.

Manchmal füge ich auch nichts hinzu, sondern schichte nur um: Ich leere den Aschenbecher auf dem Wohnzimmertisch, räume eine Bluse, die über der Stuhllehne hängt, in ihren Kleiderschrank, lege eine Schachtel Streichhölzer vom Regal neben den Herd. Und einmal habe ich einer

Rose, die auf Kirstens Schreibtisch stand, alle Blätter abgeschnitten. Den Kopf nicht, das wäre zu auffällig gewesen. Die Blätter habe ich in den Küchenmüll gestopft. Ein anderes Mal habe ich einige Zeitschriften und Bücher aus ihrem Regal in Uwes gestellt. Ich wette, Uwe hat nachher den Anschiß gekriegt. »Mußt du immer in meinem Regal herumkramen, kannst du nicht einmal die Bücher an den Ort zurückstellen, wo du sie rausgenommen hast?«

Auftritt perfekt über die Bühne gegangen. Eine Fahrradglühbirne auf die Flurablage gelegt, zwei Adreßkärtchen von Leuten, die sie gar nicht kennt, in ihren Kalender gesteckt. Einen Pizza-Schnellservice-Gutschein neben den Herd plaziert. Eine neue grüne Zahnbürste in den Zahnputzbecher gestellt. Eine von mir zur Hälfte leergetrunkene Piccolo-Sekt-Flasche in die Kühlschranktür neben Kirstens Schmalztopf gestellt. Eine kleine rote Feder in ihr Briefmarkendöschen gelegt. Vorher damit meine Hände gestreichelt. Wenn man wirklich wiedergeboren wird und dabei ein bißchen Mitspracherecht hat, möchte ich eine rote Feder sein. Bloß keine Briefmarke oder ein Schmetterling!

Montag morgen habe ich vor der Arbeit eine Kissenschlacht gemacht: mit mir selber. Acht Stunden Zeit verschwendet. Dann erst mal raus aus diesem weiten Jackett, wie ein Hampelmann sieht man darin aus. Ich verstehe nicht, warum die aktuelle Männermode diese albernen Übergrößen im Alltag vorschreibt, sieht beschissen aus. Aber wenn ich meine engen Jacketts und Hosen anziehe, raunt spätestens in der Mittagspause jemand: »Du repräsentierst hier mehr als nur deinen eigenen Geschmack.« Und schwupp, habe ich zu Hause ein Stück aus meiner Cordjacke geschnitten, nur ein winziges Quadrat aus dem umgeklappten Saum, und es am nächsten Wochenende in Kirstens Nähetui gelegt.

Als Kirsten mich zum ersten Mal küßte, zitterten meine Beine, und ich vergaß darüber, eine Erektion zu bekommen. Ich knöpfte ihr den roten Mantel nicht auf, sondern zu, damit sie nicht fröre, denn es war Januar und unsere Gesichter schon naß vom Schnee.

Wie ich zu dem Schlüssel gekommen bin? Ganz einfach, oder nein, das war höllisch stressig: Nach unserer Trennung, nachdem ich ein paar Wochen Theater gemacht habe, um es harmlos auszudrücken, hatte ich eine kurze Phase, in der ich ernsthaft glaubte, wir könnten gute Freunde sein. Kirsten war froh, daß ich »anfing, vernünftig zu werden«, und ging alle zwei Wochen mit mir ins Kino. Dann kam der Moment, wo sie mir erzählte, daß sie mit ihrem neuen Freund in Urlaub fahren würde. Ich bot freundlich an, die Blumen zu gießen. Doch Kirsten lehnte ab. Ich beteuerte wild, daß ich schließlich um die Ecke wohne, und ihre Nachbarin, die das sonst übernimmt, sei ja nun verreist. Noch am Tag vor ihrer Abreise, als sie mir den Schlüssel gab, faßte sie mich skeptisch ins Auge und fragte: »Lukas, wie geht es dir, hm?« Ich nickte fröhlich und behauptete, daß ich mich in eine Annelore verguckt hätte. Von wegen. Kirsten strahlte und berührte zum erstenmal seit unserer Trennung meinen Arm.

Jedenfalls habe ich mir die Schlüssel allesamt kopiert. Noch nicht in konkreter Absicht, nur mit dem Gefühl: Diese Chance solltest du dir nicht entgehen lassen.

Warum? Darum. Vielleicht, weil das, was sie an mir zunächst interessant fand, sie irgendwann nervte. Ich merkte es daran, daß sie es am Anfang unserer Beziehung lustig fand, ihre Unterwäsche zu suchen, wenn ich sie schnell versteckt hatte. Später meinte sie nur noch: »Lukas, rück mein Zeug raus, mir reicht's.« Und irgendwann hat sie diesen Uwe kennengelernt. Den absoluten Anti-Lukas.

Allein sein Selbstbewußtsein bringt mich auf die Palme. Er ist so ein Typ, über den man sagen kann: Der hat die Ruhe weg. Hat sein Schäfchen halt ins trockene gebracht, hat wahrscheinlich sowieso den größten Teil seines Lebens im Trockenen verbracht, und interessiert sich nicht die Bohne für Leute, die auch mal im feuchten Dreck sitzen. Wenigstens eines haben Kirsten und Uwe gemeinsam: einen scheußlichen Namen. Damit habe ich mich immer getröstet: Uwe und Kirsten, das paßt. Ich meine phonetisch. Kirsten und Lukas, da knarzt was, da stimmt irgendwas nicht. Aber welcher Name paßt zu Lukas? Außer Sigurd?

Und jetzt treibe ich immer noch Unfug in Kirstens Wohnung. Zwei Jahre nach unserer Trennung. Warum? Darum. Das müßte ich die roten Federn fragen.

Vielleicht, meint die rote Feder in der Innenseite meines weiten karierten Sakkos, liegt es am 1. April. Der Tag, an dem Kirsten mich besuchte, mich anlächelte und sagte: »Hier, für dich, zum Geburstag!« und mir eine CD mit klassischer Musik gab. Haydn-Sinfonien. Staatstragend. Nichts zu Aufregendes, kein Grieg, kein Dvořák, kein Rachmaninow. Ich glaube, sie dachte, das vertrage ich nicht. Ich habe die CD und das Cover weggeschmissen, nur die leere Plastikhülle aufbewahrt, die sie angefaßt hat. Ich lud sie in ein Café ein, und wir unterhielten uns zum ersten Mal länger seit unserer Trennung. Sie erzählte mir von ihrer Beziehung zu Uwe, in dem Glauben, jetzt, wo ich schon längst zum lieben blumengießenden Kumpel mutiert bin, könne sie sich ruhig mal ein bißchen bei mir ausheulen. Aber so schlimm schien es dann auch nicht zu sein, sie beendete das Gespräch mit den Worten: »Die optimale Beziehung gibt es eben nicht.« Als wir uns verabschiedeten, tat sie etwas, was alle Haydn-CD-Geschenke ad absurdum führte, da hätte sie mir zwanzig Rachmaninow- und fünfzig Grieg-CDs schenken können: Sie gab mir einen Kuß auf den Mund.

Unser nächstes Kino-Treffen fand erst zwei Monate später statt, weil sie eine Weile zu ihren Eltern in die Lüneburger Heide gefahren war. Ich wollte sie in einen verwickelten Liebesfilm schleppen, wo sich ein Paar nach langem Hin und Her, nach zerbrochenen Ehen und so weiter, doch endlich zusammenrauft, aber darauf hatte sie irgendwie keinen Bock. Statt dessen sahen wir einen finsteren Streifen über Außerirdische, die den amerikanischen Präsidenten entführten. Bei diesem Treffen war sie wieder ganz in ihrer alten Verfassung, erwähnte Uwe in jedem zweiten Satz, strotzte nur so vor Selbstzufriedenheit, war mir fremd wie in den beiden Jahren vorher. Ich saß stumm neben ihr, der Film langweilte mich tödlich, die Außerirdischen sahen bescheuert aus, hatten gelbe Glupschaugen auf dem Kopf, Schuppen wie Echsen am ganzen Körper und lange dünne Finger, mit denen sie ihre Raumschiffe lenken konnten, als hätten sie eine eingebaute Fernsteuerung. Ich bin mir sicher, wenn ich wirklich einmal Außerirdischen begegnen sollte, dann würden sie alle so aussehen wie Kirsten.

Kirsten gefiel der Film nicht, weil es am Ende sehr brutal zuging, aber sie konnte natürlich nicht zugeben, die falsche Wahl getroffen zu haben und vielleicht bei einer deutschen Liebeskomödie besser auf ihre Kosten gekommen zu sein. »Tschüssi«, rief sie mir kurz über die Schulter zu, als sie zum U-Bahnhof eilte.

Ob ich sie lieben würde, hatte sie mich gefragt. Nein, gab ich spontan zurück. Und Kirsten wandte sich ab, starrte auf das dreckige Wasser des Landwehrkanals. »Warum bist du denn dann mit mir zusammengezogen?« Ich versuchte ihr zu erklären, daß es kein Kompliment sei, jemandem zu sagen, man liebe ihn. Schon eher, dieser Person den Mantel zuzuknöpfen, wenn man ihn eigentlich aufknöpfen will; jemandem zu sagen, daß man geweint hat, obwohl man in der Badewanne sitzt und locker so hätte tun können, als seien das nur Wasserspritzer. Daß ich der Lukas in ihrem Leben und nicht einfach der derzeitig sie liebende Mann bin. Sie schüttelte den Kopf. »Mußt du dich immer in jeder Lebenssituation interessant machen? Kannst du nicht einmal *normal* sein?«

Ich wußte, sie wollte, daß ich jetzt ihre Hand nehme, ihr in die Augen schaue und sie auf den Mund küsse. Statt dessen entdeckte ich gegenüber, an eine Mülltonne gelehnt, einen Siebziger-Jahre-Lampenschirm und rannte los.

Das war unser vorletztes Zusammensein.

Bei unserem letzten Zusammensein erzählte sie vom Anti-Lukas und daß sie ausziehen würde. Und dann sagte ich, daß ich auch ausziehen würde. So ließen wir beide eine riesige, schöne Wohnung mit Balkon und Badewanne am Paul-Lincke-Ufer alleine zurück. Ich glaube, die Wohnung heulte.

Ich verschob mein Diplom und tat nichts. Ich konnte die Miete für die neue Wohnung nicht alleine bezahlen und mußte Untermieter einziehen lassen. Ich machte eine Liste mit Dingen, von denen ich mich fernzuhalten hatte: Menschen, die Kirsten, Kerstin, Uwe oder Paul heißen. Menschen mit kinnlangen roten Haaren. Menschen mit aschblonden Stoppeln. Menschen, die im Winter einen Muff tragen. Menschen, die Theaterwissenschaften studieren. Menschen, die auf der Straße immerfort ein breites Grinsen und die obligatorischen Nike-Turnschuhe zur Schau stellen. Menschen, die gerne Zimt auf ihren Joghurt streuen. Menschen, die mich fragen könnten, ob ich sie liebe.

Herrlich, herrlich, so lange Federboas! Damit könnte man ja glatt jemanden erwürgen! Ich strahle den Verkäufer von »Knopf oder Kragen« an, er strahlt nicht zurück.

»Wieviel Meter wollen Sie denn?«

»Alles!«

»Alles?«

»Alles!« Die rote Federboa ist sechs Meter lang, und ich erstehe sie für dreißig Mark und ein paar zerquetschte Uwes. Nächstes Wochenende werde ich eine kleine rote Feder auf einen ihrer Bücherstapel legen. Dreister werden will ich. Dreist. Will ich sie nehmen, wie früher, und mich nehmen lassen, will die Wohnung aushöhlen mit unserem lauten Atem, will ihrer fremden Haut wieder nah sein. Mich in ihre Fremde begeben. Leicht und herrlich gleiten, fliegen. Als sie mich noch mochte. Bei Wind und Wetter. Heißer Himbeersirup in den steifgefrorenen Händen, Schlittschuhfahren am Wannsee, rote, wehende Schals, Hände und Hände ineinander, rasen, gleiten, fliegen.

Zerbrechen. Befremden. Seine eigene Haut nicht mehr verstehen. Die Erde unter den Füßen verloren haben. Umhersplittern. Zitterpartie. Schaumberge. Nicht schlafen können. Auch tagsüber wie im Schlaf sprechen. Nie da sein wollen. Nicht da sein können.

Kirsten, meine Kirsten. In einem hellgrünen engen Kleid, auf einem Kiesweg vom Espenlaub umringt, eine Pfauenfeder quer im Mund. Foto. Für Dich. Buchstaben. Für Weihnachten. I - N L - I - E - B - E

»Herr Benz? Können Sie den Herrn mal bitte durchstellen?« Das ist Simones Gänsestimme, ich tue, was man mir sagt, gucke auf die Uhr: In einer halben Stunde werde ich gehen. Morgen ist Samstag. Morgen habe ich wieder einen Auftritt!

Uwes Anrufbeantworterstimme. Ruhig, souverän, sexuell befriedigt. Plötzlich höre ich meine eigene Stimme. Ich lege nicht auf, wie sonst, sondern spreche auf das Band mit verstellter Stimme: »Sie ... Sie ... Sie werden sich noch wundern«, stottere ich. Kirsten und Uwe gehen jeden Samstagabend weg. Jeden. Spaßpflichtprogramm. Stehen auf langweiligen Parties herum. Denken, das müsse man tun. Denken, sie seien beliebt. Ich gehe die Adalbert entlang, zu ihrer Wohnung, schließe auf. Der Duft, dieser leichte unaufdringliche Geruch, den sie hat, in den sich dieser andere mischt, dieser grinsende Männeroberschenkel-, Männerkniekehlen-, Männersteißbeingeruch. Poren dicht verschließen! Ich stakse in ihr Arbeitszimmer, öffne das Schreibmäppchen. Stecke einen Radiergummi hinein, der vorher auf dem Tisch lag. Schließe das Mäppchen wieder. Spitze einen Bleistift an. Stecke eine Postkarte aus meiner Heimatstadt zwischen ihre Unicef-Postkarten. Lege den neuen Schwan-Stabilo-Stift, den ich gestern für sie gekauft habe, in ihre Schreibtischschublade.

Plötzlich erstarre ich. Ich höre Schritte vor der Wohnungstür. Schlüsselgeräusche, die Tür geht auf. Kirsten sagt: »War das 'ne öde Feier, also so was Ungemütliches auch, dieses Restaurant, nee also wirklich ...« Und Uwe: »Und dieser Billigfusel, so was den Leuten vorzusetzen, und das blöde Gedudel die ganze Zeit ... da machen wir uns doch lieber einen gemütlichen Abend ...«, seine Stimme wird leiser, aber ich höre sie noch, »im Bett, Schatz«. Sie küssen sich. Mir bricht der Schweiß aus. Schnell krieche ich unter den Schreibtisch. Sie laufen durch den Flur, ziehen sich Schuhe und Jacken aus. Dann gehen sie ins Schlafzimmer. Ich krampfe meine Hände ineinander. Das Schlafzimmer grenzt an Kirstens Arbeitszimmer, der Schreibtisch ist direkt an die Wand gerückt. Auf Hochdeutsch: ich befinde mich quasi neben ihrem Bett. Als ich Kirstens leises Lachen höre, höre, wie Kleidung auf den Boden fällt, zähle ich bis zehn. Dann springe ich auf, laufe aus dem Zimmer, höre noch ein »Himmel, wer ist denn bloß hier?« aus dem Schlafzimmer und knalle die Wohnungstür zu. Das war knapp.

Zu Hause lege ich mich zur Beruhigung in die Badewanne, löffele zwei Vanillejoghurts, überdenke den Vorfall noch mal. Sie werden mich für einen Einbrecher gehalten haben. Wahrscheinlich ihr Schloß auswechseln. Das wäre schrecklich. Dann müßte ich auf ihren nächsten Urlaub warten. Hätte nichts mehr, worauf ich mich freuen könnte bis Weihnachten, falls sie dann überhaupt verreisen. Könnte ihren Duft nie mehr einatmen. Und außerdem, selbst wenn sie Weihnachten verreisen würden, wäre noch nicht gesagt, daß ich wieder den Blumengießjob bekäme.

Am nächsten Tag ruft Kirsten mich aufgelöst an. Ob ich kurz vorbeikommen wolle, sie würden gerade mit ein paar Freunden über einen äußerst seltsamen Vorfall reden, der sich gestern abend zugetragen habe.

»Was ist denn passiert?« frage ich.

Ein Einbrecher sei aus ihrer Wohnung gerannt, der aber zum Glück noch nicht dazu gekommen sei, etwas zu stehlen. Aber die Angst, die sie jetzt hätten. Und das Gefühl, daß ein Fremder in ihre Privatsphäre eingedrungen sei. Schrecklich. Kirsten weint.

Ich verspreche rüberzukommen. Wenn Kirsten weint, tue ich alles. Außerdem habe ich mich gerade so an ihre Version der Geschichte gewöhnt, daß ich angefangen habe, sie zu glauben. Ich werde sie beraten, wie sie sich künftig, vielleicht mit einem Stangenschloß? besser vor Einbrechern schützen könnte.

Kirsten umarmt mich kurz, nur so eine Andeutung, dann gehen wir in die Küche. Da sitzen schon Paula (mochte ich eine Weile nicht, Name!), Anneliese, Gerd und Uwe. Uwe ignoriert mich wie immer. Ich glaube, er ist ein ziemlich eifersüchtiger Mensch und kann den Gedanken nicht gut ertragen, daß ich vor ihm jahrelang meinen Schwanz in Kirsten reingesteckt habe. Das stört ihn vehement, da kann er noch so zivilisiert und souverän tun. Manchmal bilde ich mir ein, daß er, wenn er mich verstohlen mustert, an meinem Schritt einen Moment länger verharrt. Soll er ruhig. Deshalb hat mich Kirsten bestimmt nicht verlassen. Aber es sind nur sehr kurze Momente, in denen Uwe mich seltsam anguckt. Üblicherweise betrachtet er mich als etwas bemitleidenswerten Typen, der einen uninteressanten Job hat und aus seinem Leben nichts gemacht hat. Und den seine Freundin nur zu Recht verlassen hat. Der damit erst nicht zurechtkam, aber seit einer Weile nicht mehr aufmuckt. Immer mal wieder für irgendwelche Anemonen oder Simonen auf seinem Balkon oder bei der Deutschen Welle schwärmt. Nur manchmal, wenn Uwe sich unbeobachtet fühlt, dann sehe ich etwas Düsteres in seinem Gesicht, den Neid auf das Leichte, Alberne, Durchgedrehte, das Kirsten mit mir erlebt hat. Wovon sie ihm doch erzählt haben muß. Das man auf jedem Foto sieht. Bevor wir abstürzten. Und sie sich so einen Bär wie ihn nahm. Sein Blick, der an meinem Schritt hängenbleibt. Der überlegt, warum hat sie es mit diesem Fuzzi nur so lange ausgehalten, lag es *daran*? Und dann die Hypothesen, die Eifersucht, das Faltenlabyrinth auf seiner Stirn. Die Falten auf meinem Sack.

Jetzt erzählt Kirsten noch mal den Hergang der Story: Wie sie und Uwe früher als geplant nach Hause kamen, ins Schlafzimmer gingen. Schlafen wollten. Von wegen. Jetzt lassen sie den wichtigsten Teil weg. Weswegen der Einbrecher schmerzdurchschnürt aufgesprungen ist.

Alle reden durcheinander. »Habt ihr ihn noch gesehen?« will Paula wissen.

»War eure Wohnungstür beschädigt?« fragt Gerd. »Hat er wirklich nichts gestohlen?«

»Vielleicht hatte der Einbrecher ja Angst vor euch?« gebe ich zu bedenken.

»Zumindest hätte er in unserer Anwesenheit nicht ungestört weiterkramen können«, meint Kirsten. Und dann sagt sie plötzlich. »Aber eines ist schon seltsam, ich glaube, er hat etwas zurückgelassen in unserer Wohnung, also da lagen auf einmal drei kleine rote Federn auf dem Teppich.«

Ich erstarre. Die müssen mir bei meiner panikhaften Flucht aus der Tasche gefallen sein. »Aha«, mache ich nur.

»Vielleicht war der Einbrecher ja eine Frau?« überlegt Uwe. Idiot. Plattnase.

»Möchtet ihr noch Kaffee?« fragt Kirsten und schenkt Anneliese und mir nach.

Ich stehe auf, um aufs Klo zu gehen. Als ich aus dem Bad komme, werfe ich kurz einen Blick in Kirstens Arbeitszimmer. Der Duft. Kann nicht widerstehen, muß einfach den Bleistift noch mal anspitzen. Ein paar Briefumschläge umsortieren. Dann, plötzlich, fasse ich einen Entschluß. Ich greife in die Innentasche meines Jacketts und hole eine, zwei, drei rote Federn heraus.

Einen Moment halte ich sie in der Hand, zögere. Ich werde alles zerstören. Für immer. Kirsten, den Duft, den Wannsee, wie wir über das Eis flogen, wie wir in der Badewanne herumalberten, ins Bett und dann später nur noch ins Kino gingen, uns Geburtstagsgrußkarten sandten, die blöden Blumen, meine Samstagabende, meine Sohlen auf ihrem hellen Teppich, alles.

Ich darf froh sein, wenn sie überhaupt noch ein Wort mit mir spricht. Nie mehr Uwes seltsamer, abwesender Blick auf meiner Hose. Ich zögere nicht länger, lege die Federn auf Kirstens hellbraunen Holztisch, in die Mitte, lege sie mit ihren Stilspitzen aneinander, sternförmig ausgebreitet. Dann gehe ich zurück in die Küche. Niemand beachtet mich, hat auch noch nie jemand getan. Mickymäuse gibt's wie Sand am Meer. Ich nehme einen Schluck

Kaffee, nehme doch kein Stück Kuchen, weil Uwes große behaarte Hand, die gerade über dem Teller schwebt, mir den Appetit verdirbt.

»Und was wollt ihr jetzt tun? Wenigstens das Schloß auswechseln solltet ihr!« meint Anneliese. Kirsten und Uwe nicken sofort.

Mich geht das alles nichts mehr an, ich stehe auf, verabschiede mich ohne große Worte, schreite hinaus, gleite die Treppen hinunter, auf die Straße, schaue in den Himmel, während ich die Oranienstraße entlangschwebe.

Café Brazil

Ich bin nur Peter zuliebe mitgekommen. Jetzt rühre ich in meiner lauwarmen Schokolade und versuche irgendwoanders hinzusehen als nach vorne.

»Tooor!« Alle umarmen sich, die Deutschen, die für Brasilien sind und gegen Dänemark, und die Brasilianer. Peter ist mit aufgesprungen und redet auf einen dunkelhäutigen Mann ein, klopft mit drei Fingern auf den Tisch. Ich esse den Keks auf meinem Tellerrand, dänisches Gebäck mit Zuckerstreuseln.

Am Anfang unserer Beziehung war ich wild entschlossen, mich möglichst extraordinär zu geben, täuschte allerlei ausgefallene Interessengebiete und Hobbys vor, nur um in Peters Augen als spannende Frau zu erscheinen. Das ist mir besser geglückt, als erwartet, zu gut, könnte man sagen, denn nun sitze ich hier im »Brazil«, und Peter gibt mit mir an als »eine der wenigen Frauen, die sich für Fußball interessieren«. Das habe ich mir selbst eingebrockt.

Es ist Halbzeit, alle laufen durcheinander, die Salsa-Musik wird lauter gedreht. Ich stütze meinen Kopf auf die Arme und versuche nicht über das Problem nachzudenken, das mir schon seit Stunden im Kopf herumgeistert: Mit fünfzehn habe ich angefangen, eine Liste zu führen, über die Anzahl meiner Liebhaber. Sehr originell ist das nicht, aber meine Originalitätsmacke habe ich erst später entdeckt. Jedenfalls habe ich diese Liste immer weiter geführt, und nun bin ich siebenundzwanzig. Manchmal habe ich sie monatelang nicht angeguckt, und dann habe ich hektisch drei Namen in einer Woche in das Spiralheftchen gekritzelt. Manche Eintragungen sind mit Kugelschreiber, andere mit ausgeblichenem Filzstift. »Thomas« und »Klaus« habe ich mit dem gleichen Stift notiert, mit dem ich auch meine Abiklausur über deutsche Liebeslyrik geschrieben habe. Ein herrlich dahingleitender Roller-Pen. Anthrazit. Peters Namen habe ich vor vier Jahren mit einem spitzen Bleistift ins Papier gekratzt. Als wir uns kennenlernten, habe ich behauptet, ich würde grundsätzlich nur mit flamingofarbenem Edding schreiben, doch sein Name ist tief eingeritzt in mein Heft, so tief ins Papier gehen kann man gar nicht mit einem Edding. Ich muß zugeben, daß sein Name nicht der letzte ist. Ich habe noch, was soll ich sagen, achtzehn Namen dahintergeschrieben. Mit einem hellblauen Leuchtstift, der längst nicht mehr leuchtet. Phillip, Carsten, Sönke, Robert, Chris ... die Namen sind alle in der gleichen schnellen Weise geschrieben, ein helles Hellblau auf dem blassen Papier. Und nun sind es insgesamt, ich habe vor zwei Tagen nachgezählt, neunundneunzig. Plötzlich bereute ich es, diese Liste angelegt zu haben, denn ich wußte, die Menge erschreckt mich nur, da sie nun als konkrete Zahl in meinem Kopf herumspukt. Neunundneunzig. Hätte ich die Liste nie geführt, würde ich jetzt nicht wissen, mit wieviel Männern ich zu tun gehabt habe, und würde denken, na, ein paar sind's schon gewesen, aber mir nicht weiter die Birne darüber zergrübeln. Aber nun mit dieser gewaltigen Zahl schwarz auf weiß, mit festem schwarzem Kuli unter den untersten Namen ins Papier geritzt, bin ich von einer unguten Ehrfurcht ergriffen.

Und jetzt das Problem, über das ich nachdenke: Morgen habe ich ein Date mit Steffen, einem Typ, von dem ich genau weiß, daß er in mir mehr als nur eine nette Kumpeline sieht. Ich meine, er könnte die unsägliche Nummer hundert werden. Aber nachdem ich doch ein bißchen erschrocken über die Neunundneunzig war, habe ich mir vorgenommen, die Hundert etwas selektiver zu vergeben.

Einen Moment lang habe ich sogar daran gedacht, schnell den Namen »Peter« bei der Hundert hinzuschreiben, die Hundert also gut belegt zu haben. Nachdem ich die Hundert mit Peter abgehakt hätte, könnte ich dann mit der Hunderteins und der Hundertzwei wieder etwas entspannter umgehen.

Aber ich dachte, daß das nicht der Sinn der Liste ist, mich selbst zu betrügen. Reicht ja, wenn ich Peter betrüge. Was für ein unschönes Wort.

»Tooooor!« Um mich herum brüllt und tobt alles, ich aber halte meinen Kopf aufgestützt. Das ist das 2:0 für Brasilien. Peter umarmt etwas theatralisch zwei Brasilianer. Der eine trägt eine Lederweste mit Fransen, der andere, kleinere, ist so ein Anzugfritze. Das ist so schön beim Fußball, er vereint alle. Sagt Peter immer.

In seiner guten Stimmung läuft er jetzt auf mich zu, drückt mir einen nassen Kuß auf den Mund und sagt: »Komm, ich muß dir mal Raul und Alberto vorstellen.«

Sie lächeln freundlich, werfen Peter den typischen »Na-du-hast-ja-eine-hübsche-Freundin-abbekommen-Anerkennungs-Blick« zu und schlürfen weiter ihre Caipirinha. Als ich mich umdrehe, auf meinen Platz zurückgehen will, sitzt da plötzlich ein dicker Typ mit Handy, guter Ort, um zu telefonieren, bei dem Gebrülle und der Salsa-Musik, und schiebt meine halbleere Tasse Schokolade mit angeekeltem Gesichtsausdruck von sich. Ich will ihn gerade von meinem Platz verscheuchen, da trifft mich der Blick des Kellners. Er schüttelt einen Cocktail-Shaker, hemdsärmelig, und mustert mich von der Seite. Ich bleibe stehen und behalte ihn im Blick. Diese Augen. Er fährt sich mit dem Handrücken über den Mund. Schaut weg. Eine Frau ruft ihm irgend etwas zu. Er nickt, schneidet Zitronen in Scheiben, steckt sie an gezuckerten Glasrändern fest. Jetzt lutscht er kurz, mit abgewandtem Gesicht, an einem Stück Zitrone wie ein Kind. Meine Laune hebt sich etwas. Vielleicht sollte ich doch nicht insgeheim für Dänemark sein und aus meiner Verbiesterung auftauchen. Der Kellner läuft nach vorne, drängelt sich zu den anderen. Die Dänen sind gefährlich nahe gekommen, ein Patzer in der brasilianischen Abwehr. Ein Tor fällt. Eisiges Schweigen, nicht mal ein lautes »Scheiße« im »Brazil«. Der Kellner schaut zu mir hinüber, sieht, wie Peter, kurz und selbstverständlich, über mein Haar streicht. Er wendet sich ab und bedient den Fransenlederjackentyp, Alberto, glaube ich.

Sören Kerk ist am Ball, und die Stirnen ziehen sich in Falten. Ich habe beschlossen, nicht mehr für die Dänen zu sein, auch nicht für die Brasis, nur noch für den Kellner. Wie er, groß und schlank, nach hinten läuft, eine Sektflasche kurz hochwirft und wieder auffängt. Wie er Sekt in zwei Gläser gießt, lächelt. Ich betrachte seine braunen kräftigen Hände, eigentlich viel zu groß für die schmalen Stiele der Gläser, daß er sie nicht zerbricht ... Um meine Oberschenkel sollten sie sich schlingen, diese Hände. Keine Sekunde denke ich mehr an Steffen, meinen miesepetrigen Kommilitonen, der in jedem Seminar endlose Monologe hält, sich immer wieder unterbricht, um zu sehen, wie seine Wirkung auf mich ist. Meine Neugierde, wie sich sein Gesicht verwandeln könnte, wenn ich sein Glied hochstreicheln würde, ist einfach nicht ausreichend, um ihm die goldene Nummer hundert zu verleihen. Nein, das ist es nicht wert.

Vor mir steht eine Frau, die in ihrer Handtasche etwas zu suchen scheint. Ich bin einfach ein sehr neugieriger Mensch. Zwischen ihre Finger gleiten: ein Foto von einem kleinen Mädchen mit Zöpfen, ein dunkelroter Lippenstift, auf dem »Wild Cherry« steht, ein Abdeckstift, noch mit einem Preisschild dran, zwölf Mark fünfundneunzig, eine Packung Aspirin-Tabletten, ziemlich angegammelt die Schachtel, und drei Tampons, die ich, so wie die aussehen, nicht mehr benutzen würde. Peter kneift mich in die Seite.

»Nessie, hast du denn keinen Spaß … ist doch ein spannendes Spiel, oder? Willst du 'ne Runde tanzen?«

Wir haben vor drei Monaten angefangen, Salsa zu tanzen, wie jeder zweite in Berlin. Peter brüstet sich damit trotzdem vor Freunden in Wiesbaden. Besonders gut sind wir nicht, wir treten uns ständig auf die Füße, und ich habe das ungute Gefühl, daß das nie aufhören wird.

»Nö, keine Lust, jetzt zu tanzen, Pedro, mach dir keine Sorgen um mich, okay?«

Plötzlich nimmt er mich fest in die Arme und flüstert mir ins Ohr: »Das gefällt mir, wenn du mich Pedro nennst.«

Ich muß mich abwenden, damit er meinen amüsierten Ausdruck nicht sieht. Das war böse Ironie von mir, die jetzt nicht nach hinten, sondern sozusagen nach vorne losgegangen ist. »Ja, Pedro«, kann ich mir nicht verkneifen. Dann mache ich mich auf den Weg zur Bar. Der Kellner bemerkt mich sofort, lächelt freundlich, seine schwarzen halblangen Haare fallen ihm ins Gesicht. Ich fahre mit einer Hand über den Rand der Theke, bewege den Finger mit dem in Silber gefaßten Mondstein hin und her.

»Einen O-Saft bitte, mit einem kleinen Schuß Sekt!«

Er zwinkert mir zu. »Du meinst, einen Sekt mit einem kleinen Schuß O-Saft?«

Ich grinse.

»Wie heißt du?« fragt er mich jetzt.

»Nathalie«, antworte ich, »aber die meisten nennen mich Nessie.«

»Aha, es gab mal dieses Monster, oder? Loch Ness …«

»Ja, aber das soll sieben Höcker gehabt haben, ich dagegen habe nur zwei!«

Das war ein echter Sparwitz. Wenn ich auf einen Mann scharf bin, mache ich primitivere Sprüche als jeder Mann, der eine Frau ins Bett kriegen will.

»Und wie heißt du?« frage jetzt ich.

»Ich bin Pedro!«

»Oh«, sage ich etwas zu erstaunt bei diesem geläufigen Namen.

»Und ... bist du froh ... heute auch ...«, fragt Pedro. Ich glaube, er kann nicht so gut Deutsch.

»Ja, doch, war ein spannendes Spiel, obwohl ... den Dänen hätte ich es auch gegönnt, ihr habt doch schon so oft gewonnen!«

Diese Art von Global-Demokratismus interessiert Fußballfans wirklich überhaupt nicht, aber hier habe ich einen Frauen-Bonus. Als Frau bin ich mit so einer lieben Sozial-Bemerkung nicht gleich unten durch. Ich betrachte sein ebenmäßiges Gesicht, seine schönen hellen Zähne. Eigentlich bin ich genauso blöde wie Peter, schießt es mir durch den Kopf. Er fährt auf die »gute Stimmung« in südamerikanischen Kneipen und Bars ab, auf Salsa-Musik und so weiter, worüber ich mich lustig mache, insbesondere darüber, daß er an solchen Abenden immer betont farbenfrohe Hemden anzieht, orange oder rot – aber was tue ich? Lache ich mir etwa einen Dänen an? Nein, ich bin verzückt von einem brasilianischen Kellner, nur weil er so brasilianisch aussieht.

»Seit wann bist du denn schon in Berlin?« säusele ich.

»Äh, seit drei Jahr ... spreche nur português mit meinen Kollegen, weißt du, und nur ein bißchen deutsch bis jetzt, aber wird besser schon.«

Ich finde es herzig, wenn jemand mit so einem Akzent spricht.

»Und das dein Freund?« Pedro nickt in Richtung Peterpedro.

Ich schüttele den Kopf, meine übliche kleine Lüge. »Ex-Freund«, verbessere ich.

»Ah ... traurig?«

»Nein, glücklich, jetzt gute Freunde!« Ich versuche zu strahlen. Die Vorstellung, Peter zu verlieren, ist mir ein Alptraum, auch wenn ich mich oft über ihn ärgere.

»Und macht es dir Spaß, hier zu arbeiten?« frage ich, da mir nichts Besseres einfällt.

»Nein, nur heute«, gibt er überraschend zur Antwort. »Zuviel Hektik, zuviel Streß, ich komme vor wie Roboter manchmal ...« Er guckt betrübt.

»Aber nicht heute, du hast vorhin so lässig gewirkt ...«

»Nein, heute schön, heute ein schönes Fest, und du eine schöne Frau.«

Ich strahle. Freue mich ehrlich über diesen 0815-Spruch. Pedros Augen ... Mag sein, daß er täglich zwanzig Frauen so anschaut, aber er ist ja nun auch nicht der erste Mann, den ich in meinem Leben angelächelt habe. Wir schauen uns immer noch an. Jetzt bin ich es, die unseren schönen Flirt abbricht – Alberto mustert mich so komisch. Er hat wahrscheinlich schon dicke Freundschaft mit Peter geschlossen und ist drauf und dran, sich gleich stellvertretend für ihn mit Pedro zu duellieren. Alberto wendet sich ab, nicht ohne mir noch einen höchst skeptischen Blick zuzuwerfen. Na, dessen geheime Liste möchte ich nicht kennen.

Pedros Hand liegt plötzlich sanft auf meiner Schulter.

»Was möchtest du trinken? Ich dich einladen!«

»Oh, das ist nett, Caipirinha nehm ich.«

Eine Minute später stehen zwei Caipirinhas vor uns. Er sieht mir wieder in die Augen, während wir den ersten Schluck nehmen. Mir wird warm, meine Stimmung verbessert sich. Ich beginne ein Spiel, das mir immer Spaß bereitet, nämlich, über Leute lästern. Anfangs bin ich überhaupt nicht sicher, ob Pedro da einsteigt, aber er lästert dann auch ein bißchen über den dicken Typ mit Handy, der es sich auf meinem alten Platz bequem gemacht hat.

»Hat gar keinen Spaß dieser Mann, jetzt noch Business-Gespräche, gar keinen Spaß ...«, meint Pedro.

»Tanzt du mit mir?« fragt er mich jetzt.

»Wie ... wo ... hier?«

»Du kommst hinter die Bar mit mir ...« Pedro sieht mich fest an.

Ich beuge mich nach vorne und streiche ihm mit einer meiner langen blonden Haarsträhnen über die Wange. Er macht ein Gesicht, als hätte ihn gerade der Donner gerührt, ein bißchen übertrieben, finde ich. Dann laufe ich um die Bar herum zu ihm. Aus den Augenwinkeln sehe ich, daß Peter gerade Klaus und Lisa, Freunde von uns, getroffen hat und beschäftigt ist, Alberto redet angeregt mit einer Blondine.

Jetzt trampele ich also nicht auf den Füßen meines Freundes, sondern auf Pedros Füßen herum, doch scheint ihn das nicht zu stören, er schiebt und dreht mich geduldig herum, auch eine Art Vorspiel. Immerhin fangen unsere Körper an, sich aufeinander einzustellen. Der leichte Schweißgeruch, der von seinem aufgeknöpfen Hemd ausgeht, ist mir angenehm, auch die Weise, wie seine Hände auf meinen Hüften liegen. Ich merke an der Art, wie er mit mir tanzt, eine Mischung aus Vorsicht, Rücksicht und Energiegeladenheit, daß er sich auf meinen Körper konzentriert. Auf ihn zugeht und sich bremst. Ihn schonen und nicht schonen will. Mir fällt mein erster Tanzkurs wieder ein: Die Jungs, die, insbesondere, wenn sie besser tanzten als ihre Partnerin, väterlich und verführerisch zugleich wirken wollten. Die sich einem näherten und sich entfernten, nette und belehrende Dinge zugleich in einen Satz packen wollten. Hingabe und Abstand. Jetzt zieht Pedro mich zu sich heran.

»Dein Ex-Freund guckt böse«, flüstert er mir ins Ohr. Einen Moment überlege ich, ob er mein Spiel durchschaut hat und das vielleicht besonders reizvoll findet. Aber Pedro läßt mich los und sieht mich ehrlich verwirrt an.

»Don't worry«, sage ich. Wenn mir der Schweißgeruch eines Mannes gefällt, ist es einfach schon zu spät. Fast traurig stehe ich manchmal neben mir selber, während sich das Immer-Gleiche mit trostloser Folgerichtigkeit wiederholt. Bis die Droge soweit zu wirken beginnt, daß ich gar keine traurigen Gedanken mehr spinnen kann. Der Pedround der Nessie-Roboter küssen sich zärtlich in der Tür zum Klo. Sein Speichelgeschmack gefällt mir.

»Wir können kurz weggehen, Renato kann ruhig mal alleine an der Bar sein …«, murmelt Pedro in mein feuchtes Ohr.

»Wer ist Renato?« sage ich so dahin.

»Der andere Kellner, der vorhin auf dem Tisch getanzt hat, mit dem roten Jackett!« Pedro klingt erstaunt. Dunkel erinnere ich mich an den drahtigen kleinen Typ mit Halbglatze, der nach dem dritten entscheidenden Tor der brasilianischen Mannschaft auf dem Tisch tanzte. Ich hatte nur noch Augen für Pedro.

Pedro streichelt meinen Hals, zieht mich an sich. »Komm, laß uns in die Küche gehen, dort sind wir alleine …«

Leichtfüßig laufe ich hinter ihm durch die Schwingtür mit den Metallbeschlägen in die Küche, ein Juchzen in meinen Achillesfersen. Verstohlen blicke ich Pedros großen, muskulösen Körper an. In der Küche legt Pedro seine Arme von hinten um meine Hüfte. »Ich glaube, wir sollten nach hinten gehen, in den Lagerraum.«

Mir ist das egal, ich hüpfe weiter. So viel Caipirinha und Hormone in meinem Hirn. Der Lagerraum ist gar nicht so ungemütlich, ziemlich leer bis auf einige Tische und Stühle, ein Regal im Hintergrund. Pedro geht zum Regal und holt drei Handtücher heraus. Dann breitet er sie auf dem Boden aus. Wir sehen uns an. Dieser kleine Moment Unsicherheit, der mich immer noch überkommt, Zahlen hin oder her. Ich zittere. Pedro legt seine Arme um meine Hüften, schließt die Augen. Wir küssen uns lange, dann ziehe ich mich ganz schnell aus, um den letzten Funken Verlegenheit zu überspielen, eine kleine Flucht nach vorne. Sein steifer Schwanz rutscht an meinem engen T-Shirt, das ich noch anhabe, auf und ab, unter mein T-Shirt, an meinen Bauchnabel. Feuchte Krakelschrift auf meinem Leib. Mich überfällt diese Sekundenliebe, ein inniges Gefühl der Zuneigung, ohne das ich gar nicht mit jemandem schlafen kann, das nur aus dem Moment heraus erwächst, und wenn ich wieder alleine bin, nicht mehr ist als eine kalte Rauchfahne unbewegt in der Luft, an einem Himmel, der eben noch von Feuer durchleuchtet wurde. Liebeslyrik im Abi, sag ich nur.

Wir stöhnen kurze Atemstöße ineinander, und das Bild, das ich die ganze Zeit in meinem Kopf habe, das mich geil und geiler macht, ist nicht der Anblick seines mit schwarzem Gummi überzogenen Penis, als er in mich eindrang, nicht seine nasse Hand, die er aus mir herauszog, nicht seine Lippen und Zähne an meinen Brustwarzen, sondern seine Hände, als er vorhin an der Theke die Sektflasche in die Luft warf, diese spontane Geste, viel weniger kalkuliert als all das, was wir jetzt veranstalten, diese kleine Geste überschüssiger Energie.

In der gleichen Weise, mit der ich vorhin den Reißverschluß meiner Hose heruntergezogen habe, ziehe ich ihn wieder hinauf. In der gleichen Weise werde ich zu Hause den Reißverschluß meines Schreibmäppchens öffnen, einen Stift herausnehmen und »Pedro« in mein Heft kratzen. Bleierne hundert.

Die Suche nach Montserrat

Ich beobachte Montserrat. Um es unauffällig zu machen, reibe ich mir ab und zu die Augen, tue so, als würde die nicht vorhandene Sonne mich blenden. Dann haue ich ab. An der Gleimstraße – ich bin in einen gemächlichen, unauffälligen Schritt verfallen – treffe ich Frau Minzlin, meine Nachbarin. Ich unterhalte mich gerne mit ihr, obwohl sie die Angewohnheit hat, meine Aussprache zu korrigieren. In Hamburg geboren, bin ich mit meinen Eltern, die aus Uruguay stammen, vor neun Jahren nach Berlin gezogen, aber Frau Minzlin findet, daß ein Südamerikaner richtig berlinern muß.

Tengo frío. Das rutscht mir manchmal heraus – nein: raus. Mit meinen Eltern rede ich Spanisch. Sie haben zwar Deutsch gelernt, aber weil sie finden, daß man in Deutsch nicht richtig schreien kann, brüllen sie zu Hause lieber spanisch herum. Rum. Beziehungsweise urúguayisch. Das sind feine Unterschiede, die Deutsche nicht verstehen. Für sie sprechen wir alle spanisch. Mir ist kalt. Tengo frío. Ich hab nur einen Sommer in Uruguay verbracht, und diese mickrigen acht Wochen müssen für alle möglichen Vergleiche, auch für das Wetter, herhalten.

Nachher muß ich Montserrat anrufen. Muß Tonino den Rücken massieren und Verdi den Bauch kraulen. Luftschokolade für alle kaufen. Ich muß mich beeilen.

Die Straßenbahn kommt die Schönhauser entlanggezockelt, und ich setze mich auf die mit Schwänzen und Titten bekrakelte Bank, lese bei meinem Nachbarn die Überschrift von »Auto Motor Sport«: Mercedes Kleinwagen punktet.

Montserrat hat ihr Kind Mercedes genannt. Dieses Kind, das mein Kind hätte sein können. Dieses Kind, das ich – auch wenn ich erst einunzwanzig bin – gerne vor allem möglichen gewarnt hätte. Jetzt wächst Mercedes-Stefanie in einer von Grautönen und Druckersummen beherrschten Büro-Wohnung auf, in der die Eltern sich beim Eintreten panisch die Schuhe von den Füßen streifen und sie auf eine Plexiglasablage stellen.

Montserrat ist meine Cousine. Eine Cousine, die sich auf leisen Sohlen heranpirscht, wenn man in ihrer Badewanne liegt, und einem mit kühlen Fingern Schaumbuchstaben auf die Brust schreibt. Und während man noch überlegt, welche Worte – in welcher Sprache? – sie auf einem hinterlassen hat, Sekundenworte, ist sie schon wieder aus dem Bad verschwunden; man hört nur noch das Knistern des in sich zusammensinkenden Schaums. Ich habe Montserrat gewarnt. Vor deutschen Geschäftsmännern, die spanische oder südamerikanische Brüste gerne in ihren anthrazitfarbenen Mercedessen massieren. Die gar nicht daran denken, Kondome zu benutzen, denn so eine aufgeweckte Spanierin oder Uru – dat Wort kann man ja jaar nich aussprechen – wird ja wohl die Pille nehmen. Aufgeweckt. Montserrat ist nicht aufgeweckt, sondern schlafsüchtig. Ich bin es, der sie weckt, denn Lars, ihr Mann, ist selten zu Hause. Nachmittags stehe ich an ihrer Schlafzimmertür und sehe auf die wirren Muster, die die Schatten der vorbeirauschenden Autos, Volkswagen, Opels, Hondas, Mercedesse auf ihrer himmelblauen Bettdecke hinterlassen. Sekundenmuster, die ineinander-, die weiterfließen, die nicht haltmachen vor ihrem Hals, ihren Brüsten, ihrem Schambein.

Muster.

Die Straßenbahn rumpelt an der farblosen Fassade der Hackeschen Höfe vorbei, eines meiner Haßobjekte steht breit und schwerfällig am Straßenrand, glänzender Stern.

Der Beethoven unter den Autos. Taram! Montserrat ist wegen des Inhabers solch einer Angeberkarre 10 000 Kilometer von zu Hause fortgegangen, nur um hier unglücklich zu sein und sich von ihrem Cousin betutteln zu lassen.

Natürlich hätte es nicht mein Kind sein können. Dürfen. Aber zum Glück kann man ja noch nicht Gedanken lesen. Also bin ich frei. So frei wie ... Verdi, ihr aus Uruguay importierter Kater. Aber dazu später. Vorerst gucke ich mir den grünen Huppel, der Südamerika darstellen soll, auf meinem Schlüsselanhänger an, das ist so ein Flummi mit der Weltkarte drauf, und alle Kontinente sind grüne Huppel, die man eindrücken kann. Ich habe mit Stefan gewettet, ob Brasilien größer ist als Westeuropa. Weil ich die Wette gewonnen habe, habe ich diesen Flummi und ein Bier bekommen. Das Bier ist weg und im Hades, aber die Weltkugel baumelt seitdem an meinem Schlüsselbund.

Im Beobachten bin ich gut. Das habe ich von kleinauf gelernt. Derjenige, der sich nicht verstecken kann, muß beobachten können. Meine Augen sind schwarz. Da kann noch so dick in meinem Paß stehen: Geburtsort Hamburg. Meine Augen sind mein Angriffspunkt und meine Waffe – eine Art Spiegelwand: Laßt nichts heraus, nehmt nur auf, sammelt, paßt auf. Schweigt euch aus.

Darum bin ich der Wächter von Montserrat. Hochgelegenes Kloster bei Barcelona, in welchem politisch Verfolgte stets Unterschlupf fanden und ungestört ihre geheimen Aktivitäten fortsetzen konnten. Denn die Felswände sind so steil ... Zerschnittener Berg bedeutet Montserrat auf deutsch. Aber das weiß niemand hier, meine Freunde denken, Montserrat hieße so etwas wie »singender Schwan«.

Seit zwei Jahren ist sie mit einem deutschen Geschäftsmann verheiratet, einem Hampelmacker mit cremefarbenem Anzug, Handy und grauen kleinen Augen, die meinem Blick nicht standhalten. Sie geht mit ihm Arm in Arm durchs Lafayette, in die Friedrichstadtpassagen, zwängt sich in überfüllte Stehrestaurants, rümpft die Nase über feuerzeugverkaufende Inder. Damals, als ich den Sommer über in Uruguay bei ihrer Familie gewohnt habe, war sie ganz anders: Sie schminkte sich nicht, versuchte nicht die Namen irgendwelcher »Objektkünstler« auszusprechen, spielte mit mir Mikado in einem klapprigen Pavillon, preßte Mangosaft, den wir auf den sumpfigen Weiden hinter ihrem Haus tranken.

Doch vielleicht ist sie hier gar nicht so unglücklich, wie ich mir immer wünsche. Ich achte ja auf Indizien, aber nur einmal habe ich, als ich aus ihrer dampfenden Badewanne stieg und in den vollständig beschlagenen Spiegel schaute, die Spuren eines in den Dunst gemalten durchgestrichenen Herzens erkennen können.

Montserrat und ich sehen uns jeden zweiten Tag. Sie wohnt ja quasi gegenüber. Lars wittert nichts, denn Familiensinn haben sie ja, die Spanier.

Jede Familie hat ihre eigenen Probleme, sagte Frau Minzlin letztens zu mir an der Käsetheke. Meine Eltern sind 1977 vor der damaligen Diktatur in Uruguay nach Spanien geflohen, zwei Jahre nach dem Tod Francos. Ein Jahr darauf sind sie, da sie in Toledo keine Arbeit fanden, ins schillernde Deutschland gezogen. Meine Mutter verdingte sich im Reisebüro, da waren ihre schwarzen Augen und das südliche Flair mal nützlich, mein Vater setzte seine »männlichen Reize« dafür ein, einen Job als Paketstapler bei der Post zu bekommen. Die Kollegen nannten ihn »Uru«. Und ich werde oft »Uri« genannt, origineller-weise, denn »Camilo«, meinen richtigen Namen, merkt sich doch niemand. Dabei kann man ihn doch super berlinern: Kamüllo.

Wenn ich mit Montserrat die Schönhauser Allee entlanglaufe, wird sie permanent angeglotzt. Männer fassen in der Straßenbahn an ihre hüftlangen schwarzen Haare. Auf Parties wird von ihr erwartet, daß sie mit jedem Salsa tanzt.

Oder Tango. »Tango? Dit heißt doch ›Sich berühren‹, oda?« schnauzte ein Proll sie an, als sie seinem Gegrabbel auswich. Wenn ich auf einer Party abseits stehe und mich zu langweilen scheine, dann fällt bestimmt irgendeinem Trottel ein, daß ich doch ein »temperamentvoller Spanier« sei, warum ich nicht mal einen Witz erzähle …

Ich habe Montserrat früher nur einmal im Jahr gesehen, zu Weihnachten. Wie ein Engel (wie die schwarze Madonna im Kloster Montserrat) stand sie – ein bißchen stolz, ein bißchen schüchtern – unter dem glitzernden Baum, ein silbernes Diadem unserer Großmutter in ihrem nie ordentlichen Haar. Eine knappe Woche später wurde sie, die ich eigentlich nie in Pullovern und Hosen, immer nur in Festtagskleidern gesehen habe, wieder nach Südamerika geflogen. Vor zwei Jahren ist sie dann nach Deutschland gezogen, ohne je vorher einen unweihnachtlichen Eindruck dieses Landes erhalten zu haben. »Die Glitzerstadt« nannte sie als Kind Berlin und dachte, es würde hier immer und überall so aussehen wie auf dem Kudamm am 24. Dezember … Und trotzdem ist sie nun »nach einer langen Anlaufzeit«, wie sie immer sagt, und endlosen Deutschkursen geblieben.

Wegen Lars. Und natürlich wegen uns. Wegen mir. Glaube ich. Manchmal. Wenn sie mir beim Abwaschen kurz den Nacken krault.

Los españoles son calientes. Hot. Behauptet meine Nachbarin Miriam, eine ziemlich von sich überzeugte Studentin, die aus Langweile »und weil's halt 'ne Weltsprache ist« ein bißchen Spanisch lernt. Sie ist der Meinung, daß alle spanischen (ergo südamerikanischen) Männer von morgens bis abends nur daran denken, wie sie eine blonde große Frau vögeln können. Ich bereue es, ihr das spanische Wort für »ficken« beigebracht zu haben, denn jetzt rennt sie laut »joder! joder!« grölend, durchs Treppenhaus.

Sie denkt, weil das Wetter in Spanien heiß ist, sind auch die Menschen dort heiß. Is halt so, is doch irjendwie logüsch, sagt sie. Mir gefällt sie nicht, da kann sie noch so oft in engen Miniröcken bei mir vor der Tür stehen und nach Eiern fragen.

Montserrat ist eher klein und hat dunkle, glatte Haare. Haare wie Wasserpflanzen. Haare, die ein Eigenleben führen. Haare, die auf Lars' Lederpolstern zurückbleiben und alles verraten. Haare in meinem Einmachglas.

Uruguay. Neun Millionen Kühe, drei Millionen Einwohner. Sümpfe und Wälder, die einem unter die Haut kriechen, die die Haut elektrisieren. Unkraut und Wind und Haare. Strände. Montevideo ist keine Kunstmetropole, Montevideo ist schön und langweilig. Wie ich. Wie meine Schwester. Wie meine Eltern. Wie meine Großeltern. Wie meine Cousine. Wir sind harmoniebedürftig und etwas weichlich. Ich brauche keine Graffiti von fikkenden Skeletten an jeder Mauer, um glücklich zu sein. Keine abgefahrenen Clubs, wo einem blondierte, arrogante Frauen in den Drink spucken, um auf sich aufmerksam zu machen. Bisexuelle Männer, die einen mit grünlackierten Fingernägeln in den Hintern kneifen und einem Partyflyer für Kellergruft-Events in den Hosenschlitz stecken.

Ich möchte am Südatlantik liegen und mir von meiner Cousine den Rücken beschreiben lassen ... Und doch war das alles nur ein Ausflug. Ein sueño, ein Traum eben, den man hat, wenn man als Achtjähriger auf die schiefergraue Alster starrt und die gezischelten Worte der Mitschüler »Kannst du dich nicht mal waschen?«, »Du hast Augen wie so'n Terrorist« wie Pfeile in den Rücken hageln.

»Warum muß immer alles so ässlich sein, keine Arrmonie!« sagte mein Vater oft in unseren ersten Jahren in Berlin. Das »H« kann er mittlerweile, aber er hat noch nicht kapiert, daß die Berliner sich das Schicksal ihrer Stadt nicht ganz selbst ausgesucht haben und die Gedächtniskirche nicht aus Spaß an der Freude *so* aufgebaut wurde. Das versuche ich ihm manchmal zu erklären, wenn er wieder schimpft über diese Stadt, in der keine zwei Häuser nebeneinanderstehen, die zueinander passen. Der Geschmack meines Vaters ist berechenbar: Mit nichts haben wir ihm einmal mehr Freude gemacht als mit einem Buch über Schinkel. ARRMONIE!

AGONY! stand auf dem zerrissenen Poster meiner Schwester, das lange Zeit ihre schwarz angestrichene Zimmertür, das Portal zu ihrer verqualmten Grufthöhle, zierte.

Wenn Montserrat und Lars mal wieder einen Wochenendtrip unternehmen, habe ich die Aufgabe, die Wohnung zu hüten, das Katzenklo zu reinigen und die Futternäpfe aufzufüllen. Ich denke heute gar nicht daran, mir die Schuhe auszuziehen, und lasse mich im Wohnzimmer gemächlich auf Montserrats rotem Samtschemel nieder; das einzige Möbelstück, das sie aus Uruguay mitgenommen hat. Vielleicht fliegt sie ja wirklich im nächsten Winter (also Sommer) mit mir nach Uruguay. Als wir letztens zuviel Rotwein getrunken und Luftschokolade gegessen haben, dachten wir uns Reisen aus, auf die wir Lust hätten, und kamen auf diese Idee ...

Verdi sitzt miauend vor der mit einem Stangenschloß versehenen Stahltür. In den zwei Jahren, die er hier ist, hat er nie etwas anderes gesehen als diese Wohnung mit Lars' Möbeln. Damals in Uruguay habe ich Verdi Kuhlen am Strand gemacht. Sein Fell hatte eine andere Farbe, es war nicht braun, sondern rotbraun, behaupte ich. Aber Montserrat meinte lachend, das sei »totaler bullshit«. Ein Begriff, den sie von meiner Schwester übernommen hat.

Meine Schwester Mariona ist vier Jahre jünger als ich und nennt sich seit neuestem »Mary«. Nach ihrer Gruft-

und Punkphase steht sie gerade voll auf HipHop und möchte später in L. A. leben. Uruguay kennt sie nur von Fotos. »Nix als Natur, is doch superöde!« lautet ihr Spruch dazu. Mit meinen Eltern hat sie sich furchtbar gestritten, weil die enttäuscht waren, daß sie über Ostern nach New York geflogen ist, ohne sich je einmal für Montevideo, Buenos Aires oder Caracas interessiert zu haben. Wie alle Südamis haben meine Eltern ein tiefsitzendes Mißtrauen gegenüber den Amis. Mary aber benutzt ständig englische Wörter: »Is doch super easy«, »Hat die'n doofes face!«, »Ich finde meine tits zu klein!«, »Echt strange!« und natürlich »So'n bullshit!« Meine Eltern haben versucht, sie anzuregen, zu Hause Uruguayisch zu sprechen. »Ich will erst mal richtig Englisch lernen, dann kann ich meine Musik verstehn!« hat Mary nur gekontert. Da habe ich ihr zugestimmt, weil ich es auch wichtig finde, gut Englisch zu können. In vielen anderen Dingen gebe ich aber meinen Eltern recht: Mary könnte ruhig Weihnachten mit uns Tango tanzen, anstatt mürrisch in der Ecke zu hängen. Sonst tanzt sie immer autistisch vor ihrem Spiegel, total unromantisch. Sie ißt auch nicht die eingelegten Pimientos von meiner Mutter oder die gesalzenen Anchoas. Auch unser Lieblingsessen, frittierte Bananen, lehnt sie ab. Statt dessen macht sie sich Erdnußbuttertoasts, zieht sich Hähnchen rein oder macht kreischend mit ihren Freundinnen Popcorn in der Küche, die noch nach Tagen von den danebengefallenen Maiskörnern knirscht.

Aber meine Eltern nerven mich auf ihre Art auch: Sie tun supergebildet, als würden sie jeden südamerikanischen Schriftsteller in- und auswendig kennen, dabei lesen sie am liebsten die »Morgenpost«. Früher, als sie noch sehr schlecht Deutsch konnten, haben sie »BILD« gelesen. Jetzt sind sie fünfzig, und bei der »Morgenpost« wird es denn wohl bleiben. Bei den Fußballweltmeisterschaften sind meine Eltern für Brasilien, und ich ... ich bin für gar keine Mannschaft, obwohl ich sehr gerne Fußball gucke. Das hat noch nie jemand verstanden.

»Na, wann grölst du denn dann?« wollte Stefan einmal wissen.

»Na, bei allen Toren«, hab ich leise gesagt.

All diese Dinge gehen mir durch den Kopf, während ich ein langes Haar, das ich auf Montserrats rotem Schemel gefunden habe, durch meine Finger gleiten lasse.

Montserrat war ziemlich überrascht, als ich ihr erzählte, daß ich lieber mit ihr ins Aquarium als ins Kino oder in ein Café gehen wollte. Aber sie willigte amüsiert ein. Im Aquarium ist es stockdunkel, nur in der Nähe der Becken fällt etwas Licht auf unsere Gesichter. Auf Montserrats Profil. Ich bin sehr nervös.

Die lateinischen Namen der Fische klingen wie Zauberworte; türkis schillern die langen Schweife der Kampffische im Wasser. Ich zittere. Schaue vorsichtig zur Seite. Fast habe ich Angst, der Anblick von Montserrats schönem Gesicht würde mich jetzt überfordern. Ich spüre meinen Herzschlag in meiner Halsschlagader, sehe zu, wie zwei Kampffische in Stellung gehen, unbewegt stehen sie im Wasser, ihre leuchtenden Rückenflossen kerzengerade aufgerichtet. Montserrat schaut ebenso bewegungslos in das Aquarium. Scheu blicke ich auf ihre Hände, die sich ineinanderkrampfen. Der größere Kampffisch schießt ruckartig nach vorne und macht zuckende Drohgebärden, sein schillernder Schwanz ist ein weites wehendes Tuch im sprudelnden Wasser. Ich schließe die Augen, die Welt ist nur noch blau, grün, türkis. Montserrat. Ich nehme ein leichtes Vibrieren des Bodens unter mir wahr, sie muß sich bewegt haben. Ich öffne meine Augen einen Spaltbreit. Montserrat hat nur ihr Gewicht etwas verlagert, um näher an der Scheibe zu sein. Der zweite Kampffisch weicht zurück, verjagt, eine Ersatzhandlung vielleicht, zwei Skalare und einen Schwertträger und gleitet hinter das Riff. Der erste Kampffisch fächert seine schillernde Schwanzflosse so weit wie möglich auf und zieht eine Siegerrunde durch das Becken.

Ich höre Montserrat tief ausatmen, höre ihre Erleichterung darüber, daß die Kampffische sich nicht verletzt haben. Sie deutet ein Nicken an und geht einfach weiter. So ist Montserrat. Ohne Worte bestimmt sie, was gemacht wird. Ich hatte gehofft, sie würde sich hier an den Cebollati erinnern, den Fluß in Uruguay, in dem wir damals solche Kampffische gesehen haben. Wir haben im Wasser nach ihnen gegriffen, nur um ihre unglaublich langen Schleierschwänze einmal durch unsere Hände gleiten zu lassen.

Nachher habe ich Montserrat stundenlang die Haare gebürstet. Bis der letzte Angler über die knirschenden Holzlatten im sumpfigen Gras an uns vorbeigehuscht war. Bis die Glocke der Großmutter nicht mehr nach uns geläutet hat. Es war ein meditatives Kämmen, längst lagen ihre Haare glattgebürstet und glänzend vor mir, und doch führte ich die immergleiche Armbewegung aus, sah, wie sich die elektrisierten Haare in der Dämmerung aufstellten und wie sie langsam niedersanken. Ihr Haar war wie ein verlängertes Körperteil, etwas, das noch sie und nicht mehr sie war, etwas, das abbrechen und in meine Hosentasche wandern konnte, ohne daß sie Notiz davon nahm, etwas, das sie gleichermaßen zu leisen Aufschreien bewegen konnte. Etwas, das ich nicht kannte – mit meinen von Mutter verordneten Zwei-Zentimeter-Stoppeln. Ich hatte Muskelkater am nächsten Tag, aber an diesem Abend habe ich meinen Arm immer wieder heben können, ohne ihn zu spüren.

Das war alles.

Mein Freund Stefan meint, ich hätte einen Knall mit

Montserrat (er weiß nicht, daß sie meine Cousine ist, ich habe ihm erzählt, sie sei die Freundin einer Cousine). Ich sollte »mir mal was anderes suchen«, hat er mir schulterklopfend geraten. Stefan ist so ein Pragmatiker, der immer, wenn er an eine Frau nicht herankommt, sagt: »Die isses nich wert, ick gloob, ick kiek mir 'ne andere aus.« Und das tut er dann auch. Wenn er an eine »rankommt«, bringt er den gleichen Spruch allerdings auch.

Gestern war ich auf einer Party, wo mich ein Mädchen penetrant anlächelte. Als nur noch fünf Leute da waren, ich hatte keine Lust nach Hause zugehen, weil ich wußte, daß Montserrat und Lars auf einer Hochzeit in Paderborn sind und das sonntägliche Familien-Frühstück bei ihnen ausfallen würde, begannen wir ein Spiel, Flaschendrehen. Immer, wenn ich dran war, rief Ulrike, so hieß das Mädchen, »Naa, Torero?« Das schien sie witzig zu finden.

In meiner Jeans ist hinten ein kleiner Riß, und als ich aufstand, um mir ein Bier zu holen, hat sie ihren kleinen Finger da hineingesteckt und gelacht.

»Ich hab auch spanisches Blut in meinen Adern«, erzählte sie mir mit leuchtenden Augen.

»Ja?« habe ich müde gefragt, denn es war schon sieben Uhr morgens. »Ja, meine Urgroßmutter war Halbspanierin oder so, doch ehrlich.«

Da mußten auch einige der anderen lachen. Die rotblonde Ulrike wollte nachher, daß ich mit ihr auf einer Matratze schlafe, aber ich habe ihr von meiner Freundin Montserrat erzählt, und sie hat respektvoll genickt.

Heute nachmittag hängt ein Zettel von Miriam an der Tür.

»Hello! Hast du Kurkuma, ich will heute abend eine schöne Suppe machen, kannst gerne mitessen!«

Schöne Suppe. Suppe hätte genügt. Miriams ausladende Schrift, mit Kringeln als I-Punkten. In Türkis. Das ist Absicht, sie denkt, die Farbe gefällt mir. Tut sie auch, aber nicht unbedingt als Filzstiftgeschreibsel, das »schöne Suppe« schreibt.

Ich lege mich aufs Bett und überlege, was ich heute abend machen soll. Peter ist dieses Wochenende bei seinen Großeltern in Hameln, Axel geht zum »Mouse-on-Mars«-Konzert, was mir zu teuer ist, und Patrick hängt nur noch ehemäßig mit seiner Freundin rum.

Miriam wohnt im Seitenflügel, ich kann in ihre Fenster schauen und höre immer, was für eine Musik sie gerade spielt. Jetzt ist es irgend etwas Opernhaftes, ich mag so schwülstiges Zeug. Miriam hält gerade eine Kette hoch, dann öffnet sie das flache Messingdöschen auf ihrer Fensterbank und steckt einen Ring an. Sie spreizt ihre Hände. Eigentlich ist sie keine unattraktive Frau, denke ich, wenn sie bloß nicht so aufdringlich und plump wäre. Manchmal, wenn sie »spontan« zum Kaffeetrinken vorbeikommt, setzt sie sich in ihrem engen Rock im Schneidersitz vor mich, und ich kann sehen, daß sie keine Unterhose trägt. Stefan fände das bestimmt »geil«.

Vielleicht hat Miriam Lust, ins Kino zu gehen, es muß ja keine »schöne Suppe« sein. Ihre Musik dringt immer noch zu mir herüber. Manchmal läuft mir ein heiß-kalter Schauer den Rücken herunter, wenn sich diese schrillen Frauenstimmen fast überschlagen …

Ich stehe auf, werfe keinen Blick in den Spiegel, es ist ja nur Miriam, und gehe rüber.

»Ach … hi! Das ist ja 'ne Überraschung!«

So groß kann die Überraschung wohl nicht sein, wer hat denn vor höchstens drei Stunden einen Zettel an meine Tür gehängt, denke ich.

»Komm rein.«

Ich folge Miriam. Sie deutet auf einen großen Topf auf dem Herd.

»Ist noch was übrig, sehr lecker … ging auch ohne Kurkuma …«

»Hab keins zu Hause«, sage ich nur.

»Ich dachte, die Spanier sind so 'ne Gewürzspezialisten?« Sie lacht mich an, als hätte sie mich mit dieser Bemerkung herausgefordert. Ich wiege den Kopf und sage: »Die Spanier vielleicht schon, aber die Uruguayer ... die essen nur Rindfleisch pur ...«

»Was?«

»Gibt viele Kühe in Uruguay.«

»Aha.«

Ein etwas monotones Gespräch. Ich blicke auf den Ring an ihrer Hand, eine sich ringelnde Schlange mit kleinen grünen Steinen als Augen; bestimmt möchte Miriam eine Femme fatale sein.

»Sind die Steine echt?« frage ich und tippe auf die Schlangenaugen.

»Nö, keine Ahnung, is doch egal!«

Ich weiß nicht, was ich sagen soll.

»Willst du denn jetzt noch etwas Suppe?«

»Okay ...«, sage ich, denn ich habe außer Zitronenkaubonbons beim Tischtennis seit Stunden nichts mehr zu mir genommen.

Wir sitzen auf Miriams Bett, die einzige Sitzgelegenheit in ihrem Zimmer, und löffeln die Kürbissuppe. Sie schmeckt tatsächlich sehr gut, hätte ich gar nicht erwartet. Aber ich weiß auch nicht, was ich erwartet habe. Jedenfalls nicht, daß Miriam plötzlich zu mir sagt: »Sag mal, klingt etwas blöd, aber hast du vielleicht Lust, mir die Haare zu bürsten? Mein Ex-Freund hat das immer gemacht, und ich finde das total angenehm ...«

Sie guckt mich etwas unsicher an, irgendwie ist mir das sympathischer als ihre forsche Art. Ich nicke.

Sie schmeißt mir eine gelbe Plastikbürste in den Schoß. Fast bereue ich meine Zustimmung wieder.

Dann setzt sie sich vor mich. Ihre Haare sind schulterlang, dunkelblond, gelockt. Keine Ähnlichkeit mit den

Haaren meiner Cousine. Aber dieses Knistern, dieses Aufbäumen, wenn sie elektrisiert sind ... die Fülle in der Hand, die doch ganz leicht ist ... Ich streiche weiter über ihren Schopf, weiter und weiter. Es ist mir plötzlich ganz egal, wem ich die Haare bürste, Hauptsache ich bürste. Hauptsache mein Herz schlägt, und ich bin am Leben. Ich bürste um mein Leben. Im Spiegel sehe ich, daß Miriam die Augen geschlossen hat, sie lehnt ihren Kopf an meine Brust. Jetzt kann ich nicht mehr weiterbürsten. Sie legt ihre Hände um meine Handgelenke, sie wandern meine Unterarme hoch. Wie lange mich schon niemand mehr berührt hat ... Ich lege mein Kinn auf ihren Kopf, das herrliche Kitzeln ihrer Haare an meinen Lippen.

Sie küßt angenehmer, als sie redet, ihre Zunge ist ein weiches Tier, das sich zufällig in meinen Mund verirrt hat. Sie denkt an ihren Ex-Freund, der sie sitzengelassen hat, und ich denke an meine Cousine ... und wir küssen uns innig, meine Hände kriechen aufgeregt unter ihren Pullover, ich reibe ihre festen, kleinen Brustwarzen. Sie zieht sich plötzlich hektisch aus, ruckelt an meiner Hose. Bald liegen wir ineinanderverkeilt da. Haut, Haar, Lippen, Speichel. Als sie anfängt zu stöhnen, wird mir richtig bewußt, daß da Miriam unter mit liegt, denn, da bin ich mir sicher, Montserrat würde ganz anders stöhnen. Murmeln. Atmen. Montserrat würde eher gemächlich und tief seufzen ... ich habe mir schon so oft ausgemalt, mit Montserrat zu schlafen. Nachdem wir zusammen Tango getanzt haben, würde es passieren ... wir würden uns langsam bewegen, und ihre Haare würden sich um mich schlingen. Sie würde mich festhalten und mich aus bis auf zwei schmale Schlitze geschlossenen Augen ansehen.

Miriam rudert unter mir mit den Armen, gibt keifende Geräusche von sich, nimmt keine Notiz von mir. Trotzdem vögele ich weiter, denn wenn ich, dieses Wort habe ich von meiner Schwester gelernt, jenseits des »point of no return« bin, kann ich mich nicht mehr zusammenreißen, nicht *ich* bewege mich, *es* bewegt mich. Dieses Geröchele unter mir wird immer lauter, ich versuche es zu ignorieren und mich auf mich zu konzentrieren.

Dann weiß ich nichts mehr und fühle mich matt und leer. Plötzlich, ich dämmere so vor mich hin, in dieser eigenartigen Stimmung, in der man weder glücklich noch unglücklich ist, nur leer ... rüttelt Miriam heftig an meiner Schulter: »Hey, du hast auch noch'n Mund und zwei Hände, gibt noch was für dich zu tun ...«

Als ich nicht sofort reagiere, ruft sie: »Wußte ich's doch, die spanischen Machos denken im Bett nur an sich!«

Ich stehe auf, stolpere über ihre Haarbürste, suche meine Sachen zusammen. Sie sieht mich stirnrunzelnd an, legt die Hand auf ihre Scheide und dreht sich um. Ich weiß nicht, ob es jetzt angemessen ist, »Tschüssi« zu sagen und ihr trotz allem einen Kuß zu geben, und stehe unschlüssig an dem quietschenden Bett.

»Danke für die schöne Suppe«, höre ich mich murmeln, dann stakse ich durch den von oben bis unten mit Postern von dunkelhäutigen Filmstars beklebten Flur.

Montserrat sitzt neben mir und zeigt mir die Fotos ihres neuen Hauses.

»Guck, hier ist der Wintergarten, ist der nicht süß?« Sie lächelt mich an.

»Du mußt uns unbedingt so bald wie möglich besuchen kommen, Camilo«, sie wirft mir einen lieben, harmlosen Blick zu. Im Hintergrund höre ich Lars am Computer tippen, ein monotones, aber stetiges Geräusch. Das alles wird noch einige Jahre so gehen.

»Und wie weit ist es dann nach Flensburg?« frage ich schließlich.

»Ach, nur eine halbe Stunde, und wir haben ja den neuen Volvo.«

»Und die Reise, nächstes Jahr ...?«

»Ach, Camí«, Montserrat lächelt und schüttelt den Kopf. »Hast du wirklich daran geglaubt? Das ist mir zu weit weg, außerdem, so aufregend finde ich Uruguay nun auch nicht, das kenne ich doch schon ...«

Ich antworte nicht, schaue an dem Weihnachtsschmuck am Fenster vorbei. Als Montserrat aufsteht, um mir noch ein Milky-Way-Eis aus dem Gefrierfach zu holen, nehme ich mein Schlüsselbund aus der Hosentasche. Mein Schlüsselbund mit dem Globus-Flummi. Ich mache ihn ab, schnell geht das, und lege ihn zwischen die Krokusknollen auf der Fensterbank.

I went mad like a machine

Als ich sah, wie er eingerollte Heringe aß, wußte ich, daß ich nicht mit ihm schlafen würde. Das Öl lief ihm von den Mundwinkeln übers Kinn, kleine Kräuterstücke widerstanden dem kurzen Abwischen mit einer hastig hervorgezogenen Serviette. Seit ich damals auf Wangerooge gesehen hatte, wie Onkel Günther eingerollte Rollmöpse verschlang, waren mir die an sich unschuldigen Fische ein Greuel. Einmal, bei einer Klassenfahrt nach St. Peter Ording, bestand das Lunch aus nichts weiter als aus eingerollten Heringen; ihren salzig-matschigen Geschmack meinte ich noch nach Tagen in meiner Mundhöhle zu schmecken. Onkel Günther ist zwei Jahre später wie Sigmund Freud an Zungenkrebs gestorben; ich habe nicht geweint bei seiner Beerdigung. Ich verbarg mein Gesicht bis zu den Augenbrauen in einem Tempo – Taschentuch, berichtigt meine Mutter mich – und sabberte hinein, um Tränen vorzutäuschen. Onkel Günther hatte auch immer gesabbert. Beim Sprechen, beim Essen, beim Gute-Nacht-Kuß, beim Auf-Wiedersehen-Schmatzer und besonders am Ende, als seine Krankheit schon weit fortgeschritten war.

Ich wollte den Krebs an seiner Zunge immer sehen, aber meine Mutter meinte, danach dürfte ich nicht fragen. So ließ ich mich nur küssen und stellte mir vor, was für ein dicker, eingerollter Hering da wohl unter der geschwollenen Zunge hausen würde.

Thorsten hatte ich beim Squashspielen kennengelernt. Es war das erste Mal in meinem Leben, daß ich Squashspielen ging, und prompt mußte ich die Aufmerksamkeit eines Kerls auf mich lenken. In dieser Zeit hing ich eigentlich nur auf dem Sofa herum, las, malte oder schnippelte zum Ärger meiner Eltern mit einer Nagelschere die Sofa-Fransen ab. Für mein Traumstudienfach, Architektur, war ich nicht zugelassen worden, wegen einem sehr mäßigen Abitur, und nun war mein Elan, etwas anzufangen, erst recht auf den Nullpunkt gesunken. Meine Eltern hatten auch keinen rechten Plan, was aus ihrer zwanzigjährigen, kettekiffenden Tochter werden sollte. Sie hängten ein abstraktes Gemälde im Wohnzimmer ab, weil ich, wenn ich wieder voll drauf war, darauf Dinge zu erkennen glaubte, einmal auch die Zunge von Onkel Günther. Den türkischen Teppich ersetzten sie durch einen monochromen Ikea-Belag, um mich vor meinen Phantasien zu schützen. Das Sofa dagegen war meine Burg: anthrazitfarben und riesig, schien es mir wie eine mittelalterliche Festung, eigens für mich erbaut. Nur wenige Male am Tag verließ ich meinen Königssitz, um mir Marmeladenbrote, Kakao, neue Brösel oder Blättchen zu holen.

Meine Eltern schimpften nicht mit mir, sie machten sich Sorgen. Manchmal knieten beide vor dem verschlossenen Tor der Festung auf dem neuen Ikea-Belag in einem harmonisierenden Blattgrün und schleuderten erregte, ängstliche Worte an die steilen Wände. Oben ließ ich meine langen schwarzen Haare wie Pech und Schwefel herabstürzen, schüttelte sie energisch und sagte, jetzt, wo die Scheiß-Uni mich nicht Häuser, Konzertsäle, Bahnhöfe und Burgen bauen läßt, will ich nichts mehr tun, keinen Beitrag zu nichts leisten außer zur Luftverpestung. Dann blies ich meinen Rauch in ihre Richtung und schüttelte meine Haare noch einmal heftig. Meine Eltern haben ein großes Architekturbüro am Kudamm, aber leider werden sie bei Wettbewerben immer Zweite und kommen nur mit langweiligen Schachtelhäusern in Adlershof und Erkner über die Runden. Auch Onkel Günther hatte mit Häusern zu tun: er war mit dem Bau von Fabrikhallen beschäftigt, jahrelang supervisierte er den Bau einer langen Röhre zur Zinkgewinnung, bis er immer öfter einen metallischen Geschmack im Mund wahrnahm.

Auf dem Weg zu den Duschen erzählte Thorsten mir, daß er gerade sein Diplom in Architektur gemacht hätte. Sofort spürte ich einen heftigen Haß auf ihn. Gleich darauf, als ich seine große, muskulöse Gestalt mit dem unsichtbaren Diplom in der Tasche im Männerduschraum verschwinden sah, starrte ich ihm gebannt hinterher. Nur wenn ich Abneigung empfinde, fühle ich mich lebendig. Als wir uns das nächste Mal zum Kino verabredeten, regte sich sofort wieder dieser Haß in mir, wie Thorsten da gutgelaunt von seinem Mountain Bike abstieg, und ich dachte, während ich die Anspannung meines Körpers registrierte: Gut, dieser Mann bewegt dich.

In den nächsten Wochen trafen wir uns mit öder Regelmäßigkeit stets Freitagabend zum Weggehen, ein ziemlich eindeutiger Fick-Termin, aber natürlich wagten wir uns beide nicht vor. So saßen wir bis vier, fünf oder sechs Uhr morgens in irgendwelchen schicken Bars zwischen aneinander herumfummelnden Pärchen und redeten über Clintons Besuch in Berlin, die Gauck-Behörde, das letzte Geo-Spezial über Neuseeland oder warum er glaubt, daß Squash der gesündeste Sport der Welt sei.

Natürlich fühlte ich mich ihm überlegen, obwohl ich zur Freude meiner Eltern von meiner Burg zu ihm herabgestiegen war. Während ich mit ihm redete, führte ich heimlich in meinem Kopf Listen über seine Versprecher, seine linkische Art oder peinliche Ausdrücke, die er benutzte, wie »Musi« für Musik, »echt panne« für dumm oder »dufte«. »Dufte« war das Schlimmste. Da hoffte ich immer, daß keiner der Kellner das mitgekriegt hatte. Die Kellner mit den weißgefärbten, stoppelkurzen Haaren und den Tattoos auf muskulösen Armen, die in den Bars herumjoggten, als würde sie ihre Arbeit in keiner Weise anstrengen. Denen ich hinterherstarrte, als wären sie Prinzen von anderen, fernen Burgen. Manchmal sahen sie mich auch an und lächelten kurz, dann fiel ihr Blick auf Thorsten, und sie drehten sich weg.

In diesen Momenten wurde mir klar, was ich eigentlich schon wußte: daß Thorsten mich nicht zu dem führte, was ich mir wünschte, sondern mich davon abhielt. Ich sollte abends besser mit einer netten, nicht schlecht, aber etwas häßlicher als ich aussehenden Freundin weggehen. Leider hatte ich alle meine Freundinnen vergrault. Ich weiß nicht genau wie, eine nach der anderen meinte: »Du kiffst nur noch und redest komisches Zeugs.« Sie hatten den Numerus clausus für Zahnmedizin, Jura oder Allgemeine und Vergleichende Literaturwissenschaft gepackt und gingen jetzt in Kostümen zur Uni, in denen meine Tante, die Frau von Onkel Günther, stets Bingo spielen ging.

Thorsten schien nicht zu finden, daß ich komisches Zeugs rede, oder wahrscheinlich hielt er alles, was ich von mir gab, für so seltsam, daß ich für ihn eine Art Paradiesvogel verkörperte. Ein merkwürdiger Mensch, den man nicht heiraten, aber vögeln möchte, der aber etwas unberechenbar ist, weshalb das Balzverhalten sich schwierig gestaltet. Er achtete peinlichst genau darauf, nie das gleiche zu tragen wie beim letzten Mal; wenn er geahnt hätte, wie egal mir das war, ob er ein rotes, gelbes oder blaues Kapuzen-Sweatshirt trug, hätte er sich überhaupt nicht mehr umgezogen. Er roch immer gut nach Armani-Parfüm. Allein dafür, einmal von Kopf bis Fuß in eine Armani-Wolke gehüllt zu sein, hätte ich mit ihm schlafen sollen.

Ich liege in meiner Kissenburg und warte auf nichts als auf den Rauch. Abends steigt die Sonne blutrot hinter der Gedächtniskirche auf, ich sehe die ungleichmäßigen Zakken und denke, daß nichts gut ist, und dann fühle ich mich einigermaßen wohl.

Die hab ich geliebt, hat Thorsten gesagt und damit meine unausgesprochene Frage beantwortet, was das Foto auf seinem Schreibtisch bedeutet. Plötzlich wurde er mir sympathischer. Keine langen Erklärungen über wann wie wo und warum nicht mehr. So sicher, so bestimmt dieser Satz. Ich sah auf Thorstens kräftige, sehnige Hände, mit denen er das Fenster öffnete, und stellte mir vor, wie sie mich anfassen würden. Ohne Umschweife.

Ich nickte und deutete auf den Globus, woraufhin er einen langen Monolog über Großvater und damals und Dachböden hielt. Die ganze Magie der Liebe von früher, die für einen Moment in dem grauen Chromzimmer aufgeleuchtet war, zerstob zu nichts. Wie sollte ich ihn berühren, diesen Mann, mit dem ich eigentlich nicht reden konnte, nicht einmal über Architektur, weil er da nur über Statik sprach. Es waren nur zwei Dinge, aber vielleicht nicht belanglose, die mich mit ihm verbanden: mein Neid am Anfang, als ich erfuhr, daß er soeben lässig das beendet hatte, was ich sehnlichst in Angriff nehmen wollte und nicht durfte, so lässig, daß er es sich sogar erlauben konnte, nicht über die Poesie, sondern beiläufig über die Statik zum Beispiel des Fernsehturms zu sprechen, und dann dieser eine Satz über seine Ex-Freundin.

Zu Hause betrachtete ich mich lange im Spiegel: Ich sah nicht schlecht aus mit meinen langen schwarzen Locken, meiner gebogenen und zu großen Nase, den etwas eng zusammenstehenden dunklen Augen. »Hexchen« hatte mich Onkel Günther genannt, wenn er mich abends in die Arme nahm und mir den Bierschaum aus seinem Schnauzbart an die Wange rieb. Jetzt bin ich eine ausgewachsene Hexe, besser gesagt: ich würde gerne eine sein. Eine, die riesige Kuppeln aus Glas baut, in denen Spiegel das Sonnenlicht reflektieren und einen sehr hellen, unendlichen Raum beschreiben, eine, die aus Stahlrohr Spielplätze für Erwachsene baut, mit gemütlichen Sitzen in den Bäumen, für Rentner mit Lehne und Fußstütze. Eine, die mit wenigen Sätzen den Innenraum des anderen erforscht, den Mann kennenlernt, ohne daß er es merkt, ihn zu sich in die Burg lockt, ohne daß er weiß, wo er eigentlich ist.

Thorsten hörte mir zu. Je absurdere Dinge ich erzählte, desto mehr hing er an meinen Lippen. Er hielt Astrologie, Graphologie und meine Vorstellungen von zukünftigen Glasstädten – ja Glas ist mein Lieblingsbaumaterial, ich möchte ganze neoklassizistische Schlösser daraus nachbauen – für Unsinn, aber er hörte mir zu und stellte Fragen, die verrieten, wie sehr er sich wünschte, vielleicht doch an mehr als nur an Schwerkraft, Demokratie und seinen eigenen Kopf zu glauben. Vielleicht gelang ihm das nicht, aber ich verkörperte so etwas wie seine sich nicht einlösende Hoffnung, auf mehr hoffen zu können.

Seine großen Hände fuhren unablässig das Bierglas herauf und herunter, wenn ich sprach. Ich kann nicht flirten. Überhaupt nicht. Ich komme mir albern vor, plötzlich zwanghaft zu lächeln, mir Komplimente aus den Fingern zu saugen, meine Locken keck hinters Ohr zu schieben. Er war ernst, wenn er mit mir redete, schön ernst, keine albernen Witze, Begriffe wie »Musi« und »echt panne« versuchte ich geflissentlich zu überhören. Obwohl er meine Ideen nicht teilte, versuchte er nicht, mir seine Meinung aufzudrängen. Ich rauchte sicher zuviel, soviel, daß ich manchmal überhaupt nicht mehr sprechen konnte und nur auf meinem Sofa saß und auf die kaputte Kirche starrte.

Seit der vergangenen Woche besuchte er mich auch zu Hause, hockte auf einem Kissen auf dem Boden und trank Orangensaft. Ich hörte ihm oft nicht richtig zu, starrte nur auf seine großen, sehnigen Hände. Es lag so ein Zutrauen in die Welt der unbelebten Objekte in ihrem sicheren, zweifelsfreien Zugriff. Während ich dreimal überlegte, ob ich die verwelkten Blumen in den Mülleimer werfen sollte, erledigte er dies mit einem kurzen Handgriff. Er war nur vier Jahre älter als ich und hatte schon ein Studium abgeschlossen, das ich nicht einmal angefangen hatte.

Eines Morgens, als ich wie immer alleine aufwachte, dachte ich sicher und zweifelsfrei: Ich liebe ihn. Doch dann spielte ich eine Weile mit meiner Schneekugelsammlung, goß die kränkelnde Zimmerpflanze, und schon war ich nicht mehr ganz überzeugt. Ich rief ihn nicht an, um ausnahmsweise schon am Mittwoch mit ihm auszugehen. Statt dessen lag ich auf dem Sofa und malte Onkel Günthers weiche, schwammige Hände, die so biegsam waren, daß er auch voneinander entfernte Klaviertasten simultan anschlagen konnte. Wie habe ich seine schleimige Kaffeehausmusik gehaßt.

Am nächsten Tag rief Thorsten mich an, er wollte mit mir ins Kino gehen. Wie immer, wenn wir nebeneinander im Dunklen saßen, lehnte ich den Kopf nach hinten und schloß die Augen. Filme interessieren mich nicht weiter, aber ich sitze gerne in diesem großen schwarzen Raum. Es ist etwas ganz anderes, als nebeneinander im Bett zu liegen, wo man gleich mit sicherem Griff irgendwohin langen soll. Nein, im Kino hörte ich ihn seine Beine übereinanderschlagen, seine Hände in die Jackentasche gleiten und einen Kaugummi auspacken, hörte ihn atmen, aufseufzen, ahnte sein aufmerksames, ernstes Gesicht, seine Erregung. Ich hörte alles, aber ich sah nichts.

Die Bar, die wir nachher anvisierten, hatte geschlossen. Es nieselte. Es gab einen Regenbogen, wie ich ihn seit meinem letzten Urlaub auf Wangerooge bei Onkel Günther im Ferienhäuschen nicht mehr gesehen hatte. Minutenlang standen wir schweigsam auf der Straße und starrten in den Himmel. Er in seinem roten Kapuzen-Sweatshirt, ich in meiner flaschengrünen Strickjacke vom Trödelmarkt.

Laß uns doch zu mir gehen, länger können wir ja nicht im Regen stehenbleiben.

Ich nickte langsam, dachte an seinen Hals, den Geruch seines Parfüms und meine Wut darüber, daß er in zwei Monaten nach Stockholm gehen und in einem Architekturbüro zu arbeiten anfangen würde.

Während wir nebeneinander herliefen, versuchte ich mich in diesen Haß hineinzusteigern. Manchmal klackten unsere Uhren, seine wasserdichte Swatch und mein Erbstück von Großmutter, beim Gehen aneinander. Ohne Wut komme ich wirklich nicht aus meinem Schneckenhaus heraus. Er hat vorhin wieder eine Bemerkung über die »Film-Musi« fallenlassen, erinnerte ich mich.

Es war das zweite Mal, daß ich seine Wohnung betrat, aber vor zwei Wochen waren wir morgens hier gewesen, weil er seinen Squash-Schläger vergessen hatte. Nun war es beinahe Mitternacht. Thorsten warf das Schlüsselbund und das Portemonnaie mit einer lässigen Geste auf den Tisch, lief in die Küche.

»Was willst du trinken? Weißwein, Cola, Sekt?«

»Coca-Cola«, antwortete ich langsam. Ich rauchte jeden Tag soviel, daß ich Alkohol nicht auch noch vertrug.

Thorsten kam mit einer Colaflasche und zwei Gläsern zurück, die er vor seinen Stahlsesseln mit den schwarzen Kissen, auf ein Fernsehtischchen stellte. Ich spürte die Metallstangen unter meinem Hintern, trotz des Kissens. An den Wänden Architekturposter, hinter Glas, gerahmt.

Er sah mich freundlich an. Dann beugte er sich nach vorne und sagte: »Du bist ein ziemlich merkwürdiges Mädchen, weißt du das?«

Sein Tonfall war, was soll ich sagen, irritierend zärtlich, ich zuckte etwas zurück, dann sagte ich laut und monoton: »Ja.«

Er grinste wieder. Mir fielen seine weißen, geraden Zähne auf, schnell guckte ich weg. Ich zerrte ein Bild aus meinem Gedächtnis, wie er aus der Straßenbahn stolperte, fast hinfiel.

»Kannst du auch die Zukunft lesen?« fragte er mich jetzt, sein Blick, wie immer, ein Funken ironisch, sieben Funken wohlwollend.

Ich nickte.

»Na, was meinst du, wie wird es mir in Stockholm ergehen, ist das die richtige Entscheidung, oder werde ich nur meine Freunde vermissen, mich einsam fühlen, und die Winter sind ewig lang?«

Zum ersten Mal kam mir der Gedanke, daß Thorsten sich allein fühlen könnte; seine Freunde wären wahrscheinlich workaholics in schicken Architekturbüros, im Begriff, Familien zu gründen und Wintergärten anzulegen, und er noch auf Stellensuche und ohne Freundin.

Ich blickte ihn an. Er saß dicht vor mir, ich folgte der Bewegung seines Armes, wie er schnell eine Plastikkerzengirlande an der Wand anknipste. Ich hasse künstliche Kerzen. Seine Hand fuhr zurück, strich über den Rand des Tisches, über seinen Oberschenkel. Langsam. Die Zukunft. Der Norden. Die Einsamkeit. Ich schloß die Augen und dachte an Onkel Günther, wie er mich vor dem Schlafengehen fest in die Arme nahm, der Geruch von Hering aus seinem nahen Mund, und sagte: Bald bist du ein großes Mädchen. Ich öffnete die Augen wieder. Thorsten hatte mich beobachtet, als ich mit geschlossenen Augen vor ihm saß.

»Ich habe schon mehreren Leuten etwas über ihre Zukunft gesagt, und es stimmte immer«, log ich. Niemals hatte ich irgend jemandem etwas über seine Zukunft gesagt. Es waren immer nur andere Leute, die mit mir über meine Zukunft sprechen wollten.

»O toll, da bin ich ja mal gespannt.« Er strahlte mich an. Diese Zähne. Und doch sagt er »Musi« und krabbelt im Kino auf dem Boden herum, um ein Fünf-Pfennig-Stück wiederzufinden. »Ich kenne sonst wirklich niemanden, mit dem ich mich über solche, na wie soll ich sagen, abgehobenen Dinge unterhalten kann!«

Ich nickte von meiner unsichtbaren Burg würdevoll herab und spielte mit meinen Haaren. Nicht für ihn, für mich selber.

»Willst du vielleicht was essen? Ich glaube, ich habe noch etwas Salat im Kühlschrank, ich bringe mal etwas her, ja?« Ich nickte zustimmend. Popcorn essen macht mich aus irgendeinem Grund immer traurig, deswegen hatte ich ihn die Riesenschachtel im Kino alleine essen lassen.

Ich sah ihm hinterher, wie er mit großen Schritten in die Küche lief. Er kam zurück mit einem schwarz-weiß karierten Tablett, auf dem eine Salatschüssel, zwei Teller, Mayo, Essig und Öl und ein weiteres Glas standen.

»Weiß nicht, ob du das magst ...«, Thorsten tippte beim Absetzen auf dieses Glas, »eingerollte Heringe.«

Ich schüttelte den Kopf. Dann tat ich etwas Salat auf, dazu nur Essig.

»Ich könnte mich da reinlegen!« sagte er enthusiastisch und deutete mit der Gabel auf das Heringglas. Es war lange her, daß ich das gesehen hatte: wie jemand einen eingerollten Hering aß. Thorsten durchstach ihn mit der Gabel, er riß den Mund weit auf, etwas Öl tropfte auf den Teller, den Tisch, er schob ihn, den ganzen, schleimigen, übelriechenden Fisch, in seinen Mund. Öltropfen an der Unterlippe, am Kinn. Ich atmete tief ein, mir war zum Kotzen. Ich sah auf sein Maul, während er kaute. Manchmal kamen die weißen Zähne kurz zum Vorschein. Unmöglich, dieses Maul noch zu küssen.

Ich schloß die Augen, draußen fuhr ein Auto mit lauter Musik vorbei, ein schweres Gewummer, dazu ein sich wiederholender Satz. Ich verstand nicht viel. Vielleicht sagte die Stimme: »like a machine, like a machine.« Aber die Worte davor konnte ich beim besten Willen nicht verstehen. Ich sah in den dunklen Raum vor meinen inneren Augen, rote Funken stoben auf, Flammen schoben sich an mich heran. Rot, gelb, weiß. Plötzlich wußte ich, was der Sänger von sich gab: »I went maaad«, brüllte er, aber nur zu mir. Jedem anderen würde er etwas ganz anderes sagen. Ich spürte das Gewummer in meinem Körper, dieses rhythmische Vor- und Zurück, es füllte mich aus, und ich verschwand. Dann kam ich wieder zu mir.

Thorsten blickte mich besorgt an. »Ist dir gut, du zitterst ja.«

Ich zuckte die Achseln. »Mir geht es immer gut.«

Er sah nicht sehr überzeugt aus. »Strengt dich das sehr an, wenn du versuchst, in die Zukunft zu schauen?«

Ich faßte ihn scharf ins Auge. Ich hörte einen Tonfall in seiner Stimme, der mir unbekannt war. Angst. Er hatte Angst, daß ich mich plötzlich so komisch benahm, weil ich etwas Düsteres in seiner Zukunft gesehen hätte. Welche Macht mir da auf einmal zufiel. Seine Hände spielten unruhig mit der Gabel. Es gefiel mir nicht. Gabelspiel-, Klavierspielhände. Gummi. Wachs. Vergessen.

Ich setzte mich auf, faltete die Hände auf meinem Schoß. Meine Burg. Ich sah auf seine glänzenden Lippen, Mundwinkel, glänzend von dem Öl des Herings. Des abscheulichen Herings. Wie er sich da jetzt eingenistet hat …

»Du wirst Zungenkrebs bekommen und sterben.«

Die Gabel fiel auf den Boden, Thorsten starrte mich entsetzt an. »Sag mal, weißt du überhaupt, was du da sagst?«

»Du hast mich um etwas gebeten, und ich habe dir diesen Gefallen getan.«

»Ist das dein Ernst. Sag mal, wie kommst du denn darauf? Ich bin kerngesund.«

»Noch.«

»Ist … ist das wirklich, was du glaubst?«

Ich nickte langsam. Ich sah ihn schon mit seinem Diplom in der Tasche durch das leichte, luftige Stockholm mit seinen vielen Seen und Tümpeln laufen, von Kollegen zu Cocktailparties eingeladen, von rotblonden Frauen mit Sommersprossen zum Segeln verführt. Während er am Gesicht der Stadt mitbauen durfte, baute ich nur Joints.

»Ich ... ich bin wirklich geschockt darüber, was du mir gerade gesagt hast, und auch ... ehrlich gesagt, ein bißchen darüber, wie du das gesagt hast ... so distanziert.«

»Um in die Zukunft schauen zu können, muß ich mich von meinem Leben, meiner Individualität befreien und ganz zum Medium, objektiv und emotionslos, werden«, sagte ich. Er nickte matt. Er wirkte wie jemand, dem man alles, worauf er sich noch vor zehn Minuten gefreut hatte, mit einem einzigen Handschlag zunichte macht.

»Noch einen Schluck?« er deutete mit einer schwachen Bewegung auf die Colaflasche.

»Nein.«

»Hering?«

»Nein.« Ich schüttelte den Kopf. »Ich glaube, ich möchte jetzt alleine sein«, sagte ich, »das strengt mich sehr an, diese Weissagungen, ich muß jetzt alleine sein, um wieder zu mir zu kommen.«

Wir sahen uns direkt in die Augen. Zwei Fremde, die sich einmal beim Squashspielen in einer großen Stadt in einem großen Sportcenter über den Weg gelaufen sind. Ich stand auf, knöpfte die Strickjacke zu und ging zur Tür. Er hob die Hand zum Gruß, noch einmal seine große, braune Hand, diesmal wieder eine entschiedene Geste, ein eindeutiges Auf-Nicht-Wiedersehen.

Mir geht es bestens. Meine Eltern, die sich Sorgen machen, aber nicht schimpfen, weil sie nicht so sein möchten wie ihre Eltern, sind auf Rügen, Thorsten wird Squash spielen wie jeden Freitagmittag, seine Hände habe ich in ein Eisfach in meinem Hinterkopf gelegt, der Kühlschrank ist voll, das Sofa weich, die beunruhigende Gedächtniskirche wolkenverhangen, Onkel Günthers dicke Zunge, ein Lurch, der sich auf verbotenes Terrain gewagt hatte, unter der Erde – ich sehe »Mars attacks« und esse Chips.

Henna-Hexen

Krissi hängt sich noch eine dicke Holzperlenkette um den Hals. Drei trägt sie schon. Eine ist orange (»Farbe der Energie«), eine türkis (»Farbe der Verschmelzung«) und eine braun (»Farbe der Erdung«). Manchmal wundere ich mich, daß sie nicht schon mit gebeugtem Rücken geht. Jeden zweiten Tag bastelt sie sich eine neue Kette in unserem Gemeinschaftsraum. Alle paar Minuten rollt so eine Kugel, Perle kann man ja zu diesen Dingern mit drei Zentimeter Durchmesser nicht mehr sagen, unter eines unserer versifften Sofas, und sie ruft: »Leute, alle uffstehen, das Teil kostet mich zweifuffzig in der Hobbythek, also los.« Krissi und ich sind die einzigen Berliner in unserem Haus, alle anderen kommen von sonstwoher, von Bielefeld bis Guinea-Bissau, aber das ist jetzt ein anderes Thema.

Die Holzkugeln sind nicht alles: auf dem Arkona-Trödelmarkt im Prenzlauer Berg zieht Krissi aus Klamottenbergen mit verwaschenen Jogginghosen, Kinder-Badeanzügen und schmuddeligen Krawatten Indien-Hausschlappen, bestickte Blusen hervor, sogar einmal einen Sari. Die dünnen mit Batikmotiven versehenen Leinenhosen trägt sie auch im Winter, sie legt sich lieber im Gemeinschaftsraum eine Wolldecke auf den Schoß, als mal einen Tag eine ordinäre Jeans anzuziehen. Aber mir soll's egal sein. Bei uns kann jeder tun und lassen, was er will. Sage ich mir immer wieder, wenn ich mich eigentlich aufrege. »Wir sind Gott« hat Moni im ersten Jahr groß an die Hinterhofwand gesprayt. Jetzt kann man diese Schrift kaum noch erkennen, denn wir haben im Hof riesige Terrassen gebaut, auf denen unsere Bands bei den Hoffesten spielen und wo wir, wenn es das Berliner Wetter zuläßt, auf den ausrangierten Gartenstühlen von Daniels Eltern lümmeln und unsere Plantagen wegrauchen.

Krissi steht vor mir und zieht an meinem Halstuch: »Leute, wir gehen los, wer mitkommen will, muß jetzt seinem Arsch einen Tritt geben ...«

Ich schüttele den Kopf, sphärisches Geklimper von einer Frau, die sich »Die Meisterin« nennt, ist nicht meine Sache. Lieber hänge ich mit Daniel und Guido auf Daniel Düsentriebs Hochbett ab und lasse mir den von Guido-Friguido gemachten Erdnußbutter-Reis schmecken. Daniel, Guido und ich werden seit der Küchenspaltung eigentlich nicht mehr gefragt, ob wir irgendwohin mitkommen möchten.

Es begann letzten Sommer damit, daß Moni, Lauri, Krissi und Nelli plötzlich anfingen, sich die Haare hennarot zu färben, Indienkrempel anzuziehen (natürlich war noch niemand von ihnen in diesem Land), »Kräuterjoghurt« flächendeckend in orangenen, türkisen oder braunen Emaille-Schalen in unserer Küche zu verteilen und natürlich sich für Hexen zu interessieren. Hexen-Märchen, Hexen-Zaubertricks, Hexen-Kräuterbuch, Hexen-Gesundheitsratgeber, sogar ein Buch mit dem merkwürdigen Titel »Hexen-Yoga« fand ich bei Krissi, mit der ich damals noch zusammen war. Irgendwann ging uns pragmatischen Langweilern, wie Moni Daniel, Guido, Ulrike und mich einmal bezeichnet hat, der Eso-Krempel und die entsprechenden Kochkünste und Dünste in der Küche so auf die Nerven, daß wir die zweite Kochgelegenheit ins Visier nahmen und uns vom alten Ideal der großen Gemeinschaft trennten. Diese obere Küche gehört zu einer mit einer Stahltür verschlossenen Wohnung, in der in den siebziger Jahren ein Mann an einer sehr ansteckenden Krankheit gestorben ist. Niemand weiß Genaueres dazu, nur, daß diese Wohnung seitdem nicht mehr betreten wurde. Wir machten uns an die Arbeit und entsorgten alles, inklusive durchgelegenem Totenbett und Kanistern voller zwanzig Jahre altem Urin neben dem Bett. Guido spottete, das wäre doch mal eine richtige Aufgabe für die Hexen-Fraktion, aber unsere Mitbewohnerinnen sind doch lieber mit Haare-Färben und Kräutertee-Aufsetzen beschäftigt.

Krissi und ich haben uns vor fünf Jahren in Berlin kennengelernt, auf einem Hoffest hier in der Tucholskystraße. Ich war in eines der Kellergewölbe geschlichen, zu denen man einfach so Zugang hatte. Später hat Jaromir dort dann seine Gruft-Bar, die »Speicheldrüse«, gestartet. Aber damals flogen da lauter Akten herum, Ost-Zeugs, Siebziger-Jahre-Möbel, Jugendweihe-Fotos. Als ich mich gerade zwischen drei alten Telefonen entscheiden wollte, stand Krissi vor mir. Sie hatte einen verblichenen braungelb-orangen Morgenmantel übergezogen und malte sich mit einem auf einen Flaschenhals gesteckten Lippenstift dunkelrote Lippen. Acht Stunden verbrachten wir zusammen in diesem Keller, quasselten, tanzten zu den Bands, die von draußen bis in den letzten Winkel hämmerten, küßten uns zwischen dem ganzen Gerümpel und aßen zwischendurch Smarties, die sie aus einem Plastikkrokodil schüttelte, das sie aus ihrer Armyhose zauberte. Wenn sie das Krokodil auf den Kopf stellte, purzelten Smarties aus seinem Maul. Ich werde es nie vergessen.

Kurze Zeit später zogen wir in die »Villa Verde« ein, das grüne Haus, wie wir das besetzte Haus damals noch nannten. Zu diesem Zeitpunkt war Krissi ein Mensch, der sich von niemandem etwas sagen ließ und jeden Tag neue Einfälle hatte. Sie war dabei keine Spur von einer aggressiven Frustnudel, sondern voller Energie und sehr souverän. Sie schaffte es sogar, neben dem Leben in der »Villa Verde« Textil-Design zu studieren. Sie war absolut nicht die Sorte Frau, die einen Mann gleich verachtet, weil er ihr zeigt, daß er sie klasse findet, und wir hatten wirklich eine schöne Zeit zusammen. Bis sie Lauri kennenlernte. Eigentlich waren wir alle schon ziemlich aufeinander eingespielt: Wer wen mochte oder weniger mochte, wie die Hierarchien verteilt waren, wer sich für was oder wen verantwortlich fühlte, mir schien, unsere Gruppe hätte das alles schon durchlebt und ausgestanden. Eines Tages stand Lauri mit Seesack und Brokat-Stirnband bei uns auf dem Hof – wir feierten gerade Monikas fünfundzwanzigsten Geburtstag – und fragte, ob sie *jetzt* hier einziehen könne. Wir klärten sie darüber auf, daß es eine Gemeinschaftskasse gäbe, wo jeder monatlich einen festgelegten Betrag einzahlt, und hier kein Umsonst-Betrieb sei, wo sich obdachlose Schmarotzer ausmären können.

»Habt ihr noch ein Zimmer frei?« fragte Lauri, die damals noch Laura hieß. Hatten wir, weil Florian gerade sein gespartes Taxi-Geld auf Jamaica verrauchte.

»Für ein halbes Jahr kannst du hier einziehen, wenn du mit anpackst. Wir wollen das Dach und den Keller renovieren und einen Probe-Raum für unsere Bands schallisolieren.« Daniel, der später Lauri mehr als jeder andere hassen und von ihr nur noch als »Esoterik-Hexe« (in Kurzform: »Eso-Hexe«) sprechen sollte, nahm ihren Seesack und zeigte ihr Florians Zimmer.

Ich hätte nie gedacht, daß eine Person unsere Gruppe nach vier Jahren Zusammenlebens so ducheinanderwirbeln und so viel Einfluß auch auf mein Leben haben könnte. Ich galt immer als der ruhige Typ, den nichts aus der Fassung bringt, der Krissi ein bißchen vergöttert und ansonsten das Leben im besetzten Haus, das Taxi-Fahren und das Verfahrenstechnik-Studium irgendwie unter einen Hut bringt. Wenn Lauri nicht bei uns eingezogen wäre, würde Krissi sich jetzt nicht einbilden, vor dreihundertsiebenundzwanzig Jahren eine Hexe im Thüringer Wald gewesen zu sein, die einen Papageien und einen Maulwurf in ihrer Hütte beherbergte, die auf die Namen Wacholder und Meinhart hörten. Sie hätte keine Angst, alleine in den Wald zu stiefeln, das heißt in Berlin durch den Tiergarten, denn Lauri hatte ihr »durch eine Meisterin« erzählt, sie sei in noch jungen Jahren im Wald gestorben. Ich habe Krissi hundertmal eindringlich gesagt, daß sie im Treptower Park nicht von einem Bären angefallen wird und den Park nachts sowieso meiden sollte, eher wegen der menschlichen Bären, die da herumwuseln. Als ich letzten Sommer eine Blutvergiftung hatte – ich hatte versucht, unseren verrosteten Flaschenzug abzubauen, der mir prompt durch den Handteller jagte –, bin ich lieber in die Charité gestapft, als mir Krissis Tigerfett auf die schmerzende Stelle zu streichen. Wir hatten einen riesigen Streit deswegen, der damit endete, daß Krissi und Lauri feierlich erklärten, daß moderne Hexen versuchen würden, wirklich unabhängig zu leben, nicht nur wie wir halbherzigen Hausbesetzer, die im Grunde genommen doch die Gesellschaft in jeder Hinsicht in Anspruch nehmen. Lauri, Krissi und Moni waren aus der Krankenkasse ausgetreten und bauten ihr eigenes Gemüse auf dem Dach an.

Kaum war Lauri damals zwei Tage bei uns, riß sie eine Wand in Florians Wohnung heraus und bohrte sich ein dreieckiges Guckloch durch die Außenwand. Daniels Einwände, daß Florian diese Veränderungen in sechs Monaten vielleicht nicht so prickelnd fände, ignorierte sie. Daß Florian noch ein weiteres Abhäng-Jahr auf Jamaica einplante, wußte zu diesem Zeitpunkt ja noch niemand. Aber das waren nicht die Dinge, die mich beunruhigten. Morgens um halb sieben hörte ich ein lautes »OOOOHM« aus Lauris Gefilden, vor ihrem Bett hatte sie einen kleinen Hausaltar aufgebaut. Fotografien von drei hakennasigen Frauen mit Stirnbändern, die jedem Klischee einer Hexe entsprachen, hingen an der rubinrot gestrichenen Wand. Über ihrem Kopfkissen baumelte ein selbstgebasteltes, eigentlich eher lächerlich als furchterregend aussehendes »Medusenhaupt«, dennoch machten mir diese Zeichen Sorge.

Lauri hält mich längst für einen Langweiler, der sich gerne mit »klaren Dingen« umgibt und Angst hat vor »den Bildern, die aus dem Unbewußten aufsteigen«. Seit dieser Bemerkung meint sie, sie hätte meine Psyche exakt erfaßt, und guckt mich immer leicht mitleidig-nachsichtig an, wenn sie mit roten Pumps, passend zu ihren Haaren, durch unser Haus trampelt. Pumps und trampeln, das kann zusammengehen.

Krissi, die sonst überhaupt nicht anfällig für schwärmerhaftes Verhalten ist, war von Anfang an beeindruckt von Lauri. Bald fing Lauri den Unsinn mit den Vornamen an, jeder wurde mit dem »i« am Ende verkindlicht, um unter ihre Obhut gestellt zu werden. Bei mir ist sie am weitesten gegangen: aus Stefan wurde »Steini«, und sie schaffte es auch wirklich, dies in der sich formierenden Eso-Hexen-Clique durchzusetzen, selbst bei meiner Freundin.

Ich habe Krissi, solange wir zusammen waren, Kristina genannt, aber jetzt ist mir klar, daß sie wirklich zur Krissi mutiert ist. Nur Daniel, Guido, Jaromir und Ulrike weigerten sich, neue Namen verpaßt zu bekommen. Wenn Daniel Lauri Zettel vor die Tür legt, in denen es um von Lauri so verabscheute »pragmatische Dinge« geht, unterschreibt er jedoch immer schwungvoll mit Sataniel. Ansonsten bleibt es bei den hausüblichen Scherzen: das fieserweise von Moni geprägte Guido-Friguido, Daniel Düsentrieb (weil er an einem Tag zwei Kühlschränke leer fraß) und Bibo (das soll ich sein, vom Aussehen, Blödsinn!).

Krissi ließ sich von Lauri die Haare färben und ein Mond-Amulett schenken. Sie feierten plötzlich auf unserem Dach die »Mittsommerwende« und den Herbstanfang. Im Februar verkleideten sie sich zum Fasching als Hexen, mit Besen und allem Drum und Dran, und liefen keifend auf unseren Terrassen herum, was niemanden sonderlich beeindruckte, denn daß im besetzten Haus Spinner wohnen, ist ja nichts Neues. Sie hätten mal mit ihren Besen über den Kudamm hoppeln sollen, dann hätten sie vielleicht Beachtung erhalten. Meine anfängliche Angst vor Lauris unglaublichem Selbstbewußtsein und der Art, wie sie andere beeinflußte, nahm langsam ab, und ich fing an, sie albern zu finden. Alles schien auf Effekt angelegt. Es fehlte bloß noch, daß sie sich eine »Ich bin eine Hexe«-Plakette an die Lederjacke setzte. Was sie wirklich glaubte oder nicht, was genau ihren Privatkosmos ausmachte, war mir nie ganz klar. Irgendwie verquaste sie alles mit allem: hiesige Hexenmärchen mit tibetanischer Meditation, chinesische Astrologie mit indianischer Medizin. Heraus kam, daß sie – genauso wie fast alle anderen Mädchen in unserem Haus – im siebzehnten Jahrhundert eine Hexe im Thüringer Wald war. Nun haben sie alle durch »Rebirthing« das in ihrem untersten Unbewußten angelegte, bei anderen Menschen hoffnungslos verschüttgegangene Wissen über ihr früheres Dasein in Erfahrung gebracht und wieder in ihr »Jetzt-Ich« aufgenommen und sind anderen durch ihre geheimen Kenntnisse auf mehr oder weniger allen Gebieten haushoch überlegen. So ein Glaube ist praktisch. Wenn Lauri mit irgend jemandem Streß hat, wissen die »Ephemeriden«, die Sternkarten, Rat. Wenn sie abwaschen soll, beginnt gerade ihre mit dem Saturn einsetzende »introvertierte Phase«, die sie in der Badewanne oder im Bett verbringen muß. Wenn ihre Eltern mit einem Besuch drohen, wird mit der Hand auf der linken Brust ein mitternächtlicher Fluch gesprochen. Auf die Häupter blöder Hauptstadttouristen, die knipsend vor unserem Haus stehen, spritzt sie aus dem dritten Stock Knoblauchwasser, eine Idee, die wir anderen auch lustig fanden – ohne zu wissen, daß Knoblauch das Nervensystem beeinflussen soll.

Wahrscheinlich ist auch gegen alkoholbedingte Kopfschmerzen irgendein Fliegenpilz gewachsen: Wenn Lauri sieht, wie ich morgens durchgekatert einfach eine Aspirin schlucke, verdreht sie die Augen. Ich reagiere gar nicht mehr auf solche Gesten, aber Daniel-Sataniel, der ein ziemlicher Wortkünstler ist, fängt immer wieder Diskussionen an, in denen er sie auf Lücken und Widersprüche in ihrem »Weltbild« hinweisen will. Er sitzt dann da, schmächtig, wie er ist, im Sechziger-Jahre-Rüschenhemd, das schmale Gesicht von der Pilzkopffrisur überwuchert, die spitzen Schuhe auf der Tischkante abgesetzt, so daß sie nicht unaggressiv in die Luft weisen, und lenkt geschickt den Gesprächsverlauf in Richtung seiner vorher ausgeheckten Falltüren – und der dicke südamerikanische-Macho-Klunkerring an seinem kleinen Finger zieht wilde Kreise in der Luft, wenn er seine Argumente unterstreicht. Irgendwann schmeißt Lauri dann eine unserer ohnehin schon henkellosen Tassen an die Wand und brüllt, daß Daniel sein »scheißkausalanalytisches Geschwafel« wohl von seinen Professoreneltern abgekriegt hätte und daß das mit der Art, wie Hexen denken und fühlen, der »Hexen-Logik«, sowieso nichts zu tun hätte. Daraufhin sagt Daniel ruhig wie ein gelangweilter Elite-Schüler: »Wenn du das Wort ›Logik‹ verwendest, bleibst du aber genau diesem Denksystem verhaftet und offenbarst deinen Mangel an sprachlicher und gedanklicher Innovationsfähigkeit« – und alles geht wieder von vorne los.

Anfangs hat Krissi nur stumm daneben gesessen, ob die Diskussionen im Gemeinschaftsraum, auf dem Dach oder auf Daniels riesigem, mit Plattencovern dekoriertem Matratzen-Podest stattfanden. Sie hat zugehört, dabei Fransen an Röcke oder Blusen genäht, manchmal den Kopf geschüttelt. Plötzlich hat sie sich nicht mehr für Musik interessiert, die Kocherei mit Guido in der Volxküche drangegeben. Vielleicht hatte Krissi sich schon damals nach der Krebsoperation ihrer Mutter und unserem bescheuerten Rügen-Silvester nach etwas anderem gesehnt. Ich weiß es nicht. Sie kann bis heute nicht verstehen, daß ich Lauri nicht für eine »total tolle Frau« halte.

Lauri ist mit sechzehn zu Hause abgehauen und hat sich eine Weile im »Rauchhaus«, einem sehr abgewrackten besetzten Haus in unmittelbarer Nähe des ehemaligen Todesstreifens, mit Dealen durchgeschlagen. Dann fand sie von heute auf morgen Drogen und Dealen scheiße, begann zu meditieren und Klamotten zu schneidern. Erst bot sie nur auf den hiesigen Trödelmärkten ihre Hüte, Flatterblusen und Eso-Röcke, im Schneidersitz auf dem Boden sitzend, an, weil sie nicht mal Geld für einen Tapeziertisch hatte, jetzt verkauft sie schon an Boutiquen, und H&M hat ihr für viel Geld ein Modell für einen szenekompatiblen Sari abgekauft. All ihre geschäftlichen Dinge geht sie nicht – jetzt wieder das Teufelswort – »pragmatisch« an, sondern befragt zuvor die Sternkarten oder, bei größeren Entscheidungen (zum Beispiel der, ob es für Krissi besser wäre, sich von mir zu trennen), eine »Meisterin«. Daß sie Krissi vorausgesagt hatte, es würde ihrer Mutter in Jahr 1995 »nicht gut« gehen, hatte Krissi völlig beeindruckt. Allerdings hatte ich das auch schon mal angedeutet, nachdem ihre Mutter am Telefon sagte, sie hätte Absencen. Aber an meine Worte erinnerte Krissi sich später nicht mehr.

Jedenfalls ging mit Lauri die Kräuterjoghurtkultur und das Vorlesen von Horoskopen in der Gemeinschaftsküche los, Daniels Zeichnungen von Kleine-Mädchen-fressenden-Monstern wurden abgerissen, weil sie »gemein« seien, und all das Theater endete in der Küchenspaltung. Für Berliner Innenpolitik interessierte sich Lauri nicht die Bohne, was aus anderen besetzten Häusern wurde, ob sie unter Vertrag genommen oder geräumt wurden, was der Senat mit dem »Tacheles« vorhatte, alles rauschte an ihr vorbei, und als ein Trupp Skins bei uns die Scheiben einschmiß, kriegte sie nichts mit, weil sie walkmanhörend in ihrer über und über mit sich ringelnden lila Schlangen bemalten Badewanne lag.

Im Frühjahr 95, nachdem unser sonntägliches Plenum schon mehrfach durch das »lesbische-Hexen-Frühstück« unterbrochen wurde, fanden Krissi und Moni heraus, daß sie sich eigentlich mehr zu Frauen hingezogen fühlten – eine Erkenntnis, die Lauri ihnen natürlich schon voraushatte. Irgendwann servierte mir Krissi, daß sie sich weder mit einem Mann noch mit einem spirituell desinteressierten Menschen – zwei Eigenschaften, die eindeutig auf mich zutrafen – eine weitere Perspektive vorstellen konnte. Obwohl ich täglich Krissis Veränderungen verfolgen konnte und Rügen auch schon so scheiße war, heulte ich nächtelang auf meinem Hochbett und fuhr Hals über Kopf zu meinen Verwandten nach Bergen, wo ich drei Wochen in einer Neubauwohnung saß und schwedische Comics durchblätterte.

Irgendwann zog der H&M-Klamotten nähende Pseudo-Hexenhaufen, inklusive meiner gestörten Ex-Freundin, ins Vorderhaus, und der Rest der normal gebliebenen Leute okkupierte das Hinterhaus. Nach der Küchenspaltung gab es also noch die interne Hausspaltung.

Während Lauri, Moni, Nelli und die einst schönste und spannendste Frau der Welt dem sphärischen Gepiepse einer selbsternannten Meisterin lauschen, topfen Daniel und ich unsere Hanfpflänzchen um. Der biedere Alltag, den gibt es eben auch. Ich glaube, wenn's mich irgendwann schon mal gegeben haben sollte, war ich einfach ein Bauer, der auf dem Acker rumgetigert ist, abends Bier gesoffen und in die untergehende Sonne geglotzt hat. Falls Kristina wirklich eine Hexe war, wären wir uns bestimmt nicht begegnet. Oder vielleicht doch?

Ich hätte in einem finsteren Keller seltsame Aufzeichnungen aus einem anderen Land gefunden und Klamotten einer vergangenen Mode staunend aus dem Staub gehoben. Plötzlich hätte ich Schritte vernommen, und eine junge Frau hätte vor mir gestanden, vielleicht ein paar Kräuter unter den Arm geklemmt ... einen Finger würde sie mit einer selbstvergessenen Geste in eine herumliegende, zerbrochene Puderdose stecken ... einen ausgeblichenen Morgenmantel hätte sie vom Boden aufgehoben und sich umgelegt, einen Morgenmantel, der in Amalgamation mit ihrer Haut sofort wieder leuchtete ... während der Krach von mehr oder weniger begabten Wandermusikern aus der Ferne erscholl ...

Ich höre, wie jemand auf die Terrasse steigt. Krissi steht vor mir und hält einen zerrissenen malvenfarbenen Rock hoch. »Was, bei Mutter Gaya, ist mit diesem Teil passiert?«

Ich zucke die Schultern, erinnere mich, daß sie vor ein paar Wochen einen halben Tag damit beschäftigt war, das Ding mit Planetenmotiven zu bedrucken.

»Weiß nicht, war bestimmt eine der Katzen, wo lag das Biest denn?«

»Im Gemeinschaftsraum.«

»Naja, warum bist du auch so blöd und läßt das Ding da liegen, wo du weißt, daß da jeden Tag die Katzen sind.«

Jetzt steht Lauri hinter Krissi und zieht sie am Ärmel.

»Wir kommen zu spät, wir dürfen die Initiationsgesänge nicht verpassen, das weißt du doch!«

Krissi läßt den Planetenrock fallen und verschwindet auf der wackeligen Leiter, die in unseren Hof führt.

Nein, wir hätten uns nicht kennengelernt.

Die Wollmütze

Eine Wollmütze, flaschengrün, feinmaschig, von ihrer Mutter gestrickt, sitzt fest auf ihrem kupferrot gefärbten Haar. Viola will schnell noch Blumen kaufen, vorne an der Ecke am Leopoldplatz ist ein großer Stand. Wahllos nimmt sie einen der billigeren Sträuße, als sie bezahlt, fällt ihr das Wechselgeld, ein Pfennig, aus der Hand und rollt in eine Pfütze. Viola bückt sich und faßt mit zwei Fingern in die mit Eisstückchen gespickte Pfütze. Die Wollmütze rutscht ihr dabei tief in die Stirn und verschluckt eine letzte, borstige, rote Strähne, die aus dem grünen Wollstoff hervorlugt. Mit kalten, steifen Fingern fährt Viola unruhig in der Pfütze umher, der Pfennig entgleitet ihr immer wieder. Kleines Granulat, das unter knirschenden Schuhsohlen durch den Schneematsch getragen wird und sich in den Pfützen sammelt, schiebt sich schmerzhaft unter ihre Nägel. Violas lila Nagellack zerkratzt, springt ab in vielen kleinen Schüppchen. Sie beugt sich jetzt noch tiefer, die dicke Wollmütze, flaschengrün, feinmaschig, die für immer den Geruch von Schweineschmalz aus der Wohnstube ihrer Eltern in sich aufgesogen hat, rutscht ihr noch weiter ins Gesicht, über ihre von Schneeflocken nassen Augenbrauen. Lange, grüne Wollfasern, stachelig wie Disteln, ragen unter ihre Lider.

Viola beugt sich vor, faßt mit rudernden Armen in die Pfütze, schiebt den Pfennig, ohne ihn fassen zu können, über den knirschenden Pfützenboden. Der glänzende Pfennig, kupferrot wie ihr Haar, rutscht unter ein Blattgerippe. Schweiß sammelt sich unter Violas felsengrünem

Wollpanzer und tropft über ihre Wangen. Ihr Zeigefingernagel reißt ein, nachdem er in der Spalte zwischen zwei Pflastersteinen hängengeblieben ist; sie faßt in ein Kaugummi, in aufgeweichte Zigarettenfilter. Eine dicke, große Frau, beladen mit drei H&M-Tüten und einem riesigen pinkfarbenen Karton, auf dem »Big Is Beautiful« steht, stampft neben ihr durch die Pfütze. Eine Woge dreckigen Wassers platscht Viola ins Gesicht. Plötzlich erscheint ihr alles, die Straße, die Menschen, die parkenden Autos wie die enge, kahle, aschefarbene Wand einer Schiffskabine. Nur der Pfennig ist ein rundes Loch in eine andere Welt, ein Bullauge mitten in die kupferrote Abendsonne, die irgendwo hinter Violas wollflusenverhangenen Augen leuchtet.

Der Pfennig, ein Sonnenstrahl – der Gedanke, daß er eben noch mit vielen anderen stumpfen Münzen in der Kasse eines Straßenblumenhändlers lag, kommt Viola geradezu absurd vor –, leuchtet verheißungsvoll und unerbittlich. Ein Sonnenstrahl, ein Feuerabkömmling, der, vom Himmel gefallen, seinen Aggregatzustand verändert hat und bei der Berührung mit irdischem Boden zu der komprimierten Form einer Münze geschrumpft ist. Der, unweigerlich, bei der Berührung mit dem harten Pflaster zu einem festen, unzerstörbaren Gegenstand mutieren mußte – zu diesem kupferroten Pfennigbullauge.

Wollflusen, fett, polypenhaft, drängen sich in ihre Augen. Viola rührt sich nicht, ihre steifen Arme stehen ein wenig ab wie bei einem Nußknacker. Sie verharrt: eine steinerne Figur, ein moosbewachsenes Denkmal im Park, dem Kinder eine alte Wollmütze übergestülpt haben, die ihnen ihre Mutter gestrickt hat und die sie loswerden wollten.

Diese dämliche Mütze, denkt Viola. Sie war schon kurz nach Weihnachten nach Berlin zurückgefahren, und auf dem Bahnsteig hatte die Mutter ihr noch eine Plastiktasche mit Wintersachen in die Hand gedrückt, »bei euch in Berlin weht so ein kalter Ostwind«. Viola hatte es nicht fertiggebracht, die selbstgestrickten Sachen ihrer Mutter beim Abschied abzulehnen oder die Tasche, wie sie erst beabsichtigt hat, einfach im Zug liegenzulassen. Sie hätte später nur ein schlechtes Gewissen bekommen.

Als es dann letzte Woche minus fünfzehn Grad waren, hat Viola die Mütze doch ausgepackt und sich gedacht, hier im Wedding beim Einkaufen sieht mich ja niemand, ich werd das Ding bestimmt nicht abends in die Kneipen aufsetzen, also, was soll's.

Viola steht immer noch vor der Pfütze, atmet wieder den schweren Geruch von Schweineschmalz, von abgestandenem Bier, atmet den Geruch des seltsamen Fliesenputzmittels ein, das ihre Mutter einmal in der Woche, donnerstags früh um sieben, an den Küchenwänden verteilt. Sie atmet den Geruch von Würstchen und altem Lederfett ein, von dem Schuhbänkchen mit Vaters alten Stiefeln davor, in der Ecke hinter dem mit einer karierten Plastiktischdecke bezogenen Küchentisch, dort, wo Mutter immer strickt, wenn Vater und sie sich gestritten haben und er in der Wohnstube fernsieht. Sie atmet den Geruch von Erbrochenem ein, vom Erbrochenen ihres Vaters, das in die Löcher gesickert ist, die Mutters Pumps mit den Pfennigabsätzen, die sie zu »besonderen Anlässen« trägt, in den brüchigen Linoleumboden gerissen haben, und das Mutters samstäglichen, schnellen Wischbewegungen mit einem verfilzten Lappen, den sie nie auswechselt, stets entgangen ist.

Viola atmet den Geruch dieser engen, schmalen, olivgrün gekachelten Küche ein, deren fast bis zur Decke reichende Hängeschränke mit Holzmaserungsimitat beklebt sind. Tief atmet sie ein, die Mütze ist über ihre kleinen Nasenlöcher gerutscht. Wollflusen kleben an ihren Wangen wie dickleibige Insekten. Vor Violas verschwommenem Blick, kupferrot leuchtend, das Bullauge des Pfennigs, auf ferner See.

Die letzten Einkäufer flüchten in ihre Autos, werden von blauweiß leuchtenden U-Bahnhöfen verschluckt, hasten auf klappernden Absätzen davon, als würde es um ihr Leben gehen.

Lange grüne Fäden, Fusseln, Flusen dringen in Violas Nasenlöcher, erobern ihre Oberlippe, benetzen ihre Zunge. Viola versucht erst, sie aus dem Mund zu ziehen. Doch dann bleibt sie regungslos stehen, leicht nach vorne gebeugt, die roten, steifen Finger in alle Richtungen von sich gespreizt. Plötzlich scheinen ihr die letzten zwei Jahre in Berlin, die Frauen-WG, die Theatergruppe, der Trödelmarktstand, der Selbstverteidigungskurs, die Uni, sehr fern und albern, eine unbedeutende Episode, nichts gegen die Macht des Geruchs von Schweineschmalz. Hunderte kleiner, übelriechender Fasern tasten sich an ihre bläulichen Lippen heran wie schmarotzende Pflanzen, stülpen sich über sie, und die Nacht wirft einen schweren, dunklen, engmaschigen Hausmantel über ihr Gesicht.

Viola merkt, daß sie keine Luft mehr bekommt. Ihr wird schwindelig, die Mütze rutscht ihr übers Kinn, schlingt sich um den Hals. Sie sieht in das dunkelgrüne Dickicht vor sich, die immergrüne Nacht.

Nikita

Weil ich keine Ahnung von Wein habe, bestelle ich immer nur nach dem Namen. Oft bereue ich das augenblicklich, wenn ich wieder bei einem schweren Rotwein angelangt bin und mir nach zehn Minuten die Augen zuzufallen drohen. Heute habe ich mich für einen »Château Laroche« entschieden, mein Gegenüber meint allen Ernstes, diese Wahl würde mich als Kennerin von Bordeaux-Weinen ausweisen, und wählt dasselbe. Clemens hat weiße großporige Haut, die mich entfernt an die kleinen als Appetithäppchen gedachten Brötchen vor mir erinnert, und helle Augen. Er möchte etwas über mich in Erfahrung bringen, über meinen merkwürdigen Beruf oder meinen Körper, ich weiß es noch nicht.

Mit Clemens habe ich mich nur getroffen, weil er mich ins »Langhans« eingeladen hat, ein Restaurant, das ich niemals mit einer Freundin aufsuchen würde, um das selbst meine Eltern am ersten Weihnachtstag wehmütig einen Bogen machen. Mein Ex-Freund hat immer gesagt, wenn es um Essen geht, verliere ich meine Zivilisiertheit und verwandele mich in das Tier, das ich eigentlich bin. Eine wenig raffinierte Theorie, dennoch völlig zutreffend.

Ich löffele die Suppe, Broccolicreme mit warmem Ziegenkäse und frischem Schnittlauch, schnell, aber deshalb nicht wenig lustvoll in mich hinein, tunke abwechselnd Brötchenkrusten oder Babysalzstangen in die Schüssel. Clemens erzählt mir nun, daß er vor drei Jahren einen Leguan besessen hätte. Auf die Idee sei er in Los Angeles gekommen, wo am Venice-Beach einige niedrige und daher nicht gerade einbruchssichere Apartments mit dem Schild »Danger! Iguana attacks!« ausgestattet sind.

Ich frage ihn, ob er Angst vor Einbrechern in seinem Studentenwohnheim in Berlin-Schöneberg hat; er scheint sich zu ärgern. Mit der Leguangeschichte wollte Clemens mir imponieren, glaube ich. Vorhin, als ich mit ihm vom U-Bahnhof zum Restaurant schlenderte und einen Dackel gerade noch davon abhalten konnte, den Urinstrahl an sein Hosenbein zu richten, habe ich beiläufig erwähnt, daß ich früher Schildkröten gehalten habe. Ich reiße mich ein wenig zusammen, plaziere zwischen meinem gierigen Löffeln einige neutrale bis freundliche Allerweltsbemerkungen, denn ich kann schlechte Stimmung beim Essen nicht gut vertragen, sie beeinflußt meine Geschmacksnerven negativ. Mich erwartet noch gebratener Lachs in Sahne-Meerrettich-Soße, dazu hausgemachtes Kartoffelpüree mit frischer Kresse. Meine Arbeit ist anstrengend, ich habe gutes Essen verdient.

Clemens fährt sich mit der Serviette über den Mund. Einen Moment frage ich mich, ob es nicht gemein sei, mit einem Mann essen zu gehen, bei dem man sich hundertprozentig darüber im klaren ist, daß er einem überhaupt nicht gefällt. Clemens' Konversationsversuche, seine bewußt auf ein weibliches Gegenüber abzielenden Gesten fangen an, mich zu beschämen. Ich denke an den Lachs. Und an den sommersprossigen Jungen, dem ich heute nachmittag immer wieder die Frage gestellt habe: Wie heißt du?

Ich sehe ihn, als er gerade um den Benjamin biegt und auf die Garderobe zusteuert: Mein Ex-Freund geht in Begleitung einer mir auf den ersten Blick nicht unähnlichen Frau mit langen roten Haaren zur Garderobe, hilft ihr aus einem schillernd grünen Mantel, wobei er kurz ironisch grinst, denn dieses Gentleman-Verhalten ist eigentlich nicht seine Art. Dann schlendert er mit ihr auf einen Tisch am Fenster zu, mit Blick auf den Gendarmenmarkt. Nikita hat keinen Pfennig Geld, ich muß also annehmen, daß die Dame, die bei näherem Betrachten einige Jahre älter als ich zu sein scheint, ihn einladen wird. In den drei Jahren unserer Beziehung sind wir fast nie essen gegangen, weil wir es uns einfach nicht leisten konnten. Nun haben wir die Freiheit, uns von Hinz und Kunz einladen zu lassen und nicht nur das. Nikitas Nase ist die gleiche geblieben, denke ich beruhigt, sie ist groß und sehr spitz und hat mich von Anfang an absolut für ihn eingenommen. In diesem Moment sieht er mich. Ich bemerke seine Irritation, die er sofort zu verbergen versucht. Die Dame dreht sich dennoch kurz in unsere Richtung, ihr Blick schweift etwas unschlüssig zu den beiden Nachbartischen, an denen jeweils graumelierte Herren in entsprechender Begleitung sitzen.

Ohne es zu beabsichtigen, denn welchen Sinn hätte das, bin ich immer an Freunde mit ausgesprochen merkwürdigen Namen geraten. Schon in der Schule ging das los. Alle meine Freundinnen verliebten sich in Ollis, Andys, Steffens oder Marks, nur ich dachte an einen Albrecht. Später gingen meine Freundinnen zu Christians, Florians und Patricks über, und ich suchte mir einen Traugott aus. Als meine beiden besten Freundinnen mit ihrem jeweiligen Freund zusammenzogen, einem Hendrik und einem Thomas, traf ich Nikita. Er war Anfang der neunziger Jahre auf dem Umweg über Bayern von Petersburg nach Berlin gekommen; seine Mutter, überzeugtes Pateimitglied und Chruschtschow-Verehrerin, hatte sich in ihrer mit Zeitungen anstatt mit Lebensmitteln vollgestopften Küche erhängt, neun Monate nach dem Mauerfall. Danach wurde Nikita zu seiner CDU-wählenden Tante nach Ravensburg in den Westen geschickt, die ihn lieber Nico nannte. Aber diese Geschichten habe ich erst von ihm erfahren, als es mit uns schon zu Ende ging. Oder besser: weil ich von diesen Dingen erfuhr, ging es mit uns zu Ende. Während Clemens mir nun etwas von unlängst publizierten Theorien über die autistische Störung erzählt, ein langer selbstvergessener Monolog, denke ich daran, warum Nikita und ich vor gut einem halben Jahr anfingen, getrennte Wege zu gehen.

Es war der 8. August, ein heißer Tag, eine schwüle Nacht, ich konnte nicht schlafen. Ich hatte mein Studium gerade beendet und mit meiner Arbeit in der Psychiatrie angefangen, abends war ich völlig erschöpft. Das Schlimmste war immer, den hoffnungsvollen Eltern, die dachten, mit ein paar Pillen finge ihr Kind wieder an zu sprechen, mitteilen zu müssen: ihr Kind werde den Rest des Lebens im Zimmer vor sich hindämmern und seinen Kopf, wenn ihm danach ist, an die Wand schlagen.

Als ich in die Küche ging, um mir kaltes Wasser über die Arme laufen zu lassen, saß Nikita dort mit in den Händen vergrabenem Kopf und weinte. Ich hatte ihn noch nie weinen sehen. Er erzählte mir nach einer Weile des Schweigens, heute, vor zehn Jahren hätte sich seine Mutter umgebracht, er könne dieses Datum nicht vergessen, und wie ein Pawlowscher Hund würde er an diesem Tag immer weinen müssen. Manchmal würde schon der Gedanke an die doppelte Acht, an den 8. August, bei ihm einen Weinreflex auslösen. Eher als ein Foto seiner Mutter.

»Warum hast du mir nie gesagt, daß deine Mutter sich umgebracht hat?« fragte ich erschrocken und auch verärgert, denn er hatte mir ihren vermeintlichen Leberkrebstod in Petersburg ausführlich geschildert.

»Weil ich das für mich behalten wollte«, antwortete Nikita. Von diesem Tag an bestrafte er mich mit Unfreundlichkeit, Undurchschaubarkeit und innerem Rückzug. Es war, als würde die Tatsache, daß er zum ersten Mal einer Freundin von der wirklichen Todesursache erzählt hatte, diese zu einer schuldigen Mitwisserin werden lassen. Es war, als hätte der Selbstmord, der vorher nur in seinem Kopf existierte, gewissermaßen, auch wenn dieser Gedanke noch so irrational ist, mit meiner Mitwisserschaft endgültig an Subjektivität eingebüßt, sei also erst jetzt objektiv wahr geworden. Er haßte mich dafür, mir etwas erzählt zu haben, das ihn schmerzte.

Eines Tages lief ich aus seiner Wohnung, aus seiner Straße, seinem Leben.

Jetzt sitzt er da drüben und blickt in die Karte. Ich sehe den Schatten seiner Nase im gespiegelten Kerzenschein im Fenster. Die große Nase, die mich von Anfang an für ihn eingenommen hat. Neben der klassischen Bildung, den Puschkin-Zitaten, den Kenntnissen in Geographie; Flüsse, Hauptstädte, Kohleabbaugebiete von Ländern, die er nie besucht hat. Ob er wohl auch Lachs wählen wird? Wir standen damals oft zusammen auf dem Gendarmenmarkt, schauten hoch zum »Langhans«, studierten die Menükarte und malten uns aus, wie es wäre, hier gemeinsam essen zu gehen. Ein Lyrikübersetzer, der sich nur mit dem Übersetzen von Waschmaschinengebrauchsanleitungen über Wasser halten kann, und eine Medizinstudentin, die der Vater um den Unterhalt, den er ihr laut Bafög-Amt zahlen müßte, betrügt.

Clemens fragt mich, ob ich manchmal Angst hätte vor den Kindern und Jugendlichen, die ich täglich betreue. Nein, sage ich, es ist mir angenehm, wenn jemand mal den Mund halten kann. Clemens starrt mich an. Er hat mich heute abend schon so viel über Schizophrenie, Anorexie, Bulimie und Autismus befragt, daß ich glauben muß, er sei mehr an meinem Wissen denn an meinem seit einem halben Jahr gegen seinen Willen erotikentwöhnten Körper interessiert. Immer nur reden, ich will Sex. Aber mit Clemens würde mich das viel Überwindung kosten. Es wäre ein bißchen wie eine medizinische Verordnung: Geben Sie Ihrem Körper täglich zehn Tropfen Sex, Augen zu und durch.

Ich habe mich heute abend nicht besonders gut angezogen, nur so, daß ich dachte, so wird mir das Essen schmekken: eine lachsfarbene Bluse mit glockenförmigen Ärmeln und ein auberginefarbenes Kostüm aus einem Theaterladen, dessen weicher Stoff sich beim Essen in der Bauchgegend angenehm dehnt, ohne nachher häßliche Falten zu haben. Als Clemens seine Hand, mit der er eben noch eine sehr biologistische These über den Ursprung der Schizophrenie in einem gestörten Lithium-Haushalt unterstrich, auf meinen Unterarm legen will, sehe ich, daß Nikita aufsteht. Ich würde seine Begleitung gern etwas eingehender mustern, doch ich spüre, daß Nikita mich aufmerksam anschaut. Clemens ist mit dem gerade aufgetischten Lachs beschäftigt (er bestellte dasselbe Hauptmenü wie ich), Nikitas blöde, häßliche, stinkreiche, widerliche Begleitung (tagsüber darf ich mich nie gehen lassen) stochert in einem Artischockenherz, ich richte den Blick auf meinen Ex-Freund.

Wir sehen uns an, niemand lächelt, keiner von uns fabriziert ein Nicken, macht eine Grimasse, lenkt ein, nichts. Ich versuche, mich auf seine Nase zu konzentrieren, aber er fixiert mich. Diese dunklen, unnachgiebigen Augen, denen ich damals gefolgt bin, als er mich im Kino, ich sah »Number our Days«, anstarrte.

Langsam stehe ich auf, murmele abwesend zu Clemens, »ich geh mal aufs Klo«, und laufe über den fliederfarbenen Teppich an den unterwürfig grinsenden, auf ihr Trinkgeld bedachten Kellnern vorbei. Ich biege in einen schmalen dämmerig beleuchteten Flur mit Münzfernsprecher und Toilettentüren ein. Nikita steht unmittelbar und dicht vor mir. Ein halbes Jahr, nein, acht Monate haben wir einander kein Lebenszeichen mehr gegeben. Acht, die böse Zahl. Nikita, still, in sich gekehrt, über seinen Lyrikbänden, über den Toasterbedienungsanleitungen sitzend, ironisch, obsessiv. Wir sagen nichts. Kann ich noch fragen: »Wie geht es dir?« oder »Na, was führt dich denn heute hierher?« Zu spät, überflüssig; ich bin doch schon seiner stummen Aufforderung gefolgt, habe meinen Tischpartner verlassen, habe den Lachs stehenlassen, um hier mit ihm neben den schmuddeligen Telefonbüchern zu stehen.

»Kommst du mit ...?« fragt er mich leise.

Ich verstehe nicht. Nikita geht in Richtung Toilette, ich folge langsam, irritiert. Er zieht die schwere Holztür zu, plötzlich begreife ich alles, wir gehen in eine Kabine, schließen ab, dann fangen wir an, uns mit geschlossenen Augen zu küssen. Alles geht sehr schnell, ich spüre seine Hände auf meinen Brüsten, auf dem Rand meiner Unterhose, ich streichele seinen Schwanz, seine Hoden, dabei küsse ich ihn langsam vom Hals, über die Brustwarzen, den Bauchnabel, die Lenden herab. Ich drehe mich um, er steht hinter mir, die Position, für die wir am wenigsten Zeit brauchen; wir kennen uns gut. Die Monate, die wir uns nicht berührt haben, haben unsere Gesten, unsere Gewohnheiten noch nicht verändert. Wir sind niemand anderem zu nahe gekommen. Während er in mich eindringt, murmelt er meinen Namen, vorwärts, rückwärts, Elisa, Asile, er ist verrückt, aber das ist nichts Neues, er sagt mir, daß er mich liebt – das kann er, seitdem ich die Geschichte vom 8. August weiß, nur noch, wenn wir miteinander schlafen. Nichts hat sich verändert. Ich halte die Augen geschlossen, um die Kloschüssel, die weißen Kacheln, den flaschengrünen Behälter für Tampons und andere »weibliche Hygieneartikel« nicht sehen zu müssen. Alles geht sehr schnell, ich spüre schon, wie sich sein Herzschlag auf meinem Rücken wieder verlangsamt. Ich rücke mein knautschfreies Kostüm zurecht, Nikita zieht sich die Hose hoch, schließt den Gürtel. Wir umarmen uns, fest.

»Willst du zuerst gehen?« fragt er leise. Ich zucke die Schultern, nicke. Ich bin betäubt, laufe auf fliederfarbenen Wolken, die Kellner: nickende Puppen rechts und links.

Zwei Minuten später höre ich mich, während ich den lauwarmen, immer noch köstlichen Lachs verschlinge, über Kinder sprechen, die nicht zwischen sich selbst und anderen unterscheiden können und von sich sagen »ich bin viele Menschen«; hin und wieder nehme ich einen Schluck von diesem einschläfernden Rotwein.

Nikita hört sich eine offenbar längere Geschichte seiner Gönnerin an, schiebt gierig Lachsstücke in den Mund. Manchmal nimmt er einen Schluck Wein, lehnt sich auf der roten Bank zurück.

Als Clemens mich fragt, ob ich denn einen Freund hätte, zucke ich zusammen. Ich blicke in sein harmloses, freundliches, irgendwie enttäuschungsbereites Gesicht. »Ja«, lüge ich, »er wohnt auf Helgoland.«

Auf Clemens' erstaunte Miene reagiere ich nicht. Ich spüre nur den Lachs an meinem Gaumen, den Samen zwischen meinen Beinen, ich versuche zu genießen, bevor unweigerlich der Schreck über alles einsetzen und mich zermürben wird.

Der Nacken

Er läuft weiter, durch das hohe Gras, an den Heckenrosen vorbei, zertritt Vaters neugepflanzte Steckrüben, stolpert durch die Gräben, die die Weiden voneinander trennen, stürzt über den Hof der Molkerei und durch die Brennesselufer. Über ihm, von Baumkronen umrandet, fliegt der kobaltblaue Himmel, klar, wolkenlos, und scheint jedem Glauben zu spotten, dort oben könne sich noch irgend etwas anderes befinden als Kälte, Luft.

Er sieht noch überall Blut auf seinen Sandalen, seinen Strümpfen, es klebt zwischen seinen Zehen. Durch das kniehohe Wasser eines Bachs, an dem er sonst Staudämme baut und Playmobil-Schiffe versenkt, läuft er talwärts. Schließlich wird es dämmrig, und er stapft erschöpft zu einer Anhöhe, von der er abwechselnd den Himmel und das Gras betrachtet, bis er sich bäuchlings fallen läßt. Hier wird ihn niemand so schnell finden. Auch auf seinem Hemd, sogar am Kragen, sind Blutspritzer, wie er trotz der Dunkelheit feststellen kann. Einen Moment lang kommt ihm Sven in den Sinn. Vorsichtig wischt er etwas Blut von seinem Ellenbogen mit einigen Blättern ab, beäugt seinen Hemdsärmel. Irgend etwas piekt in seiner Hosentasche. Er holt ein kleines Plastikflugzeug heraus. Sanft fährt er mit den winzigen Gummireifen über seine Backe. Das ist so ein angenehmes Gefühl. Sie drehen sich auch richtig.

Es ist immer noch warm, eigentlich richtig schön, hier wird er schlafen können. Man hört nur das Rauschen des Bachs, ein an- und abschwellendes Glucksen, sonst nichts.

Einen Moment lang muß er an Frau Unterpfand denken, seine Klassenlehrerin, vor der er sich ekelt, weil sie beim Sprechen immer spuckt. Seit drei Wochen trägt sie weiße Handschuhe in der Schule. Wegen eines Hautausschlags, hat sie gesagt.

Ob Mama wohl Fred, sein Kaninchen, füttern wird, jetzt, wo er weg ist? Oder Max?

Vorgestern haben Vater und Onkel Karl für das Dorffest wieder ein Spanferkel geschlachtet, das hieß Theo, zumindest hat er es immer so genannt. Er hat gesehen, wie es geboren wurde, damals, an seinem Geburtstag, am 3. März. Er war extra ganz frühmorgens aufgestanden, um das mitzuerleben, noch halb in der Nacht, und es war dunstig draußen gewesen. Theo kam, so groß wie eine Steckrübe, mit geschlossenen Augen, naß von einer klaren, klebrigen Flüssigkeit, als zweiter nach einem etwas größeren Bruder zur Welt; genau wie er und Max. Es folgten noch fünf Geschwister, aber die verkaufte Vater bald an einen anderen Hof, und es blieben nur Theo und der große Bruder.

Er hatte Theo gleich in sein Herz geschlossen und miterlebt, wie er wuchs und wuchs, und dumm war er überhaupt nicht, man konnte ihm lauter kleine Sachen beibringen, die der ältere Bruder im übrigen nie lernte.

Die letzten Wochen sind die Hölle gewesen. Frau Unterpfand hat ihm einen Tadel gegeben, weil er zwei Mitschüler geboxt und mit Kakao bespritzt hat, und vorgestern, nachts hatte er noch bei Theo gehockt und kein Auge zugetan, hat er den ganzen Tag nur geweint und mit dem Rücken zum Tisch gesessen, während die anderen dort laut feierten und Theo, auf einer Eisenstange aufgespießt, mit langsamen Drehungen über dem Feuer gebraten wurde. Er konnte den Rauch in seiner Nase nicht ertragen und war schreiend in die Scheune gestürzt, wo er sich an die kalte Wand des Silos setzte, der gerade leer war. Ein Ort, vor dem ihn seine Eltern immer warnten. Dort mußte er sich krampfartig übergeben. Dann bekam er starkes Nasenbluten. Er hat nur stumm zugesehen, ohne sein Taschentuch mit dem rosa-aufgestickten T. S., seinen Initialen, aus der Hosentasche zu ziehen, wie das Blut an den schroffen, kalten Wänden des Silos hinabfloß.

Am Abend hat sich sein Vater über ihn lustig gemacht, »unser Kleinling«, wie er ihn bei solchen Gelegenheiten zu nennen pflegt, »der ist ein richtiger Schisser, fährt nie auf dem Traktor mit und heult, weil man ein Ferkel schlachtet«. Ein paar andere Männer haben das mit blödem Grinsen wiederholt, zum Beispiel Herr Brode, ihr Pfarrer.

Heute mittag auf dem Weg von der Schule nach Hause hat er den kleinen pummeligen Sven mit der aufgeworfenen Nase mit seinem Messer, mit dem man Theo in den Himmel oder wohin auch immer – also auf jeden Fall ermordet hat –, also dieses Messer hat er von hinten, wie man das so macht, Sven in den Nacken gerammt.

Schnell und leicht ging das, es glitt durch die Haut wie Butter, genau wie Vater gesagt hat. Und Sven schrie auch kaum, er machte nur ein ganz kurzes »Quiek« am Anfang. »Das geht ruckzuck, und das Schwein leidet gar nicht lange«, hat Vater ihm gesagt, um ihn zu beruhigen. »Das geht in Sekunden, wenn man an der richtigen Stelle ansetzt«, hat Onkel Karl erklärt und ihm eine seiner schweren Hände auf den Nacken gelegt, so daß er eine Gänsehaut bekam, um ihm zu zeigen, wo man »ansetzt«.

Es hat ein dumpfes Geräusch gegeben, als der rundliche Körper vor ihm auf den Boden prallte, und Blut, entsetzlich viel Blut, strömte überall, wie Lava. Wie konnte nur soviel Blut aus einem einzigen Schwein laufen? Davon hat Vater nichts gesagt. Er redete nur von »einem schönen Brauch«. So rot hatten nur die Berge, die man Vulkane nennt, im Sachkundeunterricht ausgesehen.

Plötzlich waren von allen Höfen Leute angerannt gekommen, Herr Brode, der Onkel vom dicken Sven, als erster. Ihr Brüllen füllte die Luft wie das Quellwasser den weißen Kuhschädel, der seit Wochen hinter der Molkerei lag. Ihm schwindelte, und Herrn Brodes schwarzes Gewand umflatterte ihn wie die Vögel aus diesem schrecklichen Film, näher und näher kamen sie, dann ließ er den Schaft endlich los und lief die Straße hoch, immer weiter, vorbei an den Steckrüben, an Hugo, dem alten Ackergaul, am Teich mit den Molchen, an der Molkerei und dem Postamt und dahinter den steilen Grillenweg runter, durch die Brennesselufer, die Bäche, weiter, weiter, bis hierher.

Nun ist es still, nur sein Puls hämmert noch in den Ohren, mischt sich in das Rauschen des Bachs, in das Spucken von Frau Unterpfand.

Er sieht hinauf zum Himmel, von dem, egal, was Herr Brode so redet, morgen doch nur höchstens ein Gewitter herunterkommen wird.

Sven werden sie einen riesigen, geschliffenen Stein mit goldenen Buchstaben auf dem St. Michaels Friedhof setzen. Theo, dem wird er ein Kreuz aus Ästen bauen, hier auf dieser Anhöhe. Das wird er gleich morgen früh machen, dann wird er weiterlaufen. Vielleicht zum Nordpol. Seinen Kompaß hat er ja immer bei sich. Seinen Kompaß und das Gummiräderflugzeug. Dort oben kann er sich ja von Eis ernähren; das schmeckt gut, und die bunten Flecken, die es auf der Kleidung hinterläßt, lutscht man noch mit Vergnügen aus.

Der Stier

Jedes Jahr im Sommer fahre ich mit meinen Großeltern und meiner Mutter – mein Vater hat keine Zeit dafür – hierher nach Oberneumais. Das ist die einzige Zeit im Jahr, wo mein Bruder und ich uns so richtig austoben können, denn in den anderen Ferien fahren wir mit unseren Eltern nur in Städte, wo man sich Kirchen und Museen angucken und fremdsprachige Führungen über sich ergehen lassen muß. Hier sehen Immanuel und ich lauter aufregende Dinge wie Stinkmorcheln und Schlangen, richtige Pferde und Stiere und vor allem, das interessiert mich besonders, Giftpilze. Heute habe ich mir den Pilzführer meiner Großeltern geschnappt, sitze in der Sonne und suche mir möglichst gefährliche Sorten heraus. Zum Beispiel den »Ziegelroten Rißpilz«, der schon in sehr geringen Mengen tödlich wirkt. Ich gucke rüber zu der großen Wiese. Einer der Jungbullen ist mein Liebling. Er hat Locken zwischen den Hörnern und läßt sich von mir kraulen. Jeden Tag, manchmal auch nachts, gehe ich zu ihm und streichele ihn. Jetzt tritt er näher an den Zaun, ein wunderschöner Fliegenpilz vor seinen Füßen, aber er ignoriert ihn. Sieht wahrscheinlich ziemlich oft welche. Ich stehe auf und streiche Locki, so habe ich ihn genannt, über die Nüstern. Er macht Geräusche wie mein Großvater, wenn meine Großmutter ihm den Rücken massiert, und dann kraule ich ihn noch hinter den Hörnern. Er guckt mich ganz lange an, und ich verscheuche die vielen Fliegen, die sich auf seine Wimpern setzen.

»Katinka, komm rein, es gibt Abendbrot!« höre ich

meine Mutter rufen. Sie ruft mich immer mit allen möglichen Namen, nur nicht mit meinem richtigen. Gestern abend kam sie völlig gestreßt hier an und will morgen schon mit Immanuel und mir nach Berlin zurückfahren. Sie kann nicht länger bleiben, weil sie zu Hause meinen noch mehr gestreßten Vater betutteln muß. So ist das. Ich verabschiede mich von Locki, er hat den Kopf gesenkt und frißt friedlich. Einen Moment zögere ich, dann nehme auch ich einen Grashalm in den Mund und kaue darauf herum. Hmm, nicht so schlecht, wie ich dachte, aber jeden Tag? Ich gehe langsam zurück zu unserer Ferienwohnung, ich komme immer ein bißchen zu spät zum Essen, um nicht etwa noch den Tisch decken zu müssen. Ist alles exakt kalkuliert.

Beim Abendbrot erzählt meine Mutter von einigen neuen Ausstellungen oder Museen, ich weiß eigentlich gar nicht, was genau der Unterschied ist; irgendwas redet sie von »Zeitgeist«, das scheint ihr neues Lieblingswort zu sein. Oder vielleicht heißt auch eine Ausstellung so. Zwischendurch sagt sie, mein Vater und sie hätten »schrecklich viele Leute« getroffen und es sei alles »sehr anstrengend« gewesen, dabei rollt sie mit den Augen. Mein Bruder und ich hören das alles nicht gerade zum ersten Mal, es nervt nur, daß es selbst im Urlaub in der Tour weitergeht. Immanuel und ich sehen uns an, meine Mutter sieht, wie wir uns ansehen, und guckt wütend.

Dann fängt meine Mutter wieder von diesem Kloster an, St. Florian in Österreich: da lagen Hunderte von Totenschädeln in großen Kellergewölben. Meine Eltern schienen die gar nicht zu bemerken und redeten nur über Säulen und Gewölbe und wie herrlich alles sei, aber ich hatte das Gefühl, die Totenschädel starrten mich an, und bekam sehr große Angst. Immanuel war nicht mit runtergekommen, das war eine gute Idee von ihm. Meine Mutter verstand nicht, was ich mit den Köpfen hatte, und meinte: »Die sind doch tot, Katinchen! Guck mal, diese Gewölbe hier sind *tausend* Jahre alt, das ist hundertmal so alt wie du ...« Ich kann mir kaum vorstellen, wie alt meine Eltern sind, und irgendwie hab ich mich auch gefragt, warum etwas besser ist, bloß weil es alt ist. Bei Essen ist es ja zum Beispiel gerade nicht so. Aber meine Eltern finden es nicht gut, wenn Immanuel und ich bei Führungen so etwas fragen.

Ich warte die ganze Zeit auf den Schokoladenpudding. Da steht er, dreißig Zentimeter neben mir, ich rieche ihn schon, aber noch ist es unmöglich, an ihn ranzugehen. Immanuel guckt auch in die Richtung. Wir kicken uns unterm Tisch mit den Füßen. Erst spielerisch, dann darauf aus, dem anderen weh zu tun. Ich presse meinen Absatz in seine weichen Füßchen. Er weint. Tränen fallen in sein Glas mit Himbeersirup, und ich strecke meinen Fuß wieder aus, diesmal, um ihn zu versöhnen, aber er hat seine Beinchen hinter die Stuhlbeine geklemmt.

Im Bett lese ich weiter über Pilzsorten nach und lerne ein paar Namen auswendig. Es gibt so viele Sorten, die ich noch nie gefunden habe. Oft sehen sie in den Büchern schöner aus als in Wirklichkeit, oder ich finde immer nur welche, die doof aussehen. Den »Großen Hexenröhrling«, den »Tigerrittling« oder den »Frauentäubling« habe ich noch nie entdeckt. Ich reiche das Buch zu meinem Bruder rüber, der mir schon längst verziehen hat, und bitte ihn, die Namen zuzuhalten, damit ich sie raten kann. Er schiebt also seine kleine Hand über die Schrift, aber ich kann durch seine Finger hindurchsehen, weil er die Finger nicht ganz zusammenhält, und so sage ich alle Pilzsorten richtig, und er ist sehr beeindruckt.

Beinahe hätten wir vergessen, den Erwachsenen »Gute Nacht« zu sagen. Wir stehen noch mal auf, ich in meinem dunkelblauen, Immanuel in seinem hellblauen Frottee-Schlafanzug. Mein Großvater legt Patiencen, gibt mir einen Kuß und freut sich, daß ich mich für Pilze interessiere. Immanuel erzählt, daß ich alle Sorten richtig geraten habe, und die Erwachsenen sind ebenfalls beeindruckt. Jetzt möchte Immanuel auch noch beachtet werden und erzählt, wie er sich die Wunde am Knie zugezogen hat, als er über einen Stein stolperte. Großmutter und Großvater gucken sich die kleine Schramme gebührend lange an, meine Mutter tut jedoch nicht gerade das, was Immanuel sich gewünscht hat, denn sie reibt gleich mit einem Wattebausch Alkohol auf die Schramme, »zur Desinfektion«, es brennt höllisch, und Immanuel weint laut.

Trotzdem denke ich im Bett, daß »Desinfektion« ein schönes Wort ist. Ich mag solche Worte. In der Schule glauben manche, ich will damit angeben, aber es macht mir einfach Spaß, komische, lange Worte zu benutzen. Manchmal bringe ich Immanuel ein paar bei und erzähle ihm dann falsche Bedeutungen, aber er vergißt das alles sowieso wieder.

Jetzt liegt er neben mir und schläft friedlich. Er kann immer sofort einschlafen, darum beneide ich ihn wirklich. Ich kann meist überhaupt nicht einschlafen, will raus zu Locki, gehe noch mal zu den Erwachsenen, die deswegen genervt sind, krabbele aufs Fensterbrett, gucke mir im Dunkeln mein Gesicht im Spiegel an; jede Nacht das gleiche. Und morgens wache ich auch früher auf als Immanuel.

Jetzt beuge ich mich über sein Gesicht. Er sieht so niedlich und zufrieden aus, blonde Locken kleben an der Stirn, kann ich ihm nicht mal einen Alptraum zuflüstern?

Am nächsten Morgen ist große Hektik angesagt, meine Mutter ist vor einer Abreise noch gestreßter als sonst, und meine Großmutter ist traurig. Sie ist immer traurig, wenn wir abreisen. Wir sind ihre einzigen Enkel, und sie ist eben ein ziemlicher Familienmensch. Mein Großvater ist auch traurig, aber bei ihm merkt man es nicht so. Er zieht uns an den Ohrläppchen, aber nicht so, daß es weh tut, und guckt uns durchdringend an.

Ich merke, meine Mutter will mich jetzt aus der Wohnung haben, »um in Ruhe packen zu können«. Da meine Großmutter ihr mit ihrem Gejammer auch auf den Geist geht, bittet sie mich, mit Großmutter einen Spaziergang »ums Haus« zu machen. Na gut. Ich möchte mich auch noch mal von Locki verabschieden.

Mit Locki ist das nämlich so: er ist »mein« Stier, bilde ich mir ein. Er war schon letztes Jahr hier und ließ sich nur von mir, nicht von Immanuel oder einem der anderen Kinder kraulen. Immanuel ist immer beleidigt, wenn er sieht, wie Locki sich von mir streicheln läßt, aber ich sehe gar nicht ein, warum ich *alles* mit Immanuel teilen soll. Manchmal tue ich so, als würde ich mit Locki in einer Geheimsprache reden; das scheint Immanuel wirklich zu ärgern. »Immer schließt ihr mich aus!« ruft er dann, und die Gefahr ist groß, daß er gleich losplärrt.

Ich muß daran denken, wie ich Theo, einem Jungen, der letztes Jahr hier auch wohnte, einen Kuß gegeben habe, da war Immi sehr böse und hat seinen kleinen Mund gleich erwartungsvoll zu mir hochgereckt.

Meine Großmutter läuft in ihren schicken neuen Wanderschuhen neben mir und nimmt meine Hand. Ich sehe von weitem einige Himbeersträucher und weiß, was jetzt unweigerlich passiert. »*Lauter* Himbeeren, Kati!« ruft meine Großmutter, als hätte sie einen Piratenschatz entdeckt, und stürzt schnurstracks auf die Büsche zu, rupft eine kleine Plastiktüte aus ihrer Jacke, die sie für solche Zwecke dabei hat, und pflückt eine Beere nach der anderen. Sie kniet auf dem Boden, und ich denke, daß ich diesen Ort bestimmt wiederfinden werde, wenn ich jetzt noch ein Stück weiterlaufe, zu Lockis Wiese. Locki soll nächstes Jahr geschlachtet werden, hat Astrid gesagt, ich muß mich also für immer verabschieden. Schrecklich, der Gedanke!

Ich laufe über den weichen Waldboden, der Himmel

fliegt über mir zwischen den Baumkronen, ich bin überrascht, wie schnell ich sein kann. Auf einmal sehe ich etwas Unerwartetes: Da liegen ein Mann und eine Frau im Gras, und sie sind nackt. Ein Jackett, eine Hose und ein paar Halbschuhe sowie ein buntes Kleid und orangene Sandalen liegen verstreut herum. Die beiden machen wohl das, wobei Erwachsene nie und auf keinen Fall gestört werden wollen. Ich hab es noch nie richtig gesehen, außer ein bißchen im Fernsehen. Aber irgendwie bewegen sie sich jetzt gar nicht mehr hin und her. Der Mann guckt die Frau an und sagt etwas leise. Ich trete ganz vorsichtig näher, bleibe aber hinter dem Busch.

»Ich kann das hier nicht, es tut mir wirklich leid.«

»Gefällt es dir denn nicht, es ist doch so toll hier ... und mit uns!«

»Ich weiß nicht, irgendwie ... ich weiß nicht, wie ich dir das erklären soll, aber ...«

»Ich wollte lange schon mal wieder in der Natur vögeln, dabei in den Himmel gucken und das Rascheln der Blätter hören!« sagt die Frau in einem vorwurfsvollen Tonfall.

»Oder das Rascheln von kleinen Tieren ...«, der Mann macht ein angeekeltes Gesicht. »Ist nicht meine Sache hier, alles sticht und piekt, eben lief eine Katze an uns vorbei, da fühlte ich mich beobachtet, und die Kuh da hinten guckte so komisch her von ihrem Wassertrog ...«

»Ach, jetzt übertreibst du, so ist das nun mal eben, den Kühen ist das auch egal, wenn wir ihnen zuschauen!«

»Ich bin aber keine Kuh ...«

Die Frau steht jetzt mit einem mißmutigen Gesicht auf und stülpt sich ihr Kleid über den Kopf. Der Mann scheucht eine Wespe vom Arm fort und sagt: »Immer wenn wir im Urlaub sind, werden mir unsere Differenzen besonders bewußt!«

»Dann eben wieder zu Hause auf schwarzer Seide ... oder ich muß mir für so was halt einen anderen nehmen!«

Die Frau sieht den Mann wütend an und wirft ihre lange Mähne in den Nacken. Er sagt nichts. Dann zieht er sich auch an, setzt zuletzt eine Sonnenbrille auf. Die Frau steht betont abseits, schaut in den Himmel, auf die Wiese. Sie gehen, ohne ein weiteres Wort zu wechseln, sie zwei Meter vor ihm, zurück durch den Wald.

Ich trete aus dem Busch heraus und wundere mich noch ein bißchen über das, was ich gerade gesehen und gehört habe.

Locki ist da und kommt näher. Ich lächele. Wer weiß, was ein Tier von solch einem Zähneblecken hält? Ich bin eine Großstadtgöre, wie meine Großmutter sagt, ich sehe ja außer scheißenden Hunden an Bordsteinkanten und blöden Tauben auf der Straße richtige Tiere nur im Urlaub. Behutsam fasse ich Locki in die hellen krausen Haare zwischen den Hörnern und kraule ihn. So ähnlich kraule ich manchmal auch Immi – der hat auch Locken – ich nicht. Locki kommt näher, macht ein zufriedenes Geräusch. Vorsichtig, denn vor dem Stromschlag habe ich höllischen Respekt, schlängele ich mich durch den unteren und den mittleren Draht, einmal bleibe ich kurz mit meinem roten Rock hängen und gerate schon in Panik, aber zum Glück passiert nichts. Ich möchte mich einfach richtig von Locki verabschieden. Locki läuft ein bißchen hin und her, schüttelt den Kopf, ruckt mit dem Kopf, es scheint ihm Spaß zu machen. Fasziniert starre ich ihn an, wie groß so ein Ding ist, wenn man direkt vor ihm steht! Der riesige Kopf, ein wahnsinniger Brustkorb und diese dicken roten Hoden, viel größer als meine Faust!

Ich springe in eine kleine Grube, hüpfe wieder heraus, Locki folgt mir. Während ich weiterlaufe, ich umgehe dabei eine niedliche Marone, denke ich, daß es nett wäre, so einen Stier in Berlin zu haben, auf dem würde ich auf dem Hohenzollerndamm zur Schule reiten, und er würde mich bestimmt vor allen möglichen bösen Dingen beschützen. Ich gucke zum Hochsitz hinter der Wiese, von dem aus wir die Pferde auf der anderen Weide beobachtet haben. Immanuel und ich wollten unbedingt hin zu den Pferden, aber meine Großmutter hat es verboten. Was glaubt ihr wohl, weswegen da ein Zaun ist? Später ging sie mit uns zu einer Reitschule, wo wir jeder eine Viertelstunde auf einem winzigen Pony sitzen durften, das langsam im Kreis herumging. Es war eine totale Enttäuschung.

Plötzlich höre ich etwas hinter mir und drehe mich um. Locki rennt mit gesenktem Kopf auf mich zu. Ich bin im ersten Moment zu verwirrt, um Angst zu bekommen, außerdem ist er ja mein Locki. Ich lächele und versuche locker zu bleiben. Ich hebe eine Hand zum Gruß, winke ein bißchen, versuche eine Kraul-Geste zu machen. Locki stürmt näher, er will bestimmt nur spielen, wie Terry, der große Hund von Maria, denke ich, bekomme aber nun doch Angst. Lockis Schritte donnern, und hinter jedem Hufschlag fliegt Erde auf.

Ich beginne loszulaufen, mache einen Bogen um einen schönen Fliegenpilz und verliere Zeit dadurch, da höre ich Lockis Schnauben direkt hinter mir. Dann werde ich plötzlich in die Luft gewirbelt, falle halb auf Lockis Rücken auf den Boden, und seine Hörner gelangen unter meinen Rock, der Stoff zerreißt, ich fliege noch einmal hoch, knalle auf den Boden, Lockis Huf bohrt sich in meinen Arm, ich schreie, doch Locki scheint sich plötzlich mit meinem Rockfetzen zufriedenzugeben und schiebt ihn mit seinen Hörnern wie wild im Kreis herum, er schnaubt und trampelt.

Mein Arm tut so unglaublich weh, daß ich um mich herum kaum noch etwas wahrnehme, ich zwänge mich durch den Zaun, werde von mehreren Stromschlägen geschüttelt, mein Arm, der seltsam an mir herabhängt und dunkelrot angelaufen ist, pocht und hämmert durch meinen ganzen Körper.

Ich schleppe mich auf den Hochsitz, diesen beschissenen Hochsitz, von dem aus meine Großeltern mir immer weise Dinge über den Bayrischen Wald und die Bauernhöfe erzählt haben.

Durch meinen Schmerz hindurch denke ich voller Wut an Locki und denke, daß es ihm nur recht geschieht, wenn er nächstes Jahr geschlachtet wird, und daß es mit unserer Freundschaft wohl doch nicht so weit her war.

Marmorkuchen

Ich weiß nicht warum, aber ich stelle mir immer vor, daß meine Frau mich umbringt. Mit dem Küchenmesser, mit dem sie Geflügel, Braten, Fisch und den sonntäglichen Kuchen schneidet. Eine sehr persönliche, anteilnehmende Art, jemanden zu töten, ist das. Ich möchte nicht von irgendeinem Verrückten, der auf der Ahornallee Amok läuft, niedergeschossen werden. Oder von einem besoffenen Teenager nachts auf dem Bürgersteig überfahren werden, ihm damit für den Rest des Lebens ein Horrorbild beschert haben. Oder einem Arzt zumuten, mit zerknirschtem Gesicht neben meiner Bahre zu stehen und sich mühsam die Worte zurechtzulegen, die er meiner Frau zuflüstern kann.

Nein, ich möchte, während ich hier in unserem Wintergarten die Hortensien stutze, den Hibiscus gieße, liebevoll von hinten eine Hand auf die Hüfte gelegt bekommen, mich dann umdrehen, und Veronika küßt mich und durchtrennt mit unserem Küchenmesser, an dem noch Kuchenkrümel hängen, die Knopfleiste meines Hemdes, durchsticht mein weißes Unterhemd, meine Haut und dringt in mich ein. Sie schließt die Augen, sie weiß, daß nur sie mich erlösen kann.

Da quietschen schon wieder die Bremsen von Karlsons, unseren Nachbarn, hätten sie doch bloß den Volvo behalten. Veronika dreht sich um, sie stutzt gerade die Hecken im Garten, und lächelt mir verschwörerisch zu. Was wir wissen, aber die Karlsons noch nicht, ist, daß letzte Nacht der Hagel ihre Sonnenröschen zerdrückt hat. Die haben sie gerade erst vor vier Wochen gepflanzt, dabei ab und zu mit hochroten Köpfen zu uns herübergeschaut, wie wir in Zeitschriften blätternd in den Stühlen lagen.

Veronika winkt einmal von der Hecke her, dann bückt sie sich nach der Schere, die ihr eben aus der Hand gefallen ist. Ja, wir haben ein nettes Plätzchen hier, mitten in der Stadt und doch mit eigenem Garten. Ich winke zurück. Veronika ist eine verschwiegene, aber nicht stille Frau. Manchmal erweckt sie den Anschein, als ob sie aus sich herausgehen würde, aber in Wirklichkeit schafft sie nur die Atmosphäre, um andere zum Reden zu bringen. Sie verliert nie wirklich den Faden im Gespräch; bei all ihren Späßen beobachtet sie das Geschehen um sich herum genau und fragt andere diskret, aber schonungslos aus. Später, wenn ich mit ihr alleine bin, macht sie äußerst boshafte, aber so treffende Bemerkungen über sie, daß ich, obwohl wir seit drei Jahren verheiratet sind, immer wieder überrascht bin. Ich glaube, diese gehässigen Psychostudien braucht sie als Entspannung von ihrer Arbeit. Sie ist Vize-Chefin des Tela-Arzneimittelkonzerns in Essen. Damit verdient sie fast das Dreifache wie ich. Was sie genau verdient, weiß ich nicht, denn das behält sie für sich.

»Jochen, in einer Woche geht es nach Hawaii, alles ist gebucht«, verkündete sie einfach so vor zwei Monaten beim Frühstück.

»Und wer bezahlt das, und überhaupt, geht das denn so einfach ...«, wandte ich ein, aber Veronika beruhigte mich. Sie hatte sich darum gekümmert, daß wir uns mal eben zwei Wochen Urlaub nehmen konnten. Irgendwie hat sie es auch geschafft, die nachher von der Steuer abzusetzen, als »Fortbildung«. Und wenn sie das regelt, dann ist auch mit meinem Job alles in Ordnung, denn ich arbeite ja auch bei der Tela, aber nur als Sekretär.

Honolulu war schön, trotzdem wollte ich sterben. Aber bitte nicht so fern von zu Hause, wo Veronika nie meine

Grabstelle pflegen könnte, außerdem möchte ich in dem Familiengrab, wo meine Eltern und Tante Freia beerdigt sind, beigesetzt werden. Also wartete ich auf Essen. Das Warten war auf Hawaii angenehmer als hier, wir schlürften Bacardi unter Palmen wie in der Werbung, surften und machten lange Spaziergänge. Alle drei, vier Tage feilte sich Veronika ihre langen Fingernägel, die sie mir zuliebe silbern anmalt. Ich schaute ihr dabei zu, bis ich nur noch die silbernen glatten Flächen sah, und plötzlich hatte ich das sehnsüchtige Verlangen, in dieses Silber einzutauchen, für immer, den Ballast all meiner widersprüchlichen Eigenschaften, meiner verschlungenen, sackgassigen Biographie abzuwerfen und einfach nur eine Eigenschaft zu erfüllen, aber diese dafür vollkommen: silbern zu sein.

Ich sage Veronika nichts von solchen Gedankengängen, denn sie würde jegliche Achtung vor mir verlieren. Sie liebt mich als selbstbewußten, raffinierten Typen, der seine Kollegen mit ausgefeilten Tricks ärgert, die Nachbarn mit souveräner Ignoranz behandelt, seinen Job mit etwas zerstreuter Nonchalance lässig, aber perfekt erledigt und der sich jeden Morgen, ja jeden Morgen, unermüdlich, auf sie wälzt. Sie legt Wert darauf, daß wir uns ansehen, wenn wir miteinander schlafen, nicht etwa, um eine besondere Intimität herzustellen, sie kann es zum Beispiel nicht leiden, wenn man ihr das Gesicht streichelt, sondern weil sie es interessant findet, wie sich mein Gesichtsausdruck verändert, wenn ich komme. Außerdem sagt sie, sie fände es hochgradig erregend, mir zuzusehen, wie ich ihr zusehe, obwohl mich das ehrlich gesagt eher ablenkt und irritiert. Schon oft hat sie mir hinterher meinen Ausdruck beschrieben und einige eigentlich ziemlich beleidigende Metaphern dafür verwendet.

Veronika ißt sehr gerne und viel, aber immer kleine Portionen, die sie über den ganzen Tag langsam in sich hineinkrümelt. Am liebsten Salziges. Ein Glas mit Salzstangen und eine Schale Pistazien stehen jeden Abend auf ihrem Schreibtisch, eine große, bauchige Vase, die sie kiloweise mit Erdnüssen gefüllt hat, steht auf ihrer Biedermeierkommode. Sie kann es sich leisten. Während ich in den letzten Jahren mit einem kleinen Bauch zu kämpfen habe, kann sie essen, was sie will, Käsecracker im Bett, eine Schachtel Pralinen an einem Nachmittag, sie wird nicht dick. Sie weiß das und kneift mich manchmal morgens in den Bauch. »Den mußt du noch abtrainieren ...«, flüstert sie und legt sich neben mich, und das Silber ihrer Nägel funkelt überall an meinem Körper.

Gestern habe ich mein Testament geschrieben, Veronika hat mir dabei über die Schultern geguckt. Ich kann den nächsten Sonntag kaum erwarten, doch manchmal überkommt mich auch ein Gefühl von Wehmut. Ich bin erst 34. Golo, mein Sohn aus erster Ehe, wird keinen Vater mehr haben. Bei Gerhards und Elisabeths Silversterfest werde ich nicht dabeisein können. Die Nordsee, das Wattenmeer, die Wattenvögel, meine schwarzen Gummistiefel, das Muster, das meine Gummistiefel auf dem nassen Boden hinterlassen, nie mehr sehen. Meine Hände, wie sie hier auf meinen Beinen liegen. Und gleichzeitig empfinde ich ein starkes Gefühl von Erleichterung. Nie mehr lustige Bemerkungen machen, schlagfertige Antworten geben, nie wieder perfekt rasiert sein, den Computer vom Abteilungsleiter besser als der Abteilungsleiter verstehen, die Vertreter der Telecom ertragen, meine Schuhe besohlen, Wasser in die Gießkanne laufen lassen, den Hahn aufdrehen, zudrehen zu müssen ... Licht anknipsen, ausknipsen, Kondome hoch- und runterzustreifen, Sklavenarbeiten für Bekloppte.

Und die kaputte Telephonzelle, die ungeraden Pflastersteine vor unserer Haustür, das Quietschen der Reifen von Karlsons beschissenem Ford, das Quietschen meiner Gummistiefel, wenn wieder Wasser hineingeschwappt ist, der Wind am Meer, von dem ich jedesmal Ohrenschmerzen bekomme, und das Silber von Veronikas Händen, diesen schillernden Insektenhänden, das mich manchmal, plötzlich grundlos unglücklich macht.

Ich weiß nicht, ob Veronika auch sterben möchte – wir reden nie, absolut nie darüber. Sonst wäre jeder Zauber dahin. Das weiß ich und sie vielleicht auch. Ich glaube nicht, daß sie glücklich ist. Vielleicht liegt das an mir, ich habe dabei versagt, sie glücklich, sie länger als eine halbe Stunde morgens glücklich zu machen, aber vielleicht war sie auch schon immer so, und vielleicht ist sie gar nicht unglücklich. Sie arbeitet viel, sehr viel, mit einer Intelligenz und Zielstrebigkeit, ohne Ablenkung, Fehlurteile, Dummheiten, wie ich es selten bei jemandem erlebt habe. Gleichzeitig wirkt sie nie angespannt wie ich. Sie lächelt, wenn ich nachts um halb zwei in ihr Zimmer schaue und sie vom Schreibtisch hochblickt, eine Salzstange im Mundwinkel. Aber sie freut sich nie über Geschenke. Geburtstage oder Weihnachten bedeuten ihr gar nichts. Sie wirft alles sofort stillschweigend in den Papierkorb. Gesellschaftliche Anlässe sind für sie lediglich eine Gelegenheit, Menschen zu beobachten. Mit halbgeschlossenen Augen räkelt sie sich auf ihrem Stuhl, plötzlich knöpft sie sich jemanden vor. Nachher berichtet sie mir dann davon. Überhaupt ist dies die einzige Gelegenheit, wo es ihr wichtig zu sein scheint, zu hören, was ich denke. Mit der Gewissenhaftigkeit einer Klosterschülerin trägt sie mir vor, was sie erfahren hat, und sieht mich dabei immer wieder fragend an. Dabei interessiert mich das alles gar nicht so sehr, und ich kann nur ein Zehntel soviel über die Leute sagen wie sie. Ihr Respekt mir gegenüber in dieser Situation ist völlig ungerechtfertigt.

Ich weiß, ich verstehe Veronika nicht richtig. Aber alle Frauen, die ich verstanden habe, konnte ich nicht lange um mich herum ertragen. Vielleicht schafft dieses Nicht-Verstehen eine Art Distanz, die das enge Zusammenleben erträglich macht.

Ich bin müde und gleichzeitig angespannt. Noch drei Tage bis Sonntag. Ich habe gestern frische Eier, Mandelsplitter, Kakaopulver, Mehl und Backpulver gekauft. Wie meine Hände, groß und solariumgebräunt, über das Tütchen strichen. Ich schaue mir meinen Körper jetzt mit besonderer Aufmerksamkeit an.

Die Münzen, zwanzig Pfennig Wechselgeld beim Bäkker, rollten auf den Boden, aber ich habe sie nicht aufgehoben.

Zu Hause blicke ich unentwegt auf das große silberne Messer, gerade, glänzend, selbstzufrieden hängt es zwischen dem Rührbesen und der Knoblauchpresse an seinem Metallhaken. Manchmal verirren sich meine Finger auf seiner Klinge, laufen ziellos hoch und herunter, hoch und herunter, Käsewürfel fallen auf die Anrichte.

Die Karlsons pflanzen winterharte Sträucher, warum tun sie das, die sind doch so häßlich. Die Kinder turnen auf dem Dach des quietschgrünen Fords.

Ich habe drei ältere Schwestern. Als sie klein waren, hatten sie alle unglaublich lange Haare. Silberne Bänder hielten sie zusammen, und die flogen dann im Wind. Wenn ich hinter ihnen her lief, wehte mir manchmal so ein langer Haarschwung ins Gesicht. Meine Schwestern meinten, sie müßten »Verzeihung« rufen, aber für mich war das die Berührung von etwas Wunderbarem, etwas, das einen ganz anderen Aggregatzustand als mein Körper hat – wie wenn man versucht, einem Vogel in die Augen zu schauen oder sich in den Schmerz einer Wespe hineinzuversetzen, der man jedes Bein einzeln ausreißt. Das tut Veronika manchmal, gedankenverloren. Wenn man sie darauf aufmerksam macht, erschrickt sie, schüttelt den Kopf und kehrt alles in den Papierkorb.

In letzter Zeit muß ich oft an früher denken. Wehrdienst, meine Ausbildung als Schiffbauer, dann die Südamerika-Reise per Schiff mit Anastasia, und später mein

Studium in Wirtschaftsrecht, was mich eigentlich nie interessiert hat. Ein Kind von Ina, Heirat, Scheidung nach einem Jahr. Zwischendurch habe ich noch ein Jahr auf einem Hausboot in Amsterdam gewohnt. Mir erscheint das alles so konfus, ziellos. Keine klare Linie. Bei Veronika hat sich immer eine Sache folgerichtig aus der vorherigen entwickelt. Sie wußte schon mit sechzehn, was sie machen will, und hat ihren Plan dementsprechend eisern verfolgt. Daß ich bei der Tela gelandet bin, ist genauso ein Zufall wie die Tatsache, daß ich ein Jahr bei Marjorie und Henning auf dem Hausboot gewohnt habe oder diese Exkursion der Uni nach China mitgemacht habe. Aber ich wurde dort nach vier Tagen in Xian schwer krank, eine Lebensmittelvergiftung oder so, und nahm das nächste Flugzeug zurück nach Deutschland. Und da saß ich dann wieder in Regensburg, wo ich herkomme.

Eines Tages ging ich mit Rudolf, einem meiner Kollegen, in die Kantine. Wir waren in einer besonders aufgeräumten, spritzigen Stimmung und warfen uns ironische Bemerkungen zu, manchmal kann ich ja so was, da setzte sich Veronika zu uns. Rudolf war plötzlich ganz verändert, unheimlich höflich und sehr zurückgenommen. Das schien Veronika zu langweilen, sie ignorierte Rudolf vollkommen und rückte näher zu mir.

»Worüber haben Sie denn eben so gelacht?« wollte sie wissen. Sie saß mir direkt gegenüber, schob ihren Teller so nah an meinen, daß sie sich berührten, ein Teil ihrer Soße floß in meine Soße, sie sah mich an, rückte noch näher und verwickelte mich in ein seltsames, albernes Gespräch, das ich trotzdem um jeden Preis fortsetzen wollte.

Am nächsten Abend lud sie mich zum Essen ein. Nachdem wir japanisch diniert hatten, fuhren wir zu ihrem Haus, das ich ehrfurchtsvoll betrat. Es hatte eine Terrasse, Stuck an allen Wänden, einen Wintergarten. Um die Teppiche lief ich scheu herum. Doch nachher liebten wir uns auf einem dieser Teppiche, sie zerkratzte mir den Rücken, sie knirschte mit den Zähnen, als ich mich in ihr bewegte, sie gab mir Anweisungen, leise, laut. Sie war nicht so leicht zufriedenzustellen wie all die Frauen, die ich vorher gehabt hatte. Irgendwann war ich total erschöpft, in dieser Mischung aus selig-blöder Ermattung, in der man nur noch Unsinn stammelt und den anderen unentwegt verknallt anschaut, da befriedigte sie sich noch einmal selber, auf eine kraftvolle, aber doch etwas mechanisch wirkende Art.

Ich dachte, ich wäre nur ein One-night-Stand für sie gewesen, aber da täuschte ich mich. Sie nahm mich immer öfter in Anspruch, und irgendwann wohnten wir zusammen und verstanden uns recht gut. Unsere Beziehung nannten wir »Komplizenschaft«. Die Hochzeit war allerdings viel romantischer, als ich erwartet hatte.

»Ich will nie wieder einsam sein«, sagte sie zu mir und küßte mich lange. In ihrem Gesicht war ein trauriger Zug, und ich fühlte mich ihr sehr nahe in diesem Moment. Vielleicht ist es das, was mir von Anfang an gefallen hat: dieser Ernst hinter aller Ironie. Doch in der Nacht schlief sie auf die gleiche sportliche, wenig zärtliche Art wie immer mit mir.

Tatsächlich trat etwas Stabilität in mein Leben ein, nachdem ich zu ihr gezogen bin. Wir gehen morgens meistens zusammen aus dem Haus und lästern abends über die Kollegen. Wir haben jeder viel Platz in ihrem großen Haus, so daß man sich auch aus dem Weg gehen kann. Wenn ich Fußball gucken will, was sie hochgradig schwachsinnig findet, gehe ich eben einfach in das Wohnzimmer im ersten Stock, und sie sitzt unten. Am Sonntag lädt Veronika meist eine Freundin ein, und sie essen im Wintergarten Kuchen, den sie vorher selbst gebacken hat; das tut sie stoisch jeden Sonntag. Die Männer lädt sie nie dazu ein. »Die versuchen nur, das Gespräch an sich zu reißen, und sind alle so humorlos«, meinte sie, als ich nach dem Grund fragte. Mir war nicht klar, ob ich nun erwünscht bin oder nicht, zog es aber meist vor, mich nicht dazuzugesellen. Trotzdem erfüllt es mich manchmal nach wie vor mit Wut, daß sie für diese Freundinnen Woche für Woche, Monat für Monat ihre Kuchen oder Gemüsequiches macht, sich aber ansonsten von mir bedienen läßt oder in ein Restaurant geht, abgesehen von ihrem Knabberzeugs, mit dem sie auch einige Tage glücklich sein kann.

Als ich mir einmal, bevor ihre Freundin Stella kam, aus dem Kuchen, einem riesigem Mamorkuchen, ein Stück herausgeschnitten hatte, gab es einen Riesenkrach. Tagelang sprach sie nicht mit mir, verschwand nach der Arbeit sofort in ihrem Zimmer, kam nur heraus, wenn sie zum Klo gehen oder ihre Erdnuß-Vase nachfüllen wollte.

Aber in den letzten Tagen ist alles anders. Eine eigenartige Stimmung herrscht in unserem Haus. Ich sehe an der Art, wie Veronika sich die Zähne putzt, den Kaffee aufsetzt, Blumen gießt, daß sie nervös ist. Die Utensilien für ihren sonntäglichen Kuchen, die wie immer ich besorgt habe, rückt sie immer wieder um: vom Buffet in den Schrank, vom Schrank auf den Tisch, vom großen Tisch auf die Anrichte. Ich bin ohnehin schon ziemlich gereizt, aber ihre Unruhe macht mich noch fahriger. Gestern habe ich aus Versehen die Erdnuß-Vase umgestoßen und habe eineinhalb Stunden gebraucht, um das Zeug wieder einzusammeln.

Ich bin zu einem Notar gegangen, habe das Testament beglaubigen lassen. Ich neige ja manchmal zu Schlampigkeit in solchen Angelegenheiten, aber ich fragte mich, was Veronika wohl tun würde, wenn sie ein Testament aufzusetzen gedächte. Ob sie mitgekriegt hat, daß ich bei einem Notar gewesen bin, weiß ich nicht. Darüberhinaus habe ich in der letzten Woche einen Brief an meine älteste Schwester, an zwei Freunde und an Anastasia, meine Jugendliebe, geschrieben. Einem Jungen auf der Straße habe ich mein Schweizer Taschenmesser, fünf Karabinerhaken und meinen Walkman geschenkt. Ich weiß, damit wird Veronika nichts anfangen können.

Die Abende vergehen wie üblich. Wir reden über dies und das, über Fernsehsendungen, unsere unzuverlässigen Handwerker, meinen Anorak, dessen Reißverschluß kaputt ist, obwohl er erst drei Monate alt ist, und so weiter. Nur als Veronika anfängt, darüber zu sprechen, was wir im nächsten Frühjahr in unserem Garten anpflanzen wollen, bekommt unser Gespräch etwas Künstliches. Wie ein Schauspieler, der um der lieben Authentizität willen übertreibt, entwerfe ich kolossale Pläne von einem großen Teich, der mit Palmen umgeben ist, für die wir extra Lampen und eine Bodenheizung installieren müssen, male mir Echsen von den Galapagos-Inseln in unserem Garten und das Gesicht der Karlsons dazu aus. Veronika beobachtet mich stillschweigend mit zurückgelehntem Kopf. Schließlich sagt sie: »Ich werde Pinien pflanzen.«

»Weißt du, wie du die pflegen mußt?« frage ich. Und es scheint mir fast, als ob ich ihr alles, was ich über Gartenpflege weiß, noch so schnell wie möglich vermitteln will, und sie kritzelt einiges auf einen Block.

Irgendwann wage ich zu fragen: »Wer kommt denn am Sonntag zu dir?«

Veronika schweigt und lächelt. Ich werde immer unruhiger, mir wird plötzlich klar, daß von dieser Frage alles abhängt. Alles, mein Glaube, daß es immer eine Art von geheimem Verständnis zwischen uns gegeben hat, unsere Komplizenschaft, ja, daß Veronika meine Gedanken lesen kann.

»Niemand kommt am Sonntag«, sagt Veronika.

Mein Herz schlägt schneller, und ich versuche, sie so eindringlich wie möglich anzusehen, und will wissen, woran sie jetzt denkt. Aber Veronika schaut mich nur ruhig und ein wenig müde an.

In zwei Tagen ist Sonntag.

Der Samstag verläuft zäh und schleppend. Ich mühe mich im Garten ab, habe das Bedürfnis, mich körperlich zu verausgaben, nachdem unser Beischlaf heute morgen ziemlich schnell und unintensiv verlaufen ist, was an ihr gelegen hat. Ich habe das Gefühl, sie hat in den letzten Tagen eine immer größere Distanz zu mir aufgebaut. Von morgens bis abends sitzt sie am Schreibtisch, führt Telephonate und verschickt mindestens zwanzig Faxe, weshalb der ganze Tag von diesem Piepen beherrscht ist, das jedes Gespräch zu ersetzen scheint.

Zwischendurch überlege ich, ob es irgend etwas gibt, das ich unbedingt noch erledigen will. Ich löffele Ananasscheiben mit Vanille-Soße, vielleicht meine Lieblingsspeise, und Veronika lächelt mich jetzt endlich einmal verständnisvoll und nachsichtig an.

Die Nacht über kann ich nicht schlafen, Veronika ist genervt davon, wie ich mich im Bett wälze, auf Sex hat sie keine Lust. Schließlich stehe ich auf und setze mich frierend in den Garten, bis zum nächsten Morgen.

Wenn früh die Sonne in diesem besonders klaren Weiß scheint, werde ich oft ganz ruhig. Heute morgen kommt mir auf einmal alles hirnrissig vor, meine Anspannung der letzten Tage, das Testament, alles. Ich schaue zu Veronika hinein, wie sie in ihrem hellblauen Morgenmantel Kaffee aufsetzt und die Zeitung faltet, und bin plötzlich zutiefst bestürzt über das, was ich mir in den letzten Wochen alles ausgemalt habe. Ich sitze auf unserer Holzbank vor den Rosen, die ich vor zwei Jahren gepflanzt habe, die jedes Jahr blühen und die ich auch nächstes Jahr wieder blühen sehen werde, und bin fast besinnungslos vor Schreck über mich selber. Die Sonne strahlt auf mein weißes Hemd, die feinen Härchen auf meinen braunen Armen leuchten, wie sie schon, als ich Kind war, bei diesem Licht geleuchtet haben. Meine Hände kriechen an beide Enden der Holzbank, umfassen sie. Ich bleibe den ganzen Vormittag im Garten sitzen.

Gegen Mittag ruft Veronika mich ins Haus. Als ich das Haus betrete, merke ich, wie durcheinander und erschöpft ich noch bin.

»Kannst du diese Sachen hier für mich kopieren und archivieren?« Ich wäre viel lieber draußen geblieben.

Ich stapfe in den Keller, wo unsere Kopiermaschine steht. Der Geruch der Reinigungsmittel für den Kopierer sticht mir in die Nase, und ich registriere, wie ich, kaum bin ich nicht mehr im Garten und in der Sonne, in meine alte Stimmung verfalle. Als wäre ich nicht in der Lage, meine seelische Verfassung auch nur eine Minute ohne Stütze von außen aufrechtzuerhalten.

Mit verbissenem Gesichtsausdruck kopiere ich, so schnell ich kann. Aber es sind fast 200 Blätter, das Geräusch dröhnt in meinen Ohren, und der Blitz des Kopierers erschrickt mich jedes einzelne Mal aufs neue.

Als ich nach oben laufe, schlägt mir der Geruch von gebackenem Kuchen entgegen. Veronika lächelt mich kurz an. »Vielen Dank, Spatz.« Der Geruch des Kuchens scheint mir viel intensiver als sonst. Ich lehne mich an die Küchenwand; alles kommt mir so unwirklich vor. In meinem Kopf klingelt es. Ein Klingeln an der Haustür. Es kann nicht sein, daß Veronika heute niemanden eingeladen hat. Sie wollte mich irgendwie testen. Die Teekanne, die Tassen, die Kuchenteller und Gabeln, alles klickt und klingelt durcheinander auf dem Tablett. Aber es hat nicht geklingelt.

»Heftest du die Sachen noch für mich ab?«

»Ja, gut«, murmele ich.

Ich nehme den Papierstapel, den ich auf das Küchenbuffet gelegt hatte, gehe in Veronikas Büro, loche den Stapel und sortiere ihn. Ein Blatt nach dem anderen hefte ich in die Ordner, die Veronikas Arbeitszimmer in langen schwarzen Reihen bis zur Decke bevölkern. Dann komme ich zurück, laufe an den großen, sonnenerleuchteten Fenstern des Flurs vorbei. Es drängt mich so sehr zurück in den Garten, daß ich kaum schnell genug laufen kann. Als ich die Hand auf die Türklinke lege, steht Veronika hinter mir. Ihre Augen sind dunkel umrandet; es ist das erste Mal heute, daß ich sie direkt ansehe, vielleicht hat sie doch nicht so gut geschlafen.

»Möchtest du ein Stück Marmorkuchen?« fragt sie. »Ich habe dir eins abgeschnitten …«

Ich bin zu verwirrt, um zu antworten. Meine geliebte Veronika. Unsere Seelenverwandschaft verschüttet unter all dem lästigen Alltagskram. Ich fühle mich ihr so nahe. Jetzt drückt sie sich näher an mich heran, ihre Hand berührt meinen Unterarm, streichelt ihn.

»Geh und stutze die Hortensien!«

Einen Moment zögere ich, schaue in den Garten, aber die Sonne verzieht sich gerade hinter den Wolken, und augenblicklich überkommt mich diese Traurigkeit, der ich mich noch nie erwehren konnte. Mein Körper fühlt sich unendlich schwer an, als ich zu den Hortensien im Wintergarten schlurfe, die Schnürsenkel schleifen über den Steinboden. Ich fange an. Mechanisch, so wie man Liebe macht, köpfe ich die Blumen. Als ich mich nach vorne beuge zu einem umgeknickten Zweig, spüre ich etwas an meinem Hemd, etwas durchsticht mein Hemd, und, ah, dringt tief unter meine Haut, ein Schmerz, heller als die Sonne, überlagert alle anderen Empfindungen.

Die Nacht

Sarah gießt noch etwas Tee ein, dann setzt sie sich wieder auf den Stuhl und schlägt ein Bein über das andere. Ihr gegenüber sitzt Georg.

»Und worüber schreibst du deine Magisterarbeit?«

Georg rückt dichter an sie heran, Sarah lächelt. »Über die Entwicklung des Buchdrucks, es geht mir auch besonders um Buchdekorationen …«

»Ach, das klingt ja ziemlich interessant …«

Sie reden noch weitere zwei Stunden. Wenn Georg aufsteht, um auf die Toilette zu gehen, neuen Tee aufzusetzen oder, wie eben, das Küchenfenster zuzumachen, als draußen gerade eine grölende Proll-Gruppe vorbeizog, wirft Sarah einen Blick auf Georgs Beine, seinen Po. Natürlich guckt sie rechtzeitig wieder weg. Als es zehn vor eins ist, sagt Sarah: »Ich glaube, ich muß jetzt langsam ins Bett …«

Sie weiß nicht, wie sie Georg zum Bleiben auffordern kann, jede Andeutung kommt ihr einfach nur dreist vor. Georg nickt sofort.

»Na, dann werd ich mich mal … vom Acker machen … damit ich noch die letzte U-Bahn kriege …«

Doch dann erzählt er, wie er im Garten seiner Mutter Obst gepflückt hat, seine Mutter wohnt in Westend, und er könnte jetzt quasi jeden Tag Pflaumenkuchen backen, er würde Sarah gerne mal ein paar Stücke vorbeibringen. Schließlich, um zwanzig nach eins, zieht er seine braunen Halbschuhe an, die er sofort an der Tür ausgezogen und unter Sarahs Bänkchen gestellt hatte.

Als Sarah in der Tür steht, spürt sie ihren Puls durch ihren Körper hämmern, ihre Hände werden feucht. »Na, dann … komm gut nach Hause … und mach's, mach's gut, ja?«

»Ja, viel Glück morgen bei … beim Arbeiten«, sagt Georg.

Dann schließt Sarah die Tür. Fast ist sie doch ein bißchen froh, daß Georg gegangen ist, die Verabredungen mit ihm sind immer sehr anstrengend. Sie achtet auf jedes Wort und ist ständig beunruhigt, daß ihr Kajal oder Lippenstift verschmieren könnte. Nun kann sie in Ruhe Wasser in die Badewanne laufen lassen und Tagebuch schreiben.

Das hätte sie nicht gedacht, daß Georgs Schwester magersüchtig ist. Was man wohl daraus für Rückschlüsse auf die Familie ziehen kann. Georg scheint ein recht enges Verhältnis zu seiner Schwester zu haben.

Plötzlich klingelt es. Sarah fährt zusammen. Wer kommt denn jetzt noch vorbei? Schnell zieht sie die Bluse wieder an.

»Wer … wer ist denn da?« fragt sie zögerlich an der Tür.

»Ich … entschuldige … ich bin's noch mal.«

Das ist Georgs Stimme. Sarah weiß nicht, ob sie sich freuen oder erschrecken soll. Jetzt hat sie sich schon abgeschminkt, und eben hat sie eine Laufmasche in ihrer mausgrauen Seidenstrumpfhose entdeckt.

Als sie die Tür öffnet, sieht Georg sie etwas unsicher an.

»Die letzte U-Bahn ist weg, der Nachtbus kommt erst in einer Stunde, ich … ich wollte fragen, ob ich so lange, vielleicht bei dir? … Wenn es dir nichts ausmacht …«, Georg holt einmal tief Luft, »ich meine, vielleicht könnte ich bei dir … übernachten, ich gehe auch morgen sofort, ich will dich nicht bei deiner Arbeit stören … ich kann mich ja hier auf die Couch legen …«

Er hört gar nicht mehr auf zu reden.

»Ja, das ist … ist alles kein Problem«, meint Sarah. Eigentlich freut sie sich doch.

Sie hat sich heute nachmittag zweimal selbst befriedigt und dazu »Knockin' on Heaven's Door« in der House-Version gehört. Das Kissen war nachher voller Speichel, ihre Hand klatschnaß. Sie hat sich das Reiben seines Oberkörpers auf ihren Brüsten vorgestellt, das Zucken seiner Rükkenmuskulatur unter ihren Fingern gespürt.

Georg zieht sich auf die gleiche Art wie vor vier Stunden die Schuhe aus, schnell, etwas nervös, wobei er zweimal mit dem Ellbogen an die Wand stößt.

Sie setzen sich wieder an den kleinen quadratischen Glastisch.

»Möchtest du noch etwas trinken?« fragt Sarah.

»Ach ja, vielleicht ... wenn du auch noch etwas trinkst ...«

Sarah öffnet eine Flasche Orvieto. Ihr fällt jetzt wirklich nichts ein, was man sagen könnte, zumal sie sich bereits innerlich zurückgezogen hatte und sich nicht so schnell auf den unerwarteten Situationswechsel einstellen kann. Ihr geht die magersüchtige Schwester durch den Kopf, aber so abrupt dieses Thema anzuschneiden, kommt ihr etwas komisch vor.

»Und ... hast du dieses Jahr noch Urlaubspläne ... ach, nein, das ist wohl mit der Magisterarbeit nicht zu vereinbaren.« Georg wird leiser und bricht schließlich ab.

Sarah sagt nur: »Ja, in den nächsten Monaten geht das eben nicht ...«

»Hast du schon die Lovis-Corinth-Ausstellung gesehen?« fragt Georg sie. Das ist ein fruchtbarerer Ansatz; sie unterhalten sich eine Weile über die Ausstellung, danach über die Baselitz-Ausstellung und den letzten Rundgang in der Auguststraße. Sarah ist nicht immer Georgs Meinung, aber sie widerspricht nur zaghaft, weil er so lange überlegt, bevor er etwas sagt, und so ernsthaft dabei wirkt, daß sie befürchtet, ihn zu verletzen, wenn sie die Ergebnisse seines langen Grübelns so schnell in Frage stellt. Schließlich geht Sarah alleine zu Bett. Sie holt Georg aus der alten Kommode, die sie noch abgebeizt hat, bevor sie ihre Magisterarbeit angemeldet hat, Kopfkissen, Laken und Daunendecke. Georg bedankt sich mehrfach, geht noch einmal auf die Toilette, wobei er wieder Schwierigkeiten mit dem Türknauf hat. Sarah stellt schnell das Radio an, um eventuelle Klogeräusche zu übertönen. Bevor Georg zurückhuscht ins Wohnzimmer, sagt er zweimal »Gute Nacht« und noch mal »Schlaf gut«, wobei er sie gar nicht richtig anschaut, sich schon halb abwendet und die Tür hinter sich schließt.

Sarah zieht sich aus und legt sich auf ihr riesiges, schwarzes Bett. Sie streichelt sich, preßt ihre Finger an die Scheideninnenwände mit einer Heftigkeit, in der etwas Verzweifeltes steckt. Schließlich kommt sie, kurz, scharf, fast schmerzhaft; erschöpft und etwas beklommen, starrt sie in die Dunkelheit.

Sie ist noch eine Weile wach, zu müde, um irgendeinen klaren Gedanken zu fassen, zu unruhig, um einschlafen zu können. Als sie endlich in eine Art Halbschlaf verfällt, hört sie ein Geräusch: Es klingt, als ob jemand reden würde. Sie überlegt, ob sie aufstehen soll oder nicht. Schließlich gibt sie sich einen Ruck und schleicht ins Wohnzimmer: Da liegt Georg auf der Couch, ein Arm hängt links herab. Er schläft mit nacktem Oberkörper, das hätte sie nicht erwartet. Jetzt hört sie es wieder. Neugierig tritt sie näher.

»Ficken, endlich durchficken ... hmmm ... dich an die Wand nageln ... mach deine Beine schon breit ... schön breit ...«

Sarah traut ihren Ohren nicht. Und doch kniet sie sich fasziniert vor das Bett. Nun schnarcht Georg nur noch. Ihre Hände zittern. Sie hebt die Decke an. Georg ist nackt. Sein Glied ist mit kräftigen Adern überzogen, halb erigiert ... Sarahs Fingerkuppen gleiten über seine Vorhaut. Ein kleiner Schauer läuft ihr über die Oberschenkel. Sie spürt ihre Halsschlagader pochen. Sie starrt auf seine Hoden. Dann, plötzlich, faßt sie mit einer Hand in die Schlafanzughose und berührt sich. Sie macht ganz leise glucksende Geräusche mit ihrem Scheidensaft. Georg liegt still da, wie tot. Sarah legt ihre Hand auf sein Glied, ganz vorsichtig, eine zarte, nasse Berührung. Sie läßt einen Tropfen von ihrem Ringfinger auf seine Eichel fallen, einen zweiten auf seine Hoden. Die Tropfen ziehen lange Fäden, rinnen in den Falten seiner Hoden hinab.

Sie sieht Georg noch lange an, dann geht sie langsam zur Tür.

Einen Moment hat sie mit dem Gedanken gespielt, sich einfach neben ihn zu legen. Aber wer weiß, von wem er gerade geträumt hatte, vielleicht spricht ein ganz anderer aus seinem Traum, ein sexbesessenes Scheusal, das er verabscheut. Außerdem wäre es furchtbar plump, sich jetzt einfach neben ihn zu legen, was wäre, wenn er aufwacht und sie dann nicht wollen würde ...

Als Georg seit fast einer halben Stunde nur noch gleichmäßig geatmet hat, geht Sarah auf Zehenspitzen zurück in ihr Bett. Es ist schon halb fünf, aber sie kann immer noch nicht schlafen, schließlich rollt sie das Kopfkissen zusammen und schiebt es sich zwischen die Beine. Mit kurzen, ruckartigen Bewegungen bringt sie sich zum Höhepunkt, wobei sie ihre Finger, die vorhin noch über Georgs Penis geglitten waren, in den Mund steckt.

Sie fällt übergangslos in einen tiefen Schlaf.

Um kurz vor fünf wacht Georg auf. Er ist sehr müde, einen Moment muß er daran denken, wie er sich vorm Einschlafen noch schnell einen runtergeholt hat. Das Taschentuch hat er unter das Kopfkissen gelegt, hoffentlich vergißt er das morgen früh nicht, aber er hatte Sarah, die ja so müde war und bestimmt gleich eingeschlafen ist, nicht noch einmal wecken wollen, indem er aufs Klo geht.

Aus Sarahs Schlafzimmer dringt ein Wispern, vielleicht ein Seufzen. Georg steht auf und schleicht vorsichtig zur

Tür. Da liegt Sarah, ihr T-Shirt ist hochgerutscht, die linke Brust entblößt. Leise tritt er näher. Ihre Brust ist nicht zu groß und nicht zu klein; ganz glatte, leicht gebräunte Haut. Wenn sie jetzt bloß nicht wach wird. Da ist das Geräusch wieder. Hinter zusammengebissenen Zähnen seufzt Sarah, dabei greift sie sich an die Brust, und Georg sieht zu seiner Überraschung, daß das Kopfkissen zwischen ihren Beinen liegt. Einen ganz schön unruhigen Schlaf hat sie ja. Er starrt auf ihre Beine, sie rollt sich zur Seite, die Unterhose ist ihr über den Po gerutscht. Feine Schweißperlen laufen vom Steißbein herab. Er legt für einen Moment seine Wange an ihr Gesäß.

Sarah rollt sich wieder auf den Rücken, atmet schwer. Zuckt mit den Armen, fährt sich mit der Zunge über die Oberlippe, hin und zurück.

Georg ist verwirrt. Sein Penis stößt gegen die Unterhose, endlich faßt er ihn an, endlich, dann bewegt er ihn, schnell, schneller, er starrt auf Sarahs Brust, am liebsten würde er sich auf sie werfen, ihre Beine auseinanderdrükken, seinen Schwanz an ihren Oberschenkeln auf- und abreiben, reiben, reiben, in ihre Möse knallen, zack, zack, ihre weichen Scheidenwände eng um seinen Schwanz.

Georg stöhnt leise auf, beißt sich auf die Lippen, sein Samen spritzt auf das Laken, auf ihre Brust. O Gott, wenn sie jetzt aufwacht ... Er lauscht auf Sarahs gleichmäßigen Atem, betrachtet das schmale, scharfgeschnittene Gesicht, die hohe Stirn; was sie wohl geträumt hat, vielleicht von der Fango-Packung, auf die sie sich jeden Donnerstag freut.

Sie scheint nichts gemerkt zu haben. Georg geht einen Moment erschöpft vor Anspannung in die Knie, kühlt seine Stirn am kalten Messingfuß der Stehlampe.

Ein Gefühl von Verlassenheit überkommt ihn. Endlich geht er mit unsicheren Schritten zurück zur Couch. Wenn Sarah wüßte ... sein Gefühl von Trauer schlägt plötzlich um in Wut und Schadenfreude.

Der Wecker klingelt unerbittlich. Es ist neun Uhr früh, Sarah will gleich an ihrer Magisterarbeit weiterschreiben. Georg reibt sich die Augen. Langsam dämmert ihm, was letzte Nacht passiert ist. Hoffentlich ist der Samen auf ihrer Brust getrocknet. Selbst wenn sie sich über den klebrigen Fleck wundern sollte, wird sie wohl kaum auf die Idee kommen, daß er ... und so weiter.

Am Frühstückstisch fragt Georg: »Und worüber geht dein neues Kapitel?«

»Das zweite oder das dritte?« will Sarah wissen.

»Ich glaube, das dritte ...«, sagt Georg. Es interessiert ihn nicht wirklich. Als er endlich geht, ist er immer noch in dieser eigenartigen gereizten, in sich gekehrten Stimmung, die er sich gar nicht leisten kann, da er heute einen mit Terminen gespickten Tag hat und zu allem Überfluß gestern sein Computer abgestürzt ist.

»Komm gut nach Hause ... also ... mach's ... mach's gut, ja?« sagt Sarah.

Weil er sich nicht traut, auf ihre Brust in dem silbernen Rollkragenpullover zu schauen, sieht er Sarah betont in die Augen. Diese seltsamen blauen Augen, die ihn etwas starr ansehen. Sie wirkt immer so gestreßt, freut sie sich denn gar nicht, wenn sie sich treffen. Wahrscheinlich ist sie nur höflich, das ist alles.

Georg dreht sich um und geht die Treppen schnell hinunter.

Sarah schließt die Tür ganz langsam. Sie will noch möglichst lange Georgs Schritte hören, seinen federnden Gang für immer in ihrem Gedächtnis abspeichern. Für einen Moment hegt sie die wilde Hoffnung, Georg könnte noch einmal zurückkommen, wie heute nacht, aber dann fällt ihr ein, daß die U-Bahnen jetzt zügig alle drei Minuten fahren und Georg sich bald auf eine der buntgescheckten Plastikbänke setzen, ein Buch aufklappen und nicht mehr an sie denken wird.

Maremagnum

Es ist sehr warm, obwohl es im Zug kalt ist. Ich habe vergessen, woher ich komme, aber ich weiß, ich fahre nach Bremen. Dort will ich nach meiner Großmutter sehen, ich werde für sie einkaufen, Tee kochen, aus alten Büchern vorlesen. Vier Tage lang. In tropischer Hitze. Warum sind meine Handflächen naß? Der Herr im Dreiteiler neben mir hat das Zugfenster weit heruntergerissen, der Wind treibt mir ein Frösteln von den Schläfen bis zu den Oberschenkeln. Doch ich habe nicht die Kraft, ihn zu bitten, die Scheibe hochzuschieben. Geschweige denn, dieses Unterfangen selbst in die Hand zu nehmen. Vielleicht sollte ich lesen: Hochzeiten – auf dem Umschlag rote Rosen auf schwarzem Grund. Meine Großmutter hat im Krieg geheiratet, und die Hochzeitswochen verbrachte mein Großvater alleine in Rußland. Und sie hat gewartet. Jetzt wird sie, obwohl der Zug erst um neun Uhr abends in Bremen ankommt, schon am Bahnhof stehen. Zwei Stunden zu früh. Aus meinen Ärmeln kriecht die Gänsehaut; unter meinen Achseln, Brüsten sammelt sich der Schweiß. Ich weiß, was ich nicht wahrhaben will: Ich bin krank.

Am Bahnhof hatte ich noch überlegt, ob ich nicht nach Hause fahren soll, als ich mich neben die Anzeigentafel setzen mußte, weil ich nicht mehr stehen konnte. Dann dachte ich an das runde graue Gesicht und fuhr doch nach Bremen.

Der Siedler, der Siedler, der Siedler – ich habe dieses Spiel nie gespielt, und doch muß ich dieses Wort immerfort denken. Ich sehe es auch. Es ist rot und hat gelbe, auslaufende Ränder. Die Buchstaben zucken, sie drehen sich. Und ich höre sie. Mit der Stimme meiner Großmutter. Sie schläft. Sie redet im Schlaf. Sie hat geweint am Bahnhof, als ich sie umarmte. Sie ist so klein geworden. Aber sie redet nicht vom Siedler, sie redet unverständliches Zeug. Auch tagsüber.

Ich weiß die Nummer des Notarztes in Bremen nicht, und ich möchte meine Großmutter nicht wecken. Bis drei lag ich wach, oder eins oder vier, meine Augen wandern nicht mehr richtig mit dem Zeiger, ich habe Schmerzen, das wird Seitenstechen sein, weil ich vor fünf oder zehn Stunden meine Großmutter, ihre Handtasche und meinen Koffer nach oben trug. Den Fahrstuhl habe ich übersehen. Ich versuche, den Siedler nicht mehr zu denken. Nein, ich denke jetzt über den Ort nach, an dem ich vor wenigen Stunden noch mit Menschen gesprochen und aus Büchern gelesen habe. Ich sehe auf jedem Buchrücken einen roten pochenden Punkt, und ich weiß, es ist lange her, daß ich mich so gefühlt habe.

Ich war zehn, ich hatte vierzig fünf Fieber, und mein Hals war dick wie eine Tube Uhu, ich konnte kaum atmen. Dann wanderten ovale Tabletten mit kaltem Wasser durch mich hindurch, und alles wurde ruhig und schwarz und gut. Ich hörte meine Mutter und den Arzt von einer Frau sprechen, sie hieß Angina. Doch mit jeder Tablette sah, hörte, schmeckte ich diesen Namen weniger. Und dann fing die Schule wieder an.

Merkwürdigerweise tut mir jetzt weder mein Hals, mein Kopf, noch mein Bauch weh. Nur die Seiten. Und es ist nicht angenehm, auf die Toilette zu gehen. Ich glaube, ich bin nachtblind geworden, denn vorhin war die Toilettenschüssel rot, und meine Tage habe ich nicht. Rot, rot, rot, rot, rot macht meine Großmutter mit ihren kleinen eingefallenen Lippen. Vom Siedler keine Spur mehr. Ich kannte ihn ja auch gar nicht. Er weiß noch von nichts. Er wohnt nicht hier. Er lebt in einer mittelalterlichen Stadt in einem Haus mit singenden Nachbarn und ohne Dusche. Er frühstückt jeden Tag auf dem Dach. Auch im Winter. Er hat kein Geld, aber er liebt mich. Und manchmal bin ich dort. Im Roten.

Aufstehen kann ich nicht. Alles ist schwarz und verzweigt und ungut. Meine Großmutter knipst das Licht an.

»Katharina, soll … soll ich dir ein Glas Wasser bringen, mein Kindchen, was ist bloß los mit dir?«

Sie wartet meine Antwort nicht ab, steht auf, stützt sich auf die beiden lilafarbenen Krücken, die ihr das Altenheimpersonal zur Verfügung gestellt hat, und humpelt in ihrem weiten, flattrigen Nachthemd in die Kochnische. Dann steht sie mit einem Schälchen Oliven vor mir.

»Wolltest du die nicht?«

Oliven? Ich öffne und schließe die Augen, die falschen Oliven sind dicker, schwärzer, glänzender als die richtigen. Vorm inneren Auge die Farben des Paradieses. In dem mein Großvater schon lange wartet. Mit seinem vom Krieg zerschossenen Bein.

Ich schüttele den Kopf. Keine Oliven. Wasser.

»Wasser?« meine Großmutter schaut mich an, als höre sie das Wort zum ersten Mal in ihrem Leben. Sie ist 84. Dann schlurft sie wieder zur Kochnische.

Ich sehe Oasen und Gletscher, Eis in meinen Händen, rotes, hohes Eis. Ich schleppe mich aufs Klo und schließe die Augen, als ich spüle, um keine Angst zu bekommen. Diesmal gibt meine Großmutter mir wirklich ein Glas Wasser. Ich trinke es hastig, sie füllt es mir nach. Doch ich muß mich auf den Linoleumboden setzen, denn die heiße Wohnung dreht sich. Meine Großmutter hält sich an mir fest, als wir zurück zu ihrem Schlafzimmer wanken, wo ich eine Matratze für mich neben ihr Bett gelegt habe. Wir nehmen jede eine Krücke. Ich komme nicht voran, ich sehe mich auf Langerooge mit Gummistiefeln, in die das Wasser schwappt, am Meer, meine Großeltern im blauweißen Strandkorb, aus Thermoskannen trinkend, und ich bekomme Durst und gehe wieder zurück im Kreis zum Wasser und zum Klo, wo ich die Augen schließe.

»Sollen wir nicht doch einen Arzt rufen, Großmutter …«

»Kind, du mußt schlafen«, murmelt sie, und: »Ich bin so froh, daß du da bist … morgen gehen wir an den See … und abends ins Theater.«

»Ja, mal sehen«, das Sprechen unterstützt meinen Wirklichkeitssinn, aber ich kann mir ganz und gar nicht vorstellen, morgen abend ins Theater zu gehen. Ich schaue kurz zu ihr hinüber. Flach liegt sie auf dem Rücken in ihrem aufgepolsterten Bett, die Beine hoch.

»Möchtest du nicht eine Banane, möchtest du nicht eine Banane?« fragt meine Großmutter mich zweimal hintereinander. Ich schüttele den Kopf. Eine Minute vergeht.

»Wie wär's mit einer Banane?« höre ich wieder die schwache, aber beharrliche Stimme meiner Großmutter. Nach wenigen Sekunden fragt sie mich: »Wie wär's mit ein paar Olivchen?«

Ich verneine wieder. Vielleicht sollte ich doch einmal Fieber messen. Meine Großmutter weiß nicht, ob sie ein Thermometer besitzt. Ich nehme meine Kraft zusammen, hieve mich hoch und schaue in ihrem Apothekenschränkchen nach. Im Bett versuche ich die Temperatur auf dem Quecksilberthermometer herunterzuschlagen, mir fehlt aber die Kraft dafür. Nun setzt sich meine Großmutter auf. »Kind, laß mich mal …« Das Thermometer fällt auf den Boden und zerspringt. Sie guckt mich ratlos an. »Kaputt …«

»Großmutter, das ist nicht ungefährlich …«

»Ich mach's schnell weg!« Sie tastet sich aus dem Bett, schlurft in die Kochnische, kommt langsam mit Besen und Schippe zurück. Dann fuhrwerkt sie auf dem Boden herum. Wenn ich die Augen schließe, schäumt eine rote Brandung vor mir auf. Zu hoch, zu wild. An Aufstehen nicht zu denken. Ich habe das Gefühl, es würden Kilogewichte auf meinen Seiten liegen.

Immer, wenn ich die Augen schließe, sehe ich eine Fratze. Erst wirkt das Gesicht teilnahmslos, dann streckt es mir plötzlich seine lange, glänzende schwarze Zunge entgegen. Olivenzunge. Beunruhigt suche ich in meiner Handtasche nach einer Schachtel Paracetamol. Das soll doch fratzensenkend sein. Ich nehme eine Tablette ohne Wasser ein, dann lege ich mich wieder auf mein Matratzenlager und denke die immergleichen Worte: Un-Ruhe, Un-Ruhe, Un-Ruhe. He, he, he, he macht der tiefe Atem meiner Großmutter. Ich versuche an Manolo zu denken, wie er auf dem Dach sitzt, denke an seinen weichen warmen Bauch, der sich nachts an mich heranschiebt, wenn wir schlafen. Er versucht, sich diesen winzigen Bauchansatz abzutrainieren, aber das würde mir das Herz brechen.

Irgendwann morgens muß ich kurz eingeschlafen sein. Von der Stimme meiner Großmutter wache ich auf: »Möchtest du nicht ein paar Oliven essen?«

Müde schüttele ich den Kopf. »Nein, nur ein Glas Wasser ...«

»Was? Nicht so ein paar kleine Olivchen? Die hab ich extra für dich gekauft!«

Ich schüttele den Kopf. Auch ohne Fieber würde ich keine Oliven auf nüchternen Magen essen.

»Was ißt du denn immer zum Frühstück?« frage ich sie besorgt.

»Ich? Das weiß ich nicht«, murmelt meine Großmutter. Sie stellt mir ein Schälchen neben das Bett. Von dem Geruch der Oliven könnte ich mich übergeben. Ich schließe die Augen. Schwarz, prall, glänzend. Ich wälze mich im Bett.

»Willst du noch einen Kaffee, willst du noch ein Täßchen Kaffee, willst du noch ...«, die Fragen meiner Großmutter wiederholen sich endlos in meinem Kopf. Ich merke nicht mehr, wann sie anfängt oder aufhört zu sprechen. Es ist, als würde sie einfach immer reden.

Mir ist genauso heiß wie gestern abend. Ich schleppe mich zum Telephon, lasse mir von der Rezeption des »Weser-Alterssitzes« die Nummer vom Notarzt geben. Er wird noch am Vormittag vorbeikommen.

»Nicht vielleicht einen Kaffee?« meine Großmutter steht vor mir. »Was kann ich denn für dich tun?«

»Hast du vielleicht so etwas da wie einen Joghurt?«

Sie schüttelt den Kopf. Dann esse ich eben nichts zum Frühstück, ich habe sowieso keinen Hunger. Ich dämmere vor mich hin. Das Klingeln an der Tür, klar und schrill, sehe ich als silberne Wand vor meinen inneren Augen. Meine Großmutter humpelt zur Tür. Der Notarzt stolpert herein, er schlägt mir mit riesigen Händen in die Seiten, er steckt mir eine Lanze unter die Achseln. »Eine Nierenentzündung haben wir hier, und schon am Morgen neununddreißig Komma acht Fieber«, stellt er gelassen fest, »Sie müssen ins Krankenhaus.«

Meine Großmutter sinkt im Ohrensessel zusammen und fängt an zu weinen.

»Jetzt ist sie gerade mal gestern angekommen, und jetzt will man sie mir schon wieder wegnehmen!«

Ich sehe ihre zuckenden Schultern, leise, haltlos laufen ihr Tränen übers Gesicht. Und ich beginne auch zu weinen, habe Angst, daß sie es nicht schaffen wird mit der Eingewöhnung in das Heim. Wochenlang haben meine Mutter, mein Bruder und ich ihre Wohnung aufgelöst, in der sie 53 Jahre gelebt hat, 48 davon mit meinem Großvater, denn sie konnte nach einem Oberschenkelhalsbruch nicht mehr in den dritten Stock steigen. Und nun wohnt sie seit sechs Wochen hier. 4000 Mark bezahlen wir pro Monat dafür, daß sie nicht in einem Pflegeheim, sondern einer Apartment-Wohnung mit zwei Zimmern zentral in der Stadt untergebracht ist. Die Bedingung für die Aufnahme war, daß sie sich noch selbst versorgen, sich an- und ausziehen, Frühstück und Abendbrot selbst zubereiten kann, Mittagessen gibt es im Gemeinschaftsraum. Aber meine Großmutter zieht jeden Tag das gleiche an und scheint außer dem Mittagessen nichts zu sich zu nehmen.

Die Vorstellung, hier in Bremen alleine im Krankenhaus liegen zu müssen, finde ich nicht sehr angenehm. Außer meiner Großmutter und einigen alten Tanten kenne ich niemanden. Keiner würde mich besuchen, und Manolo wird auch nicht mal eben einfliegen können.

»Kann ich nicht doch hierbleiben?« frage ich den Arzt.

Er wiegt mit dem Kopf. »Wenn Ihre Großmutter Sie gut versorgen kann und Sie einen patenten Hausarzt in der Nähe haben, dann könnte das schon gehen ...«

Er sieht mich nachdenklich an.

»Hier ist doch der Herr Doktor Hallach!« ruft meine Großmutter.

»Der war Kardiologe und ist schon vor Großvater gestorben!« sage ich matt. Der Arzt wirft mir einen skeptischen Blick zu. Ich werde auch unsicher.

»Aber der Herr Doktor Seifert ist doch hier ganz in der Nähe!« ruft meine Großmutter in einem plötzlichen Geistesblitz.

»Ach, der Herr Doktor Seifert, da sind Sie in guten Händen. Ich werde Ihnen ein starkes Antibiotikum verschreiben, das Sie am ersten Tag in höherer Dosierung, als im Beipackzettel steht, einnehmen müssen: drei statt zwei Tabletten. Wenn Sie die nicht vertragen und wieder hochbringen, müssen Sie mit einem Stück Brot gleich noch eine nehmen, sonst wirkt das nicht. Und viel trinken! Damit ist absolut nicht zu spaßen, mit so einer Nierenentzündung.« Er wirft lässig ein Rezept auf mein Bett wie im Kino der Freier einen Geldschein, dann verduftet er.

Ich habe Angst. »St, st, st, st«, macht meine Großmutter mit ihren eingefallenen Lippen. Ich sehe zu ihr hinüber. Ihr Arm, schlaff und runzlig, hängt über die Lehne. Die Angora-Decke, die immer auf dem Ohrensessel liegt, hat sie sich auf den Schoß gelegt. Sie muß wieder eingeschlafen sein. Wann, weiß ich nicht.

Wochenlang haben wir Unmengen an Büchern, Briefen, Kalendern, Notizblöcken, Kleidung, Krimskrams sortiert. Manchmal dachten wir: wir schaffen es nicht – die ganze Wohnung leerzuräumen bis zum Tag der Übergabe. Nebenbei mußten wir noch die neue Wohnung einrichten. Mein Bruder und ich, wir saßen immer wieder in einer neuen Flut von Kisten und Kartons, kaum wähnten wir uns ein Stück vorangekommen, fiel uns der übervolle Keller, der zugekramte Dachboden ein. Das Wohnzimmer sah aus wie eine Lagerhalle, Studenten aus der Nachbarschaft pickten sich dieses und jenes für Pfennige heraus. Es war, als würde sich die langsame Auflösung des Lebens, des Gedächtnisses meiner Großmutter in dem Chaos ihrer Wohnung manifestieren. Am Ende schafften wir es doch, aber mit dem unguten Gefühl, nicht jeden Brief, den wir wegwerfen mußten, gelesen, nicht bei jeder Bluse, die wir aussortiert hatten, Großmutter vorher gefragt zu haben. Wir wurden einfach halb verrückt bei der dritten Schublade voller Gummibändchen, den Kapern von 1965 mit dem Vermerk: »Bitte bald verzehren« und der 47. Wollunterhose, die meine Großmutter seit 1950 gesammelt hatte.

Irgendwie muß ich sie dazu überreden, mit diesem Rezept für mich zur Apotheke zu gehen. Sie regt sich in ihrem Sessel, dreht sich zu mir um: »Die Olivchen liegen ja immer noch da!«

»Später, Großmutter, nicht heute!«

»Ich hab extra Olivchen gekauft, weil man die doch in Spanien ißt ...«

»Großmutter, du könntest mir einen wirklich großen Gefallen tun, guck mal aus dem Fenster heraus ...«

Sie steht auf und tritt Schrittchen für Schrittchen heran.

»Da siehst du eine Apotheke, die Engel-Apotheke, das ist gar nicht weit ...«

»Ja.«

»Und da gehst du bitte mit dem Rezept hin und bringst mir die Medikamente mit.«

»Rezept?«

»Na, der Arzt, der eben da war, hat mir doch ein Antibiotikum verschrieben!«

»Arzt? Hier?«

»Ja, vor fünf Minuten.«

»Ach, das hab ich schon wieder vergessen.«

»Also du gehst jetzt mit dem Rezept«, ich beuge mich mit einem stechenden Schmerz in den Seiten nach vorne und hebe das rot-weiße Papier von meiner Bettdecke auf, »zur Apotheke und läßt dir die Medikamente geben, ganz einfach.«

»Und wo muß ich da hingehen?«

Mir ist eisig kalt, ich ziehe mir mit einer Hand, weil ich mich nicht noch einmal aufrichten möchte, die zweite Angora-Decke vom Ohrensessel.

»Guck noch mal aus dem Fenster, Großmutter«, leider muß ich sie jetzt, wo sie gerade mühselig herantrippelte, wieder durch das ganze Zimmer schicken, »da siehst du das große rote A.«

»Und gegenüber ist ein Restaurant!« ruft sie.

»Genau, aber du gehst jetzt zu dem großen roten ...«

»Und was mache ich da?« Irritiert blickt sie auf die Schippe mit den Quecksilberkügelchen, die sie gestern nacht neben meiner Matratze stehengelassen hat. Ich starre auf meine zitternden Finger und hole tief Luft. Einen Moment lang spüre ich Wut in mir aufsteigen, gleichzeitig denke ich: Sie kann doch nichts dafür.

»Ich hab mich so auf dich gefreut, und jetzt liegst du hier die ganze Zeit nur im Bett herum«, murrt sie plötzlich.

»Großmutter, ich tue das nicht zu meinem Vergnügen!«

»Ach Kind, was brauchst du denn noch, kann ich dir nicht noch etwas Gutes tun?«

Eigentlich habe ich nur einen Wunsch: so schnell wie möglich das Antibiotikum zu nehmen, aber ich sage: »Also ein Joghurt, falls du so etwas da hast …«

»Hm«, sie nimmt ihre Krücke und humpelt aus dem Zimmer.

Nach einiger Zeit ertönt ein leichtes Plätschern. Mir wird klar, daß sie gerade dabei ist, Wäsche durchzuwaschen. Das tut sie aus irgendeinem Grund sehr gerne. Es plätschert noch eine ganze Weile, ich dämmere vor mich hin, schwarze, rote, silberne Zungen vor mir. Plötzlich steht sie vor mir, ein Schälchen mit einem geschälten und klein geschnittenen Apfel in der Hand. »Das wolltest du doch, oder?«

Ich drehe mich auf den Bauch. »Großma? Kannst du bitte für mich zur Engel-Apotheke …«

»Welche Apotheke soll das denn sein?«

»Die Apotheke da drüben, bitte, ich brauche dieses Antibiotikum …«

»Scheuch mich nicht!«

Ich schließe die Augen, Fischköpfe ohne Körper, Vögel ohne Flügel. Ein silbernes, weites Meer. Am Ende mein Großvater, noch ohne Holzbein. Die Schrittchen meiner Großmutter entfernen sich wieder. Dann das Plätschern. Mein Großvater winkt, silberne Kügelchen in seiner Hand.

»Buttermilch?« meine Großmutter steht vor mir. »Joghurt hab ich nicht da.«

»Danke, Buttermilch ist auch gut, danke.« Ich nehme einen tiefen Schluck. Dann werfe ich einen raschen Blick auf das Haltbarkeitsdatum: noch aus dem letzten Jahrtausend. Vor über zwei Monaten abgelaufen. »Großmutter! Die Buttermilch ist steinalt, willst du mich vergiften, das schmeckt ja wie ...«

»Ach, ihr seid ja heute alle so verwöhnt!« Meine Großmutter bückt sich, nimmt mir den Becher ab. Dann leert sie ihn – ex. Besorgt starre ich sie an. Sie wischt sich mit einem Ärmel über den weißverschmierten Mund. Ich überlege einen Moment, dann versuche ich es noch mal: »Könntest du mir einen ganz großen Gefallen tun? Weißt du, ich brauche dieses Antibiotikum, du mußt nur direkt gegenüber zur Engel-Apotheke mit dem Rezept ...«

»Welches Rezept?«

»Na, das, was ich dir eben gegeben habe!«

»Wie ... wo soll das denn sein?«

»Großmutter, bitte, das ist wichtig ...«

»Ich hab kein Rezept.«

Ich richte mich auf. »Großmutter, guck mal bitte, wo du überall gewesen bist ... im Bad vielleicht, beim Kühlschrank ...«

Aber sie geht nicht zur Kochnische, statt dessen höre ich ein vertrautes Geräusch: Das Fächern von Spielkarten. Meine Großmutter ist im Begriff, eine Patience zu legen. Bald höre ich, wie sie die Karten verteilt. Meine Großmutter, die früher durch halb Deutschland fuhr, um eine Ausstellung oder einen Vortrag nicht zu verpassen, die sich sogar die Konzerte der Band meines Bruders anhörte und zu meinen Lesungen kam, legt jetzt den ganzen Tag Patiencen oder schaut sich die Familienfotos auf ihrer Kommode an.

Ich greife nach dem Telephon und rufe bei Manolo an. Der Anrufbeantworter springt an mit der Musik von Elvis, die wir vor ein paar Monaten zusammen aufgenommen haben. Danach unsere Stimmen: »Manolo y Katharina no están en casa, Manolo and Catherine are not at home, puedes dejar un mensaje, you can leave a message.« Beep! Nicht da. Warum auch, mittags um halb zwölf. Ich rufe in Berlin bei meinen Eltern an. Da ertönt nur ein Fax.

Ich fühle mich so träge und schlapp, daß mir fast danach ist, diese Anstrengungen um das Antibiotikum einfach sein zu lassen. Ich seufze und schleppe mich ins Wohnzimmer, suche den Eß- und den Schreibtisch ab, durchwühle Haufen ungelesener Zeitungen, krieche unter das Sofa, hebe die Teppichkanten an. Nichts. Erschöpft lasse ich mich auf einen Stuhl fallen, starre an die Wand. Derweil hält meine Großmutter in ihrem Ohrensessel ein Nickerchen. Ihre Angora-Decke hat sie wieder auf dem Schoß ausgebreitet. Statt weiterzusuchen, rufe ich noch mal in Barcelona an. Elvis ist da, sonst niemand. Ich betrachte den König, die schwarzen Augen, den blau-roten Umhang. Dann drehe ich die Spielkarte um, da liegt es zusammengefaltet, das Rezept.

»Ich hab's!«

»Was denn?«

»Das Rezept!«

Meine Großmutter humpelt heran, blickt den Zettel mißtrauisch an. »Und was soll jetzt damit passieren?«

»Du gehst jetzt bitte mit dem Rezept zur Engel-Apotheke, löst das ein, ich soll das Antibiotikum so bald wie möglich nehmen, und bringst mir noch ein neues Thermometer, ein digitales, meine ich, mit.«

Ich habe mir ihr einfach gesprochen wie mit einem gleichaltrigen, gesunden Menschen.

»Also erstmal: was für ein Rezept? Aus welcher Apotheke und warum in Herrgotts Namen ein Fieberthermometer?« Stirnrunzelnd sieht meine Großmutter mich an.

Ich versuche ein Seufzen zu unterdrücken, dann beginne ich noch mal. Das mit dem Fieberthermometer lasse ich diesmal weg. Meine Großmutter steht am Fenster und blickt zum Bremer Dom für einen Moment mit einem

Glänzen in ihren Augen, wie damals, wenn wir zusammen in die Brandung der Nordsee starrten. Sie dreht sich zu mir um, Angst in ihrem Gesicht.

»Welche Apotheke, Kind?«

Ich starre auf mein naßgeschwitztes Bettzeug, werde wieder unsicher, was meine Entscheidung hierzubleiben anbelangt. Als könnte sie meine Gedanken lesen, meint meine Großmutter plötzlich: »Also, ich gehe dann mal rüber und versuche, die Medikamente zu holen.«

»Bring doch auch gleich deine Post mit!« nutze ich den lichten Moment, mich daran erinnernd, daß meine Mutter mir aufgetragen hat, Großmutter wieder zum regelmäßigen Briefkasten-Leeren zu erziehen. »Du weißt doch, wo dein Briefkasten ist?«

Sie guckt mich erstaunt an. »Doch ... da hat deine Mama einen großen roten Punkt draufgeklebt!«

Ich muß an den Brief denken, den mein Bruder fand. Vergilbt zwischen alten Zeitungen. Ein Brief von Elias, einem jüdischen Freund meiner Großeltern, in dem er ankündigte, daß er sich bald das Leben nehmen werde. Die Militärkappe und Nazi-Papiere meines Großvaters entdeckte mein Bruder auch. Und Fotos. Mein Großvater in Uniform, jung, blond, zuversichtlich. Mein Großvater mit dem amputierten Bein. Mein Bruder und ich haben früher eine ganze Weile lang, anstatt mit Playmobil oder Puppen zu spielen, Handtücher um unsere Beine gewickelt, mit Schnürsenkeln festgebunden und Prothese gespielt. Mein Großvater, der vor dem Krieg Wandertouren in Norwegen gemacht hatte, hat natürlich behauptet, kein Nazi gewesen zu sein. Nach dem Krieg saß er im Ohrensessel, legte Patiencen und murmelte: »Ich bin doch nur noch ein Wrack meiner selbst.« Meine Mutter weinte dann immer. Sie war vier Jahre alt, als sie ihren Vater zum ersten Mal bewußt sah. Vorher kannte sie nur ein Foto von ihm, da saß er in Uniform auf einem Pferd und lächelte. Als er aus dem

Krieg zurückkam, konnte sie nicht glauben, daß dieser dünne, beinamputierte Mann, der plötzlich zu Hause im Bett lag, ihr Vater sein sollte. Wenn Freunde oder Verwandte vorbeikamen und fragten: »Na, wo ist denn jetzt dein Papi?«, zeigte sie immer nur stumm auf dieses Foto.

Die letzte Woche der Wohnungsauflösung übernahmen mein Bruder und ich alleine, weil meine Mutter Rückenbeschwerden hatte – vom vielen Bücken und Tragen schwerer Gegenstände. Vielleicht waren ihr auch die leichten Dinge, die vielen Briefe und die Fotos, zu viel geworden.

Die Uhr schlägt zwölf, bei jedem Schlag denke ich das Wort Antibiotikum in seinen einzelnen Bestandteilen: Anti und Bios. Lateinunterricht. Damals. Manolo, der heute durch die gotische Stadt läuft, die Straßen, die keine drei Meter breit sind. Der auf dem Dach sitzt und seine Schuhe putzt. Ich weiß schon, warum es mich umgehauen hat: Ich kam aus Barcelona zurück in meine Berliner Kohleofenwohnung, die seit Wochen niemand geheizt hatte, und meine Untermieterin, die schon seit Anfang Februar weg war, hatte den Kellerschlüssel verlegt. In dieser Nacht schlief ich fast bei Außentemperaturen, meinen Atem konnte ich in den hohen Altbauräumen sehen. Am nächsten Morgen fing es an mit dem Seitenstechen. Schuld, eigene. Dumm gelaufen.

Ich denke an die Kisten mit Medikamenten aus den frühen fünfziger Jahren, die mein Bruder und ich fanden. Medikamente aus einer Zeit, in der man noch glaubte, je farbenfroher und dicker die Tabletten desto besser. Je künstlicher, desto fortschrittlicher. Die Dinger, die mir meine Großmutter jetzt unter die Nase hält, könnten auch in diese Kategorie fallen. Zumindest, was ihre Größe anbelangt. Ich schlucke die Tablette hastig hinunter. Die erste Einnahme am Morgen habe ich schon verpaßt.

»Nimm doch etwas Wasser, Kind!« Meine Großmutter humpelt von der Küche mit einem Glas heran.

»Danke.« Sie hat ihre klaren Momente, bloß leider weiß man nie, wann. Ich schwimme in einem Meer voller grüner Fische, die mich aus ihren hellen Augen freundlich anschauen, hin und wieder streckt mir einer seine pinkfarbene Zunge heraus. Vielleicht schlafe ich.

Meine Großmutter weckt mich: »Möchtest du ein halbes Hähnchen essen?«

Ich schüttele schlapp den Kopf.

»Ich geh jetzt runter zum Mittagessen, da gibt's heute Hähnchen mit Currysauce, dazu Kartoffelbratlinge und Grünkohl, wär das nicht was für dich?«

Ich schüttele nur den Kopf.

»Kannst du mich denn nicht begleiten, ich hab mich so auf dich gefreut, und jetzt muß ich da unten alleine essen gehen.«

»Morgen ...«, murmele ich leise. Ich höre sie zur Tür humpeln, aber die Schritte nähern sich wieder.

»Willst du nicht ein halbes Hähnchen essen? Mit Kartoffelbratlingen und Grünkohl?«

Ich schüttele matt den Kopf.

»Dann gehe ich eben alleine, bleib doch, wo du bist«, trotzig schlägt sie die Tür zu. Vom Flur höre ich jetzt Getrappel und Geklacke, Krücken, Rollstühle, Hunderte langsamer Schritte in Richtung Speisesaal.

Ich rufe noch mal in Barcelona an. Diesmal spule ich in Sekundenschnelle einen Satz ab: Daß ich eine Nierenentzündung habe und mich beschissen fühle, daß mir der Zustand meiner Großmutter Sorgen bereitet, daß die ganze Situation total grotesk sei, ich als Jüngste von allen krank im Altersheim ... dann spreche ich noch die Nummer aufs Band und lege auf. Nun rufe ich bei meinen Eltern an. Meine Mutter ist am Apparat. Sie meint, daß Großmutter und ich total überfordert seien, und sie rät mir, ins Krankenhaus zu gehen. Ich sage ihr, daß ich Angst davor hätte. Und daß ich nicht weiß, wie ich Großmutter das beibringen soll.

»Vielleicht gibt es ja auch die Möglichkeit, daß Frau Pann bei euch mal nach dem Rechten schaut«, überlegt meine Mutter. Hanni Pann ist eine jüngere Freundin meiner Großmutter. Meine Mutter verspricht, sie sofort anzurufen.

Plötzlich übergebe ich mich. Ich kann mich gerade noch über den Wohnzimmertisch beugen, schon versinken König, Königin und Prinz unter einem fleischfarbenen Brei. Von der sauren Buttermilch war mein Magen schon angegriffen, das Antibiotikum tat ein übriges. In Angora- und Bettdecke eingerollt, wanke ich in die Küche. Ich komme mir vor wie eine Figurine aus Oskar Schlemmers Triadischem Ballett. Ich schleppe mich zum Kühlschrank. Verschimmeltes Brot, Milch, die wie Zement in der Packung zu stehen scheint, dosenweise Oliven, etwas weiß angelaufene Schokolade. Ich krame weiter in einer Schublade. Zwieback! Nicht abgelaufen! Ich stütze mich am Kühlschrank ab, hangele mich zur Spüle und gieße ein Glas Wasser ein. Dann lege ich mich auf den Küchenboden, wie angenehm kühl er unter mir ist. Ich tunke den Zwieback in das Wasser und esse ihn langsam. Dann kommt Tablette Nummer zwei. Ich höre die Schritte meiner Großmutter, die Tür geht auf. In einer Hand hält sie ihre Krücke, in der anderen einen Teller. »Ich hab dir ein halbes Hähnchen mitgebracht! Damit du wieder zu Kräften kommst ...«

Daß ich auf dem Küchenboden liege, scheint sie keineswegs zu beunruhigen. Manchmal hat die Altersdemenz auch etwas für sich.

»Und diese köstlichen Kartoffelbratlinge ...«

Ich sage einfach nichts und kühle meine Wangen abwechselnd an den Fliesen. Ich sehe meine Großmutter vor mir, wie sie durch die Lüneburger Heide läuft, ich an ihrer Seite mit einer Plastiktüte zum Himbeerenpflücken in der Hand, mein Bruder in einem Trageriemen auf ihrem Rükken, seine Fingerchen in ihrem dunkelbraunen Haar. Mein

Bruder, der jetzt Rastalocken bis zum Hintern hat und meine Großmutter, als sie zu Weihnachten nach Berlin kam, in den dritten Stock trug.

Wenn ich schon längst vergessen habe, daß ich im Frühjahr Antibiotika geschluckt habe, wird meine Großmutter noch dann und wann das Rezept suchen. Früher hat sie mich Lateinvokabeln abgefragt.

Plötzlich klingelt es. Frau Pann ist gekommen. Sie hat uns Brot, Streichkäse, Fruchtwölkchen-Quark, mehrere Flaschen Mineralwasser, Nieren- und Blasentee und ein neues Fieberthermometer mitgebracht. Sie wechselt mein Bettzeug aus und macht mir einen Wadenwickel. Meine Großmutter steht die ganze Zeit neben ihr und beargwöhnt sie.

»Ich mach dir mal eine ganze Kanne Nieren- und Blasentee, Katharina«, meint Hanni Pann.

Ich nicke. »Danke, das ist eine sehr gute Idee.«

»Das ist nicht nötig, Hanni! Du bist schon extra aus Delmenhorst hierhergekommen, nun fahr doch nach Hause und ruh dich aus!« fährt meine Großmutter dazwischen.

»Ich mach nur noch schnell die Kanne Tee für Katharina, brauchst du noch irgend etwas?«

»Nichts ...«, murrt sie, knöpft ihre schwarze Strickjacke bis zum Hals zu und wendet sich ab.

»Wann willst du denn zurück nach Berlin fahren, das ist ja für dich eine untragbare Situation hier ...«, meint Hanni.

Ich nicke – lege einen Finger auf den Mund, denn ich sehe den Schatten meiner Großmutter im Türrahmen. Ihre Schwerhörigkeit ist sehr variabel. Prompt läßt sich ihre Stimme vernehmen: »Du darfst nicht nach Berlin fahren! Zugluft ist jetzt das Schlimmste für dich, du mußt noch etwas hierbleiben ... bei mir!«

Großmutter läuft wankend ohne Krücken auf mich zu, hält mich mit einer Hand fest, und ich staune, wieviel Kraft noch in diesem Arm steckt.

»Setz dich doch mal einen Moment drüben aufs Sofa,

ich komme gleich zu dir«, sagt Hanni mit liebenswürdiger Stimme. Auf diesen billigen Trick fällt meine Großmutter rein, sie nickt und zuckelt von dannen. Hanni beugt sich zu mir vor und flüstert: »Willst du mit zu uns nach Delmenhorst kommen, du hast ein Zimmer für dich alleine, Großmutter läßt dich hier ja keine Minute in Ruhe, sie meint das gut, aber ...«

Ich überlege. Dann schüttele ich den Kopf. Nicht nur wegen Großmutter – allein der Gedanke, aufstehen und mich anziehen zu müssen, strengt mich schon an. Ich komme einfach nicht fort von hier. Ich muß an Manolo denken. Der Gedanke, daß er sich gerade einen faulen Lenz macht, in der Sonne liegt oder mit Freunden herumalbert, während ich hier mit Nierenentzündung im Altersheim liege, ärgert mich, obwohl ich weiß, daß das denkbar ungerecht ist. Hoffentlich kommt er nicht erst nachts zurück und ruft dann nicht mehr an. Vor zwei Wochen fuhren wir noch an der Costa Blanca entlang, und jetzt tut sich ein Abgrund zwischen unseren Leben auf.

Hanni verabschiedet sich und verspricht, morgen noch einmal nach uns zu schauen. Kaum hat sie die Tür zugezogen, fährt meine Großmutter mich an: »Bei mir hättest du auch ein Abendbrot haben können, vielleicht nicht gerade Fruchtwölkchen-Quark, aber Buttermilch hab ich immer im Haus!«

Ich nicke und schließe die Augen. Ich stelle mir Anti und Bios vor, ein roter und ein grüner Fleck, die sich in meinen Nieren begegnen und mit Boxhandschuhen aufeinander losgehen, und ich weiß, daß das alles Quatsch ist.

Plötzlich klingelt das Telephon. Meine Großmutter nimmt ab. Dann runzelt sie die Stirn und schleppt den Apparat heran. Eine Krücke verfängt sich in der Schnur, sie fällt fast hin. Mit einem Stechen in der Niere hechte ich hoch und fange sie auf. Dann befreie ich den Hörer von der Krücke.

Es ist Manolo, er weint. Das überrascht mich eigentlich nicht besonders. Er weint oft. Ein Film endet traurig, sein Vater geht für ein Jahr nach Südamerika, ich meckere ihn wegen igend etwas an – er weint. »Wie geht es dir?« fragt er mich jetzt auf spanisch. Ich erzähle in einigen wirren Sätzen, daß ich vor allem Angst habe, vor Krankheiten und vor dem Altwerden, vor der Vergeßlichkeit und dem Krieg, vor Nebenwirkungen und dem Sperrmüll. Manolo murmelt etwas. Er redet nie viel. Er ist eher ein Mensch der Arme als der Worte. Dann frage ich ihn doch, welchen traurigen Film er gerade gesehen hat.

Manolo lacht leise. »Nix Film, mir ist was verdammt Merkwürdiges passiert: Ich laufe mit Carlos am Hafen herum, beim Maremagnum, du weißt schon, da sehe ich, ich erzähle keinen Scheiß, also da liegt eine Frau im Meer, eine alte Frau, auf dem Rücken, ihr Gesicht noch knapp über der Wasseroberfläche, und hält ihre Handtasche umklammert. Aber sonst bewegt sie sich nicht. Wir denken, sie ertrinkt ... Ich beginne zu rufen, aber da dreht sie sich um, Gesicht ins Wasser und macht Schwimmbewegungen – weg vom Ufer. Ich überlege hin und her, dann springe ich. Ich bekomme die Frau zu fassen und will mit ihr zum Steg schwimmen, da kräht sie mich an: ›Kann man nicht mal in Ruhe sterben?‹ Sie versucht sich freizustrampeln, ich halte sie fest und schwimme mit ihr zum Maremagnum-Steg, du weißt schon ...« Auf diesem Steg hatten wir uns einmal angebrüllt und kurzfristig getrennt und einmal geliebt. »Sie krallt ihre Fingernägel in meinen Arm und schreit: ›Ich hab dich nicht gebeten, mich hier rauszuholen.‹ Ich bin am Steg, da ist ein Security Guard vom Hafen, wir hieven sie gemeinsam raus. Die Polizei und ein Krankenwagen sind auch gekommen. Jemand gibt mir ein Handtuch. Der Polizist sagt: ›Wir kennen die. Die hat schon ein paar Sachen ausprobiert. Einmal mit Strom, einmal mit Tabletten.‹ Die Frau läßt sich widerwillig zum Krankenwagen führen, mir fallen noch ihre Hosen auf, Hosen aus den sechziger Jahren mit leichtem Schlag ... ziemlich verrückt das Ganze ...«

Ich nicke. »Und das ist heute abend passiert?«

»Ja, ich bin gerade nach Hause gekommen ...«

Die große Bronzeuhr an der Wand, von der ich seit der Wohnungsauflösung weiß, daß sie Elias meinen Großeltern geschenkt hat, bevor er sich umgebracht hat, schlägt elfmal. Bei jedem einzelnen Schlag denke ich, er wäre der letzte, aber dann folgt doch noch einer. Und dann nicht mehr. Wir legen auf. Als ich mich wieder in das durchgeschwitzte Bettzeug lege, stelle ich mir Manolos weichen, ein winziges bißchen hervorstehenden Bauch vor, wie er nachts ruhig an meinem Rücken liegt. Ich, ein nervöser Mensch mit zu vielen Ideen und zu wenig Schlaf, komme dann auf neun Stunden.

Diese Nacht liege ich wach. Ich sehe den in sich zusammengesunkenen Körper meiner Großmutter, ihre dünnen Beine, ihren schlaffen Bauch. Manchmal fährt ihre Hand über das Laken, unruhige Bewegungen, eine ziellose Suche auf dem immergleichen zerknitterten Stück. Um eins muß ich das nächste Antibiotikum einnehmen. Obwohl bis dahin noch zwei Stunden Zeit sind, macht mich der Gedanke daran unruhig. Ich höre auf den Atem meiner Großmutter. Als die Uhr zwölf schlägt, überfällt mich eine panische Angst, beim zwölften und letzten Schlag würde der rasselnde Atem neben mir verstummen. Einen Moment lang steigert sich die Angst so, daß ich meine Hände fest ineinanderkrampfe. Als ich das Gefühl habe, die Uhr höre nicht mehr auf zu schlagen, greife ich nach dem Fieberthermometer. 40,6. Wenn ich die Augen schließe, sehe ich golden und riesig die Uhr vor mir, ein Big Ben, an dem statt eines Klöppels ein blutiger Stierhoden baumelt. Ich nehme noch ein fiebersenkendes Zäpfchen. Als der Wecker klingelt, fahre ich erschrocken hoch, obwohl ich nicht geschlafen habe. Ein Uhr nachts. Ich suche die Schachtel mit dem Antibiotikum. Wo kann die Packung sein? Unordnung ist nicht meine Sache, ich weiß eigentlich immer, wo ich etwas hingelegt habe; ich führe sogar täglich abends eine Liste über meine Ausgaben und erinnere mich an Pfennigpreise. Vielleicht auf der Kommode abgestellt? Ich hieve mich hoch. Keine Schachtel. Neben der Matratze, auf dem Ohrensessel, auch nichts. Etwa im Wohnzimmer? Ich stütze mich an den Wänden ab, dann stehe ich ratlos da. Fernseher, Eßtisch, Schreibtisch, Sofa – keine rotweiße Packung. Ich bekomme Angst. Wenn ich die Tablette jetzt nicht einnehme, unterbreche ich den Rhythmus, und die ganze Behandlung ist für die Katz. Mir wird dann nichts anderes übrigbleiben, als einen Notarzt anzurufen, der mir das gleiche Medikament noch einmal verschreibt, und eine Nachtapotheke irgendwo in Bremen aufzutreiben. Zu der ich dann wohl oder übel per Taxi fahren müßte. Meine Großmutter wird dazu nicht imstande sein. Sollte sie das Antibiotikum aus Versehen verlegt haben?

Ich gehe langsam zurück zum Schlafzimmer. Da ist Großmutter nicht. Ich eile zur Kochnische, ins Bad, schneller, als es gut war, in den Seiten äußert sich ein pochender Schmerz, der mich kurz in der Tür zusammensacken läßt. Ich schleppe mich ins Bad. Dort steht meine Großmutter mit aufgelöstem Dutt, ihre grauen langen Haare fallen ihr fast bis auf die Hüften, sie schaut zu mir in ihrem weiten Nachthemd – wie ein Geist. Jetzt sehe ich, was sie macht. Sie hält meine Packung mit dem Antibiotikum in beiden Händen und versucht, die Tabletten herauszudrücken und ins Klo zu werfen. In einer Sekunde bin ich bei ihr, ringe ihr die Schachtel ab. Ich habe Glück gehabt, die Packung ist noch vollständig, bis auf die zwei Tabletten, die ich bisher genommen habe.

»Großmutter!«

Meine Großmutter fängt an zu weinen und legt die Hände auf ihr Gesicht.

»Ich will doch nur nicht, daß du zurück nach Berlin gehst, bitte bleib doch bei mir!«

Ich sage nichts, nehme meine Tablette mit viel Wasser und einem Zwieback und lege mich ins Bett.

Am nächsten Morgen ist mir wohler. Ich habe zwar wieder das Bettzeug durchgeschwitzt, aber ich fühle mich nicht mehr so elend und pinkele kein Blut mehr. Ich rufe in Barcelona an, nur um die Stimme von Herrn Gemütlich zu hören. Ich überrede ihn zum Nachsprechen einiger deutscher Worte. Das ist nicht sehr nett, erheitert mich aber immer. Ich lasse mir von Manolo »antibiotika-sensible Bakterienstämme« aufsagen und beginne, meinen Koffer zu packen.

Lux Aeterna

Katinka sitzt schon wieder im Zug nach Berlin. Sie blieb nur einen Tag, keinen Bissen hat sie hier essen wollen, und deshalb ist sie gefahren. Oder war es Lisbeth? Lisbeth legt Wert darauf, daß ich mir alles merke, aber sie fragt mich nie, ob ich das auch möchte. Warum soll mein Kopf zu einem Museum werden, wie Herr Hazatérés sagt, muß ich Namen und Geburtstage wissen, wenn ich doch nur möchte, daß sie alle hier mit mir zusammen sind?

Eben beim Mittagessen, es gab Müsli und Orangensaft, habe ich wieder mit diesem älteren Herrn von jenseits der »Seufzerbrücke« gesprochen. »Seufzerbrücke« sagt er immer zu der Überführung, die Haus 6 mit Haus 5 verbindet. Herr Hazatérés, jetzt weiß ich den Namen wieder, dabei ist er so schwierig. Ich habe ihn auf der Modenschau kennengelernt. Vor zwei Wochen, Anfang November, wurden hier die Sommermoden vorgestellt. Vielleicht ist es doch etwas länger her, ich glaube, morgen ist Weihnachten. Karstadt organisiert die Show im Heim, wir können die »Moden für Ältere« selber vorführen. Aber ich hatte Angst, daß ich da oben stolpern würde. Frau Terz ist mitgegangen, albern sah die aus. Das fand Herr Hazatérês auch, der neben mir stand und mir Wein anbot. Oder Holundersaft. Frau Terz ist ein Jahr älter als ich, Jahrgang 1916, wie alt, das kann ich nicht mehr ausrechnen. Sie führte einen roten Bademantel vor und lachte dabei von der Balustrade herab.

Herr Hazatérés war mir von Anfang an nicht geheuer. Er hat schwarzes, glattes Haar, das sich im Nacken wellt, und sehr dunkle Augen. Irgendwoher aus dem Osten stammt er. »László Hazatérés« steht auf dem Tischkärtchen, er sitzt neben Frau Reitsporn, Herrn Hummering und Frau Hellbug. Die Namen habe ich mir abgeschrieben und den Zettel auf meine Serviette gelegt, damit ich weiß, wie meine Nachbarn heißen. Aber Herr Hazatérés ist mir nicht nur deshalb unheimlich, weil er ich weiß nicht was hinter dem Eisernen Vorhang gemacht hat, sondern weil ich mich, wenn ich abends versuche einzuschlafen, an seine dunklen Augen erinnere. Worüber wir oben auf der »Seufzerbrücke« gesprochen haben, weiß ich nicht mehr, nur diese eindringlichen Augen bleiben mir im Gedächtnis. Und dann denke ich an meinen Mann, der da draußen im Osten sein Bein verlor und den ich alleine im Winter durch halb Europa geschleppt habe. Frachtzüge, zerschossene Taxis, abgeholzte Wälder, durch drei Länder bin ich mit ihm gelaufen, gefahren, geirrt. Aber dafür kann Herr Hazatérés nichts.

Es ist nun einmal so, daß ich mich an alles erinnere, was lange Zeit zurückliegt, noch heute kann ich die Namen meiner Klassenkameraden aufzählen, nur wie ich den Fernseher anstelle oder wo mein Briefkasten ist, behalte ich nicht mehr.

Dreimal die Woche sprechen Herr Hazatérés und ich an dem weißen Tisch mit dem Plastikrosenstrauß auf der »Seufzerbrücke« miteinander. Herr Hazatérés hat mir ernsthaft erklärt, warum er mich als Zuhörerin für seine Monologe ausgewählt hat, aber ich habe vergessen, was er gesagt hat. Es liegt zu kurz zurück.

»Frau Sieben, ich weiß nicht, ob sie verstehen werden, wie es dazu kam, daß ich jetzt mit einem Mann zusammenlebe. Vor 52 Jahren, ich war 24, lernte ich Vera auf einer Geburtstagsfeier kennen. Drei Monate und drei Wochen habe ich sie angerufen, in Cafés, in die Oper eingeladen. Kennen Sie die Budapester Oper? Sie brauchen mir nicht zu antworten, auch ich folge dem Regen mit meinem Blick.

Vera hatte lange rote Haare, die sie offen trug, und las expressionistische Gedichte. Sie war anders als die meisten Frauen ihrer Zeit, und auch ich war anders. Ich schrieb Briefe an Max Ernst, die er leider nie beantwortete, und gab den Huren mehr Geld, als sie verlangten, weil ich sie verehrte. Aber als ich Vera traf, wußte ich, daß ich nach niemand anderem mehr Verlangen haben würde. Schließlich imponierten ihr meine Hartnäckigkeit, mein Stolz und meine Unberechenbarkeit, denn ich tat nie die Schritte, die sie als nächstes von mir erwartete. Rothaarige Frauen sollte man überraschen. Ich kaufte ihr keine Rosen, sondern einen Papagei, ich lud sie nicht zum Wein, sondern zum Schwimmengehen ein, wissen Sie, Frau Sieben, die ungarischen Thermalbäder, die alles in Nebel und Dampf tauchen, so daß Sie den anderen nicht mehr sehen, nur noch spüren können, die haben eine Wirkung, die weit über die des Alkohols hinausgeht.

Als wir zusammen Pilze sammeln gingen – am Abend vorher waren wir uns selbst beim ausgelassenen Tanzen nicht näher gekommen, küßte sie mich plötzlich. Es war Herbst, aber nicht zu kühl für uns. Wir haben uns nie wieder richtig losgelassen seit dieser ersten Umarmung. Vera war, was soll ich sagen, eine sehr moderne Frau, sie hielt nichts davon, daß nur der Mann, Ihnen, Frau Sieben, kann ich ja alles erzählen ... es regnet ohne Unterlaß heute, oder? Also, wo war ich stehengeblieben: Vera hielt nichts davon, daß nur der Mann seine Befriedigung bekommt. Als man Ende der sechziger Jahre plötzlich anfing, über diese Dinge zu reden, mußte ich lachen, ich kannte das alles schon: Vera in zerschlissener Uniform rittlings auf mir, Vera, die ihre langen roten Haare um meinen, Sie wissen schon, wickelt und dazu leise Lieder singt, Vera, im Wintermantel im Treppenhaus, die langsam meine Hand an ihr Gesäß führt und sich wünscht, daß ich ebendort … Frau Sieben, jeder nach seiner Fasson. Wir gingen der gleichen Profession nach: Übersetzer, und wir versäumten keine Gelegenheit, unsere Lieblingsschriftsteller zu hören, im übrigen zerbrachen wir uns den Kopf über Politik. Veras Freunde wurden auch meine Freunde: da war Vladimir, ein heimatloser Russe, der einmal die Woche kam und uns etwas über Astrologie und Chiromantie erzählte, dann Elena, die Opernsängerin, die wir ab und zu, wenn sie nicht alkoholbedingte Pausen einlegte, auf der Bühne bewundern durften, und schließlich, nachdem wir nach Deutschland ausgewandert waren, Miriam und Josef. Ja, unsere Auswanderung, das ist ein langes Kapitel, das erzähle ich Ihnen in unserer nächsten Sitzung … wir hatten Dreck am Stecken, wie man so sagt, und man wollte uns nicht mehr in Budapest dulden, auch nicht in Debrecen, in Komló, in Halimba oder Bábocsa. Nirgendwo. Und so kamen wir auf die andere Seite, nicht nur der Donau, sondern der Welt. Aber über die Welt möchte ich jetzt nicht sprechen. Der Regen hört ja heute nicht mehr auf, Frau Sieben, lieben Sie den Regen? Sie brauchen mir nicht zu antworten.

In West-Berlin lehrte Vera an der Universität ungarische Literatur, und ich übersetzte weiter aus dem Russischen und dem Ungarischen. Das war die Zeit Solschenizyns, da hörte man noch zu bei dem, was aus dem Osten kam. Aber ich will Sie hier nicht indoktrinieren, Sie denken an Ihre Enkel und ich daran, warum jetzt, kurz nach meinem sechsundsiebzigsten Geburtstag, ein Mann mit mir im Apartment wohnt. Hier im Heim denkt jeder, wir seien alte Freunde, die nach dem Tod ihrer Frauen aus Einsamkeit zusammengezogen sind, aber wir teilen nicht nur Ketchup und Zeitung. Gucken Sie nicht so erstaunt, Frau Sieben, Sie sollen nur zuhören, nicht bewerten. Sie sind kein roter Bademantel, sondern ein Faß ohne Boden, verstehen

Sie? Und darum schenke ich Ihnen mein Vertrauen: weil Ihre Seele für mich die Farbe des Regens hat, durchsichtig, anschmiegsam und vergänglich. Meine Frau war laut und herrisch, Rot stand ihr phantastisch, sie konnte die Absätze ihrer Stiefel in meine Füße bohren, wenn sie sich unverstanden fühlte, und ihren dunklen Wein scheinbar unabsichtlich über meine Schreibmaschinenblätter schütten.

Miriam und Josef traf ich zum ersten Mal kurz nach dem Krieg in Budapest, es stimmt nicht, was ich vorhin gesagt habe ... nur haben Vera und ich sie nach unserer Auswanderung öfter, intensiver gesehen. Aber auch das stimmt eigentlich nicht. Sehen Sie die wirren Muster, die die Regentropfen bei ihrem Lauf auf der Scheibe fabrizieren? So kommt mir manchmal meine Biographie vor, nicht nur meine, die jedes Menschen, den ich lange genug kenne, um mir ein Bild seines Lebenswegs machen zu können. Die plötzlichen Widerstände – ohne daß wir verstehen, warum, rollt der Tropfen zwei Zentimeter nach rechts, in die Horizontale, anstatt nach unten. Manchmal scheint er einfach nicht der Schwerkraft zu gehorchen, sondern einer anderen Macht. Welche könnte das sein?

Miriam und Josef waren ein eingespieltes Liebespaar. Auf Feiern oder Veranstaltungen bemerkten viele Leute nicht, daß sie liiert waren, denn sie tauschten in der Öffentlichkeit nur kaum sichtbare Zuneigungsbeweise aus. Oft sprachen sie stundenlang mit anderen, ohne miteinander Kontakt aufzunehmen. Anfangs glaubte ich, die beiden – Josef war Archäologe und Miriam Herausgeberin eines Kunstmagazins – seien fürchterlich unterkühlt. Doch bald stellte ich fest, daß sie einfach sehr diskret waren und die Zeichensprache ihrer Liebe reichhaltig war. Sie waren das einzige mir bekannte Paar, das sich – sie lebten zu diesem Zeitpunkt längst in einer gemeinsamen Wohnung – regelmäßig Briefe schrieb. Die Adresse des Absenders und des Adressaten waren immer identisch. Auch schien mir, daß sie mit ihren langen Gesprächen, in immer unveränderter Tonlage, den gleichen Nebel, den gleichen Rausch zu erzeugen wußten wie Vera und ich auf ganz andere Art.

Irgendwann, als Miriam und Josef uns wieder einmal besuchten, schlug Miriam Vera ein ›Frauengespräch unter vier Augen‹ vor. Wie wir nachher herausfanden, ging es gar nicht um uns Männer, wie wir amüsiert vermuteten, sondern um Fragen der globalen Aufklärung in Bezug auf die Frauenrechte. Jedenfalls ergab sich unvermutet ein Männerabend unter vier Augen. Frau Sieben, schlafen Sie? Der Regen ist so monoton, und meine Worte, haben die Ihnen einen Vorhang vor die Sinne gewoben? Auch wenn Sie alles, was ich sage, in einer halben Stunde nicht mehr erinnern, bin ich doch froh um den Moment – den kurzen Moment, in dem meine Gedanken Ihre Seele passieren dürfen, wo Sie meinen Worten die Durchfahrt gewähren, bevor sie, wie ein langsam niedergehender Regen, irgendwann von etwas Großem und Dunklem verschluckt werden. Eben doch von der Schwerkraft. Ihre Mundwinkel hängen so tief heute, sind Sie unglücklich, daß Ihre Enkelin Sie verlassen hat? Sie wird wiederkommen, glauben Sie mir, sie ist noch jung und muß sich bewegen.

Jedenfalls haben Josef und ich an diesem Abend in Budapest erst einmal ganz vorzüglich gekocht. Ich weiß nicht mehr, was, auch ich werde alt, aber ich erinnere mich an unsere hochgekrempelten Ärmel. Später saßen wir am Küchentisch und redeten. Josef war immer sehr besonnen, doch er hörte meinen utopischen Gesellschaftsentwürfen oder meinen Schwärmereien über Veras markantes Profil, das ich manchmal in allen Gegenständen, die ich ansah, wiederzufinden glaubte, interessiert zu. Sein Blick hing an mir, er lobte meinen Mut, meine Art, die Dinge, wie er sich ausdrückte, lebensnah-konkret und idealistisch zugleich anzugehen. Mir schien, daß er irgend etwas von meinem Wesen zur Komplettierung seiner selbst brauchte.

Vera war anders; wir konnten wie die Regentropfen, deren Lauf Sie unablässig mit dem Finger folgen, ineinanderfließen und nicht mehr wissen, wo wir als Individuen anfingen beziehungsweise aufhörten. Josef dagegen kam mir seelisch näher, ohne mir ähnlicher zu werden. Er hatte Fragen, er wollte Antworten, er forderte mich, wir duellierten uns ein bißchen verbal. Irgendwann an diesem Abend war ich von dem reichhaltigen Essen und dem intensiven Gespräch müde und zeigte Josef das kleine Gästezimmer. Dann zog ich mich ins Schlafzimmer zurück; Vera hatte zwischendurch angerufen und erklärt, daß sie bei Miriam übernachten würde. Ich wollte noch etwas lesen, muß aber wohl eingeschlafen sein, denn ich schreckte hoch, als ich ein Geräusch hörte. Josef stand in der Tür, er machte eine schlaffe Geste der Entschuldigung, dann schlurfte er langsam heran. Er war groß, hager, nicht ganz so wie heute, und eigentlich immer sehr förmlich.

Er setzte sich auf mein Bett.

Ich fragte: ›Was ist?‹

Er sah mich lange an und murmelte: ›Erschrick nicht, aber mir geht eine Frage nicht aus dem Kopf: Wie gehst du mit der Angst vor dem Tode um?‹

Ich gab sofort zurück: ›Ich bekämpfe sie mit meiner Lust. Meines Erachtens gibt es zwei Koordinaten: die der Zeit und die der Intensität. Unsere Lebenszeit ist nicht unendlich – vorausgesetzt, daß man nicht an eine Existenz nach dem Tod glaubt –, aber wir können der Endlichkeit des Lebens die Unendlichkeit der Intensität des Moments entgegensetzen. In dem Moment, wo ich intensiv empfinde, nennen wir es Rausch oder sonstwie, ist der Gedanke an den Tod ausgelöscht, der Tod ist daher unwahr. Wir können also den Tod temporär auslöschen. Doch er kommt wieder. Aber unsere Ekstasen auch.‹

Josef antwortete nicht, sah mich nur an. Eine Weile verging. Schließlich meinte er: ›Wenn man unter einem Herrschaftssystem lebt, gegen das man innerlich rebelliert, denkt man mehr nach.‹

Ich wußte darauf nichts zu antworten. Sollte das ein Kompliment sein? Während ich noch überlegte, murmelte er: ›Dein Blick hat etwas sehr Beruhigendes.‹

Mir war nicht klar, ob er meinen Blick auf die Welt im allgemeinen oder in diesem Moment auf die Bettdecke meinte. Ich hob sie langsam an, und Josef sah auf meine Beine. Ich trug den Leinenschlafanzug, den Vera mir gerade genäht hatte. Dann wanderten seine Augen zu mir hoch. Erst jetzt begriff ich die Brisanz der Situation. Josef rührte sich nicht, er sah mich nur an, seine Stirn lag in Falten, als würde ihn irgend etwas unendlich anstrengen. Plötzlich fühlte ich eine Woge von Sympathie für diesen ernsthaften und klugen Mann, der die Welt so unpathetisch und doch keineswegs zynisch, sondern von einer stillen Wärme durchdrungen, betrachtete. Es war nur eine winzige, keineswegs bewußt ausgeführte Bewegung, die die Decke abrutschen und meinen Körper freiliegen ließ. Josef schien mit etwas zu kämpfen, er senkte den Kopf, dann streckte er die Hände langsam auf dem Laken aus.

Auf einmal berührten die Fingerspitzen des Mannes, den eben noch die Frage nach dem Umgang mit dem Tod beschäftigt hatte, meinen Arm.

Was dann passierte, brauche ich Ihnen nicht im Detail zu schildern. Josef holte einmal Luft und sagte: ›Ich habe noch nie ...‹, und ich legte ihm einen Finger auf dem Mund. Dann fing er an, eben diesen Finger zu küssen, sein Mund wanderte meine Hand, meinen Arm, meine Schulter, meinen Hals hinauf.

Seit der Armeezeit hatte ich keine Erfahrungen mehr mit der männlichen Liebe gemacht, und nie habe ich mich als homosexuell betrachtet. Ich war damals der Ansicht, daß auch Männer sich mal einen Gefallen tun können, ein Kavaliersdelikt sozusagen, aber nie habe ich von diesen

Jungs geträumt, mich nach ihnen gesehnt, ihre Körper nachts vorm inneren Auge aufleuchten lassen. Nie.

Josef war anders. Er begegnete mir nicht von gleich zu gleich wie die Kameraden, er schmiegte sich an mich, er war zärtlich, weich. Alles an ihm war zart, seine Gedanken, seine Sprache, seine Hände, sein schüchterner Ausdruck von Lust. Diese Nacht war anders als die Geschichten damals, wo man so eine Art – verzeihen Sie meine Direktheit – Onanie zu zweit betrieben hat. Er legte sich unter mich wie eine Frau, und ich spürte, daß er nach dem Höhepunkt seelisch wund und verletzlich war, er hatte sich geöffnet, er umarmte mich innigst, und ich war sprachlos. Kein Wort hatten wir bisher über unsere Frauen geäußert. Josef und ich versanken in einem Gefühlstaumel, während sie Geopolitik diskutierten.

Frau Sieben – unsere Zeit ist abgelaufen, Sie müssen jetzt zum Gedächtnistraining und ich zum Spanisch-Kurs. Haben Sie vielen Dank für Ihre Ohren, strengen Sie sich gleich nicht zu sehr an, ihr Kopf muß kein Museum mehr werden, denken Sie nur daran, daß es heute abend noch gewittern wird ...!«

Nachdem ich Spiele gemacht habe, wo man fünf Küchengegenstände, fünf Kleidungsstücke und fünf Baumarten aufschreiben muß, bin ich in meinem Zimmer eingeschlafen. Herr Hazatérés hat mir viel erzählt, von seiner Frau mit dem roten Bademantel, die ihm immer Baumwollschlafanzüge genäht hat, warum erzählt er mir das bloß? Ich sehne mich nach Katinka und Immanuel, denen ich früher, als ich das noch konnte, Frotteeschlafanzüge genäht habe. Jetzt regnet es schon den ganzen Tag, dieser Regen erinnert mich an den Regen neulich, als ich zur Schule ging und geohrfeigt wurde, weil die Tinte in meinem Heft vollständig verschmiert war.

»Wie schön, daß Sie so pünktlich sind, Sie sind eine richtige Preußin, wissen Sie das? Schütteln Sie nicht den Kopf, ich weiß schon, daß die Pflegerin Sie just hierher gebracht hat, aber Ihrer Herkunft nach sind Sie Offizierstochter und waren früher bestimmt immer zur Stelle, nicht wahr?

Ich werde Ihnen weiter für einen Moment meine Geschichten vor den verblichenen Fotos des Bremer Doms, den Aquarellen der Stadtmusikanten aufleuchten lassen, um dann noch stärker zu verbleichen als diese. Der Name Josef wird Ihnen außer dem biblischen nichts mehr sagen, das ist gut so. Bald stellte sich wieder die alte gute Viererfreundschaft ein. Als Vera und ich in den Westen gekommen waren, kümmerten sich die beiden sehr um uns, denn es gab viel mehr Anpassungsschwierigkeiten, als man sich vorher ausmalen konnte. Sie brachten uns zu einer Sprachschule, wo wir unser Deutsch verbesserten und später Englisch lernten, sie halfen uns bei der Orientierung im alltäglichen Leben und bei der Bewältigung bürokratischer Angelegenheiten. Ich fühlte mich Josef ziemlich unterlegen, weil ich auf seine Hilfe angewiesen war, aber er spielte diese Position mir gegenüber nicht aus. Die Jahre vergingen. Wir fuhren zu viert nach Rom und Paris, wir folgten oft gemeinsam Einladungen, Josefs und Miriams Freundeskreis wurde auch unserer. Nie haben wir über unser Erlebnis gesprochen. Es blieb ein Geheimnis.

Irgendwann wurde bei Miriam Brustkrebs diagnostiziert. Sie wurde operiert, zwei Wochen blieb sie im Krankenhaus. Am Abend der Operation schaute ich bei Josef vorbei. Ich kochte ungarisch für uns und versuchte, ihm Mut zuzusprechen. Die Tatsache, daß Miriam eine Brust verlieren würde, war noch weniger erschreckend als die Befürchtung, man könne den Krebs auch an anderen Stellen finden. Als ich gegen Mitternacht gehen wollte, legte Josef seine Arme um mich. Später schliefen wir miteinander. Diesmal war er nicht anschmiegsam und in sich gekehrt, sondern ungestüm und aggressiv. Wir taten Dinge miteinander, die wir vor zehn Jahren nicht gemacht hatten.

Miriam kam aus dem Krankenhaus, man hatte zum Glück keine Metastasen gefunden, und die Freundschaft ging wieder ihren eingespielten Weg. Doch erinnere ich mich an kurze Momente der Irritation: Josefs Hand, die auf meinem Oberschenkel lag, als wir Klaus Manns ›Mephisto‹ im Theater sahen, Josefs Blick, als ich zu Silvester leidenschaftlich Vera küßte und dabei Sekt auf seine Schuhe goß. Zehn Jahre vergingen, so viel Zeit, daß ich nicht mehr mit einer Wiederholung einer Liebesnacht mit ihm gerechnet hatte. Das erste Mal hatte ich mir mühelos zur Ausnahmenacht erklären können, aber nach der zweiten und erst recht nach der dritten Nacht war ich verwirrt. Es vergingen nur drei Jahre, bis Josef erneut nachts vor der Tür stand. Vera besuchte eine Freundin in Hamburg. Wir lebten immer noch glücklich zusammen, nie hatten wir uns erotisch voneinander entfernt, der Rausch unserer ersten Jahre hatte sich in milderer Form erhalten. In dieser Nacht schlief ich wieder mit Josef und genoß seine ihm eigene verhaltene Intensität, die in intimen Situationen plötzlich nach außen gekehrt wurde. Nach dieser vierten Nacht fragte Josef, ob ich mir vorstellen könnte, mit ihm zusammenzuleben, wenn unsere Frauen einmal nicht mehr da sein würden. Ich erwiderte, daß Frauen meistens älter werden als Männer und die Wahrscheinlichkeit größer sei, daß später Vera mit Miriam als er mit mir zusammenleben würde.

Miriam starb zwei Jahre später an Lymphknotenkrebs, und Vera kam auf tragische Weise mit einem Privatflugzeug von Freunden um.

Das plötzliche Alleinsein, das Defizit an Körperlichkeit machte mir sehr zu schaffen. Ich alterte innerhalb weniger Monate mehr als vorher in Jahren. Ich war Anfang Siebzig.

Josef kam immer öfter zu mir, und ich ließ mich von ihm lieben. Oft stellte ich mir dabei einen Frauenkörper vor. Doch ich war nicht mehr in dem Alter und in der Verfassung, auf Eroberungstour zu gehen. So blieb Josef bei mir, und ich weiß bis heute nicht, ob das alles nicht ein großes Mißverständnis ist. Als ich inkontinent wurde und Josef sich ein Milzleiden zuzog, beschlossen wir, ins Heim zu gehen ... Josef ist glücklich, er tut alles für mich und redet nie über Miriam. Doch ich stehe oft wie Sie, Frau Sieben, an meinem Fenster und schaue nach draußen ...«

Der Tee ist zu heiß und das Gebäck zu hart. Nichts ist hier wie zu Hause. Morgen will ich zurück in meine Wohnung, habe ich dem Mädchen gesagt. Sie hat nicht geantwortet.

Ich soll nun fünf Farben aufschreiben, in der Reihenfolge ihrer Helligkeit. Ich schreibe:

Hellbraun, Braun, Dunkelbraun, Grau, Schwarz.

Warum ist Frau Peil wieder nicht zufrieden mit mir? Ich streiche die Reihe langsam durch, bis auf einen breiten schwarzen Strich ist nichts mehr zu erkennen.

»Frau Sieben, nun sitzen wir zusammen auf der ›Seufzerbrücke‹, wie gut, daß wir uns nicht vor dreißig Jahren begegnet sind, da hätten wir kein Wort miteinander gesprochen, Frau Offizierstochter. Und nun ist alles einerlei, wir sitzen hier und warten, wir können uns die größten Fehltritte, Sünden, die verstörendsten Geschichten erzählen, vielleicht hat Ihr Mann meine Verwandten in Ungarn umgebracht, vielleicht hat der Liebhaber von Elena, der dem Alkohol zugeneigten Opernsängerin, in Ihrem Land spioniert – all das ist jetzt unwichtig und interessiert niemanden mehr, alles hat seine Farbe, seine Kontur, seinen Wert oder Unwert verloren, und es regnet heute wieder so unablässig –«

Was paßt zu einem Hut? Wiese, Stift, Hund, Flöte oder Handschuh?

»Frau Sieben, in Ihrem Blick löse ich mich auf wie damals in den Nebelschwaden im Thermalbad, ich werde alles los, was ich erzählen möchte, was mich bedrückt. Ich werde leicht, und Sie werden nicht schwer, sondern bleiben leicht. Das Erinnerungsvermögen – ist eine zu große Last für uns Menschen. Hören Sie die Musik da hinten? Das muß Frau Terz sein. Wissen Sie, wie das letzte Stück von Mozarts ›Requiem‹ heißt? Sie haben es vergessen, aber ich nicht, es sind Worte, scharf wie Kristall und schwebend wie Licht im Nebel, ich habe den Namen nicht vergessen, aber man muß ja nicht alles aussprechen.«

Osterfeuer

Jason versucht, den Pfannkuchen hochzuwerfen, in der Luft zu drehen und wieder mit der Pfanne aufzufangen. Vielleicht klappt es ja diesmal. Marion blättert weiter in der »Zeit«. Seit zwei Stunden sitzt sie regungslos in dem großen Korbsessel und liest. Da sie ziemlich klein ist, kann Jason sie von hier aus kaum sehen. Nur durch das hin und wieder hörbare Rascheln des Papiers macht sie sich bemerkbar – ein Knistern, ein Windhauch, der durch ihren unsichtbaren Körper bläst.

Der Pfannkuchen klatscht auf die Steinablage neben dem Herd. Ein kreisrunder Fettfleck bleibt zurück, Jason leckt sich genüßlich die Finger. Schließlich bäckt er den letzten Pfannkuchen ohne weitere akrobatische Einlagen, die werden ja doch nur ignoriert. Er sieht zu Marion hinüber: Dünne, weißlich-graue Rauchschwaden schweben über ihrem wirren, dunklen, zu einem Knoten hochgesteckten Haar.

»So, alles ist fertig, ich bin am Verhungern, und es schmeckt köstlich!«

Jason schiebt sich noch ein kleines Stück mit den Fingern in den Mund, dann stellt er die Teller und das Besteck mit den eingravierten Namen »Gisela« und »Ernst« auf den großen runden Holztisch. Was für eine Idee, nachts um zwölf noch zu essen! Marion ist aus ihrem Sessel gekrochen, beginnt hastig, eine Tischdecke auseinanderzufalten und Servietten, Zucker und Zimt, Pflaumenmarmelade und Apfelmus vom Teewagen auf den Tisch zu räumen. Sie huscht zur Kammer, nur die weißen Knöchel werden unter ihrem langen, schwarzen Rock sichtbar, und holt die Kanne mit dem Hagenbuttentee heraus, die sie dort kühl gestellt hat. Dabei klappern unablässig ihre Holzarmreifen.

Schließlich sitzen sie bei Kerzenschein am Tisch und trinken Hagebuttentee aus Weingläsern, da sie sich nicht getraut haben, einfach irgendeine Weinflasche aus der Kammer zu nehmen, denn sie konnten sich nicht mehr erinnern, welches die heiligen Flaschen sind, die für Marions Vater unantastbare Schätze darstellen.

Marion ißt wie immer sehr wenig; die meisten Pfannkuchen vertilgt Jason allein. Er spürt, wie die Kälte langsam aus seinen Knochen weicht und ihn ein Gefühl wohliger Entspannung überkommt. Irgendwo in seinem Hinterkopf kreist noch das auf- und abblitzende Weiß des Leuchtturms, in dessen Richtung er, ohne zu wissen, wohin er eigentlich wollte, auf dem Deich geradelt ist.

Kaum hat sie den letzten Bissen ihres halben Pfannkuchens gegessen, raucht Marion schon wieder. Die ganze Zeit hat Jason ihr unruhiges Hantieren mit dem Besteck beobachtet. Schließlich legt er, beiläufig, eine Hand um Marions schmales Handgelenk, einen Moment lang läßt sie die Zigarette auf dem Aschenbecherrand liegen und sieht ihn an, nippt kurz an ihrem Tee, schüttelt den Kopf und greift wieder zur Zigarette.

Er schaut auf die Uhr: Jetzt ist schon der 15. April, und er spürt, wie ihn ein Gefühl freudiger Erregung überkommt. Als Kind hatten Mutter und Schwestern überall im Haus und im Garten Ostereier versteckt, und es gab leckeres Essen. Lisa, seine älteste Schwester, setzte ihm eine Karnevalskappe mit großen Hasenohren aus braunem Kunstfell auf, und er mußte damit zu ihrer Belustigung über den Hof hüpfen, was er jedoch, da er dafür überschwenglich mit Schokoladeneiern beworfen wurde, sehr gerne tat.

Nun waren Marion und er über Ostern für drei Tage aus Berlin geflohen und zu Marions Eltern nach Colingen, einem kleinen Ort an der Nordsee, gefahren. Marions Eltern wiederum sind heute früh zu Freunden nach Hamburg gereist. Jason ist anfangs neugierig und gespannt gewesen, wie Marions Eltern auf ihn reagieren würden. Doch sie redeten den ersten Abend fast ausschließlich mit Marion. Beide mit leisen, zischelnden Stimmen. Jetzt weiß Jason, woher Marion diese Sprechweise hat. Ihr Vater raucht auch Kette und ist wie sie Theaterfan. Abends haben Vater und Tochter Schach gespielt, während er Gisela beim Abwasch geholfen hat. Manchmal hat er aus der Durchreiche einen Blick zu ihnen geworfen: Regungslos saßen sie da, mit geraden, hageren Rücken unter dem weißen Licht des sechsarmigen Leuchters, nur das ruckweise Hin- und Herschieben der Schachfiguren auf dem Holzbrett und ein leises Husten waren zu hören.

Seit einer Stunde ist Ostern. Marion ist offensichtlich gerade ein Knopf von der Seidenbluse abgegangen, die sie heute unter ihrer schwarzen Strickjacke trägt. Mit in Falten gelegter Stirn nestelt sie daran herum. An welches Tier erinnert sie ihn jetzt? Normalerweise ist sie eine Spinne, ein Tausendfüßler, eine Spitzmaus oder irgend etwas anderes Dünnes, Graues. Aber aus dieser Perspektive tritt im Halbschatten ihre breite Stirn noch mehr hervor, darunter die winzigen Nasenflügel und der kleine Mund mit den stets geröteten und eingerissenen Mundwinkeln. Jason muß an eine Fledermaus denken. Wenn sie doch nur nicht soviel rauchen würde, dann hätte sie nicht diese fahle Haut und die gelben Zähne!

Normalerweise kriecht sie irgendwann nach dem Essen auf seinen Schoß. Nachdem sie ihn ein bißchen beleidigt hat, was er doch für ein Dummkopf ist, liebkost sie ihn. Jetzt sitzt sie ihm nur stumm gegenüber und zieht sich gerade ein Haar aus dem Mund.

Ihre Unruhe ist heute abend unerträglich, denkt Jason, und er beschließt, gleich noch einmal alleine mit dem Fahrrad zum Meer zu fahren. Auch wenn Marion sich wieder über seine kindliche Abenteuerlust mokieren wird.

Marion zündet sich eine Zigarette an. Jason sieht, wie die kleine hellrote Flamme aus dem silbernen Feuerzeug hervorspringt.

Plötzlich überkommt ihn ein Gefühl von Freude und Erregung.

»Marion? Du, wir sehen morgen nacht die Osterfeuer, nicht? Die Leute haben schon überall die Holzscheite aufgestapelt ...«

»Und dann gibt's ein paar Feuerchen, was ist so Besonderes daran?«

»Findest du das denn gar nicht spannend? Wenigstens früher als Kind, als du hier ... ich meine ...« Er bricht ab.

Marion macht einen tiefen Zug. Dann sagt sie, ohne ihn dabei anzusehen: »Morgen abend zeigen sie in Bremen ein Stück von Clay Greenwood: ›A Taste of Salt‹, das soll sehr gut sein. Ich habe nur Rezensionen, die voll des Lobes waren, gelesen, und Vater hat es uns auch noch einmal sehr ans Herz gelegt.«

»Worum geht's denn?«

»Also im Herbst 1965 ...«

»Aber wir haben jetzt Frühling!« ruft er.

Marion sieht ihn ruhig an, ohne ein Wort zu sagen. Schließlich senkt er seinen Kopf, weil er den Blick ihrer hellgrünen Augen nicht mehr ertragen kann. Dann springt er auf, läuft ziellos auf dem Perserteppich in der Mitte des Zimmers hin und her.

»Du weißt, daß Vater gesagt hat, du sollst hier die Schuhe ausziehen?«

Tatsächlich, Marion hat wieder diese scheußlichen Filzpantoffeln an, genau die gleichen wie ihre Eltern. Ihr Vater scheint es nicht lächerlich zu finden, den ganzen Tag in seinem eigenem Haus mit Anzug und Krawatte, aber dazu mit Filzpantoffeln herumzulaufen.

»Ich gehe noch mal raus ans Meer, ich will mich noch etwas bewegen«, sagt Jason.

»Ein Tanz auf den Dünen, übernimm dich nicht.«

Er steht schon in der Tür, will den Fahrradschlüssel aus seiner Hosentasche ziehen. Marion sitzt aufrecht, die »Zeit« wieder in den Händen, sagt nichts, bis er die Tür aufmacht. Ein rutschendes, gedämpftes Geräusch ist hinter ihm. Jason dreht sich um und sieht Marion in ihren Filzpantoffeln auf ihn zueilen. Sie streckt die Hände nach ihm aus und flüstert: »Du weißt doch, daß ich mich vor Feuer ... fürchte!«

Die Rauchwolke, die Jason jetzt, da sie sich dicht an ihn schmiegt, umfängt, gibt ihm das Gefühl, mit ihr verkettet und gefangen zu sein. Marion hebt ihr Gesicht langsam wieder, so daß er beobachten kann, wie sie von einer Fledermaus zu einer Spinne zu einer ganz normalen Spitzmaus wird.

»Du weißt, Jason, was du mir damals versprochen hast, bevor wir es an diesem stinkenden Tümpel getrieben haben?«

Er wundert sich immer wieder über diese plötzlichen Einbrüche ordinärer Sprache in ihr ansonsten so gewähltes Deutsch. Er weicht dem scharfen Blick aus und läßt seine Gedanken zu jener Nacht an dem »stinkenden Tümpel«, damit meint sie den Teufelssee, schweifen: Sie waren direkt vom Steinplatz mit dem Moped dorthin gefahren, nachdem sie vorher mit ein paar Kunst-Studenten, für die er gelegentlich als Aktmodell sitzt, etwas getrunken hatten. Marion verwickelte ihn in ein endloses Gespräch, das ihn bald ziemlich nervte, zumal sie die Hälfte der Zeit nur über die Theaterkritiken, die sie schrieb, redete. Als dann irgendwann eine längere Gesprächspause eintrat, drückte sie ihre Zigarette, damals rauchte sie noch Roth-Händle, auf einem Maulwurfshügel aus und schlang sich plötzlich mit vorsichtig tastenden, unbeholfen wirkenden Bewegungen um ihn. Ihre vielen dünnen Finger krochen auf seiner Haut herum und rupften an seiner Kleidung. Dann, er kann sich noch genau an den Moment erinnern, schnellte ihre kleine Zunge aus diesem Mund hervor, und überall an seinem Körper war diese lauwarme, rauhe Zungenspitze. Ihre Hände haben seine braune, glatte Haut geknetet, massiert und gerieben. Schließlich hat sie ihn gefragt, ob er mit ihr schlafen wolle. Er hat etwas monoton »ja« gesagt und sich gewundert, warum sie ihn das überhaupt noch fragte. Doch dann sprudelte sie hervor: Ihr Ex-Freund, nein, ihr Verlobter, den sie heiraten wollte, er war so intelligent, er hat Theaterstücke und Hörspiele geschrieben, so einen Mann würde sie bestimmt nie wieder kennenlernen, also Lutz war vor zwei Jahren in der Wohnung seiner Eltern ums Leben gekommen. Verbrannt. Weil er eine Zigarette, die er nicht richtig ausgedrückt hatte, auf dem Wohnzimmertisch liegenließ. Sie und seine Eltern waren auf einem längeren Abendspaziergang gewesen und so den Flammen entronnen.

Während Marion ihm das alles erzählte, deckte sie ihn, nachdem sie ihn ausgezogen hatte, mit Blättern zu, damit ihm nicht so kalt war.

»Bitte!« Marion sieht ihn jetzt beschwörend an.

»Du kannst nicht weggehen, das kannst du mir nicht antun, du mußt jetzt meine Zigaretten mit mir aus den Aschenbechern nehmen und jede einzeln unter kaltes Wasser halten, ja? Kapierst du? Du wirfst die Kippen danach nicht sofort in den Abfall, das sind Plastiktüten, das ist alles hochbrennbar, begreifst du? Du legst sie erst einmal zurück in die Aschenbecher!« Sie heftet ihren Blick auf ihn, und ihre winzigen Pupillen ziehen sich zusammen.

»Und du kannst nicht eine halbe Stunde einfach keine Zigarette rauchen, und ich fahr mit dem Rad noch mal kurz ans Meer? Ich versprech dir, ich bin in einer halben Stunde zurück. Allein nachts am Meer, das stell ich mir …«

»Das hast du doch schon heute nachmittag gesehen! Sei nicht kindisch. Außerdem weißt du, daß ich abends, wenn ich lese, immer rauche! Bitte, laß uns jetzt nach den Aschenbechern gucken und alle Kippen noch mal vorsichtshalber unter kaltes Wasser halten. Aber denk dran: *nicht* in den normalen Abfall in die Plastiktüten, sondern erst einmal zurück in die Aschenbecher, und bitte paß auf, daß keine Kippe über den Rand eines Aschenbechers ragt und vielleicht doch noch auf die Tischdecke fällt.«

Marion greift nach Jasons Hand, nicht ohne vorher kurz die Innenseite seines Oberschenkels gestreichelt zu haben, als würde er ihr dann zwangsläufig hinterherlaufen, und schließt die Haustür wieder. Sofort huscht sie zu dem großen Tisch, nimmt drei der randvollen Aschenbecher und geht damit zur Spüle. Sie und Jason halten abwechselnd eine Kippe nach der anderen unter das kalte, spritzende Wasser. Zwischendurch zündet sich Marion eine neue Zigarette an.

Jason rückt etwas weiter weg von ihr. Dann gleitet seine rechte braune Hand einen Moment unter sein Hemd und streichelt seinen glatten, schmalen Bauch.

Draußen tobt der Wind ums Haus, und Jason beginnt unruhig in der Küche hin und her zu laufen. Fast wäre ihm ein Aschenbecher aus der Hand geglitten. Er weiß, daß es sinnlos ist, dieses Thema noch einmal anzuschneiden, trotzdem fragt er leichthin: »Die Osterfeuer morgen ... wenn wir schon mal hier auf dem Land sind ... schauen wir nur mal kurz vorbei?«

Marion ringt die Hände: »Was willst du da? Ein paar brennende Holzscheite, willst du mit großen Augen davorstehen oder was? Du versprichst dir viel zu viel davon!«

»Ach, ich stell mir das schon toll vor, so überall auf dem Land diese brennenden Scheiterhaufen ...«

»Holzscheite, nicht Scheiterhaufen!«

»Na gut, Holzscheite. Viele Menschen stehen in der

Kälte nah am Feuer ... ich kann halt so total wegdriften, wenn ich ins Feuer schaue ... keine Flamme ist wie die andere ...!« Er sieht sie hoffnungsvoll an.

»Hör zu, ich kann jeden Tag in die Flamme meines Feuerzeugs starren, wenn mich das befriedigen sollte! Aber du vergißt auch, daß mein Verhältnis zu Feuer nicht das Ungetrübteste ist! Und dafür lasse ich mir auf keinen Fall ›A Taste of Salt‹ entgehen, es soll eine hervorragende Inszenierung sein, das Bühnenbild ...«

»Na, dann machen wir's halt so«, unterbricht Jason sie, da er die Beschreibung des Bühnenbilds noch vom ersten Abend gut in Erinnerung hat. »Du fährst mit dem Bus oder Zug von hier nach Bremen, und ich gucke mir die Oster...«

»Du weißt, daß ich abends nicht alleine als Frau, und das Stück geht bis Viertel vor elf, in einem öffentlichen Verkehrsmittel zubringe – zumal, wenn theoretisch Begleitung vorhanden ist!« Marion läßt eine tropfende Kippe in einen der Aschenbecher sinken und sieht Jason durchdringend an.

»Bestimmt ...«, versucht er es ein letztes Mal, ihre Einwände ignorierend, »sind da morgen viele Leute und ein Fest, vielleicht kann man tanzen ...«

»Willst du was vortanzen oder was?«

Marion grinst kurz, wobei sich ihre Unterlippe etwas nach unten wölbt, so daß zwei, drei gelbe Zahnhälse sichtbar werden. Jason wendet sich ab und schaut aus dem Fenster, in seiner Hand eine nasse Kippe.

»Hier hinein!« ruft Marion.

Er läßt die Kippe auf den Boden fallen und öffnet das Fenster. Herrliche frische Luft umflutet ihn.

»Bist du wahnsinnig? Spinnst du? Du kannst doch nicht die Kippe ...« Marion ist fassungslos. Dann, ohne ein weiteres Wort zu verlieren, bückt sie sich, hebt die Kippe auf und legt sie in einen der Aschenbecher im Spülbecken.

»Irgendwann mußt du doch mal die Aschenbecher leeren, bevor deine Eltern wiederkommen«, meint Jason.

»Ja, morgen früh, wenn sie ganz ausgekühlt sind.«

Jason sagt nichts. Er ärgert sich über ihre Bemerkung, ob er morgen abend anderen Leuten »etwas vortanzen« wolle. Er ist schließlich Tänzer, nur leider hat er sich mit seiner letzten Company gerade überworfen. Am Anfang hat Marion ihn gelobt, daß er »etwas Kreatives« mache, seinem Körper scheine das sehr gut zu bekommen, bemerkte sie, kurz bevor sie das erste Mal miteinander geschlafen haben, und sie hat ihn, als sie dies sagte, so seltsam angeschaut, unsicher und herablassend zugleich: ein Gesichtsausdruck, der sich ihm eingeprägt hat.

»Ich bin müde, ich gehe rüber und schlafe!« verkündet Marion jetzt. Es ist für ihre Verhältnisse wirklich schon spät. Sie ist ein Morgenmensch. Während er noch wohlig im Halbschlaf liegt, hört er bereits das Klappern der Kaffeemaschine und ihrer Armreifen.

Heute ist Ostern. Seine Eltern würden später mit Lisa und Petra und den drei Enkeln im Garten spielen. Abends würden viele Gäste kommen, einige würden tanzen, und wenn er etwas vortanzen wollte, würde man sich freuen und nicht jammern, daß man statt dessen etwas im Theater verpasse! Es müßte doch toll sein, einen langen Spaziergang am Meer zu machen und später am Feuer das kalte Gesicht, die rotgefrorenen Finger wieder zu wärmen. Warum ist Marion bloß so unromantisch?

Jason hört ein kurzes, letztes Klappern und Keuchen aus dem Gästezimmer im ersten Stock und sieht, wie das Licht ausgeknipst wird. Er streckt die Arme aus und atmet erst einmal tief durch. Dann öffnet er die anderen beiden großen Fenster. Er stützt die Ellbogen auf das Fensterbrett und schaut hinaus in die Dunkelheit. Wieder muß er an seine erste Nacht mit Marion am Teufelssee denken: Seitdem hat sie sich an seine Fersen geheftet, sein Leben mit ihren zittrigen Händen dirigiert und in einen blauen Dunst gelegt und irgend etwas in ihm, das neugierig und lebendig ist, langsam narkotisiert. Anfangs hat er sich eingeredet, daß er Mitleid mit ihr hat ... der schreckliche Tod ihres Verlobten, ihr verzweifelter Kampf seitdem, sich das Rauchen abzugewöhnen ... Oder sind es auch einfach praktische Erwägungen gewesen? Die Tatsache, daß sie seine Miete bezahlt, seine Tanzkurse, seine Kostüme, sein Moped, sein Essen, seine Telephonrechnung, im Grunde genommen, abgesehen von dem wenigen Geld, das er als Aktmodell verdient, alles? Oder sind es ihre seltsame, spröde Anschmiegsamkeit, ihre zuckenden Finger auf seinen Pobacken? Seine Freunde können das alles überhaupt nicht nachvollziehen und sind froh, wenn sie ihn alleine treffen. Ihnen gegenüber nennt er sie eine Spinne, Gottesanbeterin, Heuschrecke, und jetzt könnte man auch noch Fledermaus hinzufügen. Er verabscheut sie, er haßt ihre kleinen schwarzen Schnürstiefel und kann ihren Körpergeruch wochenlang nicht ertragen, und dennoch ist sein Leben sinnlos ohne sie. Sie ist der gerade Rücken, die sehnige Hand, der kleine schwarze Fixpunkt in seinem Kopf, die Ratte, die Fledermaus, die sich in seinem Leben festgebissen hat, die sein Leben davor bewahrt, in zusammenhanglose Episoden zu zerfallen. Sie ist der schwarze Felsen, an dem er sich die Zähne ausbeißen kann, im Gegensatz zu allen anderen Frauen, die weich in seinem Bett gelegen haben und wie Watte an ihm vorbei und fort geglitten sind.

Heute ist Ostern.

Er leert ein paar der mit Wasser und Zigarettenkippen gefüllten Aschenbecher in den Papierkorb, dann läuft er ein bißchen im Haus herum. Hinten liegt das Schlafzimmer von Marions Eltern, in das er bis jetzt nur einmal verstohlen hineingeschaut hat. Vorsichtig tritt er ein. Weicher weißer Teppich. Ein riesiger rotbrauner Schrank. Das Ganze erinnert an ein besseres Hotelzimmer.

Jason geht zurück auf den Flur. Links an der Wand über einer mit Eisenbeschlägen versehenen Holztruhe hängt eine Reproduktion von Dürers »Betenden Händen«. Jason tritt näher heran: Ein Paar alte, häßliche, zerfurchte Hände ist demütig gefaltet. Das Christentum. Immer leiden, arbeiten, sich quälen! Warum nicht einfach ... ums Feuer tanzen?

Er läuft auf Zehenspitzen am Gästezimmer vorbei, aus dem Marions kurze, abgehackte Atemzüge zu hören sind. Nach ein Uhr beginnt er aufzuleben. Jetzt kann er endlich tun, wozu er Lust hat. Zum Beispiel Steptanzen, wenn er es nicht zu laut macht. Vergnügt hüpft er zurück ins Wohnzimmer. Jetzt ist schon etwas bessere Luft hier. Er leert einen weiteren Aschenbecher in den Abfalleimer. Dann geht er zu dem Holztisch, auf dem Marions »Zeit« ausgebreitet herumliegt, und will den nächsten Aschenbecher leeren. In dem eckigen Glasaschenbecher liegt eine Zigarette, die nicht unter Wasser gehalten wurde. Er befühlt sie. Sie ist schön säuberlich ausgedrückt worden.

Jason nimmt die Zigarette zwischen zwei Finger, riecht daran. Wie einem so etwas schmecken kann. Jason starrt auf den Zigarettenstummel. Marion liebt ihn, weil er nicht raucht, weil er so gesund ist. Er ist einer der wenigen nicht rauchenden Männer, die sie nach Lutz' Tod kennengelernt hat, und er weiß, sie wünscht sich, daß er ihr hilft, dieses Laster endlich loszuwerden. Sie liebt mich also proportional dazu, wie sie ihr Laster haßt; und doch haßt sie mich, wenn ich morgens nicht in aller Frühe aufspringe und ihr Zigaretten hole, überlegt Jason.

Er legt die Zigarette zurück auf den Rand des Aschenbechers. Dann hebt er sie wieder auf. Er bleibt sitzen. Seine Hand schließt sich um das glänzende Feuerzeug, er läßt die Flamme hervorspringen und zündet die Zigarette an.

Heute ist Ostern.

Er läßt die Zigarette auf die Tischdecke sinken und

brennt ein Loch hinein. Ein zweites, größeres. Die Tischdecke brennt. Die Zeitung brennt, die Papierservietten, der Korbstuhl brennt, der Teppich, die getrockneten Blumen fangen Feuer. Leichtfüßig hüpft Jason hinauf in den ersten Stock, zündet den Teppich an, er tanzt in das Schlafzimmer ihrer Eltern, zündet die Kopfkissen an, das Laken, eine weiße Bluse auf der Stuhllehne. Dann die Gardinen, die Fußabtreter im Bad, den Duschvorhang, die Handtücher.

Jason springt die Treppe wieder hinunter, schwer atmend, der Qualm schlägt ihm ins Gesicht, Asche fällt auf seine Hände. Er stürzt zur Haustür. Draußen holt er ein paarmal tief Luft, dann schaut er zu dem brennenden Haus. Das Feuer: Es knistert, es tobt, es verändert sich immer wieder, keine Flamme gleicht der anderen. Und irgendwo darin verkohlen jetzt Marions Spinnenbeine, Spinnenarme.

Er hört kein Schreien, keine Stimme. Sie ist bestimmt gleich am Rauch erstickt, denkt Jason. Verdächtigen wird man ihn nicht; alle Welt wird denken, daß sie das gleiche tragische Schicksal wie ihr Verlobter erlitten hat oder sogar aus Unglück über seinen Tod einen Selbstmord inszeniert hat. Und man wird ihn, Jason, zutiefst bedauern und froh sein, daß er mit dem Leben davongekommen ist.

Jason starrt in das Feuer: Unruhig flackert es in den Fenstern, eine Scheibe im ersten Stock zerspringt. Flammen, hellgelb, hellrot, tiefrot, schießen bis an die Dachrinne. Der Wind beschleunigt das Ganze.

Jason nimmt das Leihfahrrad, das neben der Garage steht. Er spürt noch den süßen Geschmack der Pfannkuchen unter seiner Zunge. Vor ihm liegt das Meer: blau und mit algenüberwachsenen grünen Steinen in der Brandung. Schön und sinnlos, einfach berauschend. Er rast über das kurzgeschnittene Gras den Deich hinunter, er streckt die Arme aus, er fährt freihändig. Süchtig atmet er die kalte, frische Seeluft ein.

Veo

Es wird nicht nur »ein Stündchen« dauern, das weiß doch jeder. Richtig einkaufen zu gehen ist eine höchst komplizierte Sache. Olivius will mich überreden mitzukommen, dabei drängt mich eigentlich noch ein Termin zur Vorsorgeuntersuchung. Olivius und ich mailen uns seit drei Monaten zweimal die Woche. Gesehen haben wir einander nur einmal, auf einer virtuellen Party in Jim »Taucher« Wests Unterwasserbar. Ich schüttele den Kopf, dann maile ich Olivius, daß ich doch lieber online bestelle, anstatt leiblich im »KaDeNo«, im Kaufhaus des Nordens, aufzureiten.

Am nächsten Morgen habe ich immer noch keine Antwort von Olivius. Aber meine Freundin Estefanie hat eine interessante Neuigkeit für mich: Vor fünf Tagen hat sie gesehen, wie Olivius vor dem virtuellen Fernwehturm eine Frau *geküßt* hat.

Wußte ich es doch. Wußte ich es doch, daß er so ein klebriger Ururalthippie ist. So ein Kindskopf, der immer alles anfassen, ablecken muß. Der einfach nicht erwachsen werden will. Seinen distinguierten Namen hat er sich nur zur Tarnung zugelegt. Damit er nicht eingebuchtet wird. Auf das »Ineinanderstecken und Aneinanderreiben von Körpern, verbunden mit dem Austausch von Körperflüssigkeiten (liquida corporis)«, steht die Erblindungsstrafe, wie das oberste Nordhalbkugelgericht entschied. Das ist schlimmer als die Todesstrafe. Nichts sehen zu können bedeutet, nichts erleben zu können. Die Verurteilten werden in eine Röhre gesteckt, die an die Computertomographiegeräte der allerersten Generation erinnern, dann öffnet sich ein Sehschlitz, und gleißendes Laserlicht läßt den- oder diejenige erblinden.

Danach kann man nur noch in einer Anstalt für Primär-Geschädigte vor sich hinvegemenschen. Primär-Geschädigte sind Menschen, die von dem pathologischen Wunsch (diesen beschrieb Siegfried Trauer zu Beginn des einundzwanzigsten Jahrhunderts eingehend und wurde dafür mit dem damals noch vergebenen Nobelpreis ausgezeichnet) besessen sind, Gegenstände, also auch Körper, anfassen zu wollen. Diese Kranken fallen dadurch auf, daß sie zum Beispiel nicht Online-shoppen, sondern an sogenannten »Grabbeltischen« (schreckliches Wort), die, obwohl streng verboten, immer noch manchmal anzutreffen sind, alles wie kleine Kinder anrühren müssen. Ihnen sind ihre *Hände*, das wohl häßlichste menschliche Körperteil, nicht peinlich. Dagegen gehen sie mit ihren Augen oft schludrig um, verzichten sogar auf die üblichen zwei, drei Zentimeter dicken neonfarbenen oder silbernen Ringe, die sich alle halbwegs modebewußten Menschen seit ein paar Jahren um die Augen malen.

Die traurigsten Fälle der Primär-Geschädigten sind jedoch die, die alles in den *Mund* nehmen müssen. Modebewußte Menschen tragen heute *Mund*schutz. Zahnanlagen läßt man sich als Säugling herausoperieren, sie sind schließlich überflüssig. Wie die Leute im zwanzigsten Jahrhundert noch aussahen! Mit diesen dicken *Zähnen* und fleischigen, abstoßenden Lippen! Die meisten Menschen bestellen ihre Kinder heute mit 2/3-Lippen, man könnte auch sagen: 0815-Lippen. Also Oberlippe 2 Millimeter, Unterlippe 3. Das ist so Standard geworden. *Münder* sind sehr in Verruf geraten, überflüssig, da das Spritzen von Nährwertstoffen direkt ins Blut (subkutan) eh den herkömmlichen Magen-Darm-Weg (besser gesagt: Umweg) abgelöst hat. Natürlich kann man in einer Notlage, wenn man gerade keine Spritze findet oder unter Hypervitaminisierung des Bluts leidet, auch mal eine Tablette schlucken – insofern ist ein sehr kleiner *Mund* noch ganz praktisch.

Quasseln, quatschen, labern, reden? Ein Problem aus früheren Zeiten. »Informationszeitalter« hieß das damals. Heute ist das Interesse an allem und jedem wieder gesunken – die Leute waren es irgendwann leid, sich mit Daten und Fakten über Bakterien in Grönland, Schadstoffe in der Troposphäre, Klavierkonzerte auf Honolulu, Variationen des S/M-Sex (eine Mode Ende des zwanzigsten Jahrhunderts, als die *Sexualität* vor ihrem endgültigen Verschwinden noch einmal so richtig zelebriert wurde – Stichworte für die Epoche: Aids, Madonna, Fall der sogenannten »Mauer« in Deutschland, Claudia Schiffer, Tschernobyl) und anderen Krempel zutexten zu lassen.

Heutzutage beläßt man es bei knappen Aussagen, Aussagen so knapp wie die Röcke vor 120 Jahren, eine komische Zeit muß das gewesen sein mit durch Haschzigaretten überstimuliertem *Mund*, affenlangen *Haaren* und der Entdeckung der ersten Pille, schlicht »die Pille« genannt; offenbar gab es in dieser Zeit noch keine Kopfschmerzmittel, für die Verhütung mußte zuerst etwas gefunden werden! (Weitere Stichworte zu dieser Epoche: Beatles, Mond, John F. Kennedy, Frauen-Bewegung)

Olivius. Jetzt habe ich, was mir ewig nicht mehr passiert ist, einen langen Monolog gehalten, anstatt weiter über Olivius zu berichten. Olivius hat mir nämlich zurückgemailt, in ansprechend kurzen Zeilen, daß er meine Augen gerne mal richtig sehen würde. Ich habe meine letzten Paßfotoaugen eingescannt und ihm geschickt. Estefanie wird das nicht verstehen, aber wer weiß, ob das mit dem *Kuß* wirklich stimmt, es werden so viele Verleumdungsbilder gemacht, nur um Leuten *Mund*- oder *Hand*nachlässigkeit (so die juristische Formulierung) nachweisen zu können. Von mir selbst hat es vor einem Jahr Fotos gegeben, auf denen ich angeblich *Oralverkehr* mit einem Südhalbkugler ausübe. Ich bekam sehr viel Geld als Entschädigung. Genug, um mir eine aufwendige *Lippen*verkleinerungsoperation leisten zu können. Ich bin eben noch kein 2/3-Kind. Das Schicksal der Zufrühgeborenen. So gerne ich meine Eltern mag, aber schön sind sie wirklich nicht, mit ihren *Lippen* so dick wie eine Frühstücksspritze. Ich schweige mich lieber darüber aus, was meine Großmutter noch für Ideen hatte. Die hat sich nämlich jeden Tag die feisten *Hände* anderer Leute in den Schoß legen lassen und sich das schmutzige Linienwirrwarr darin angeguckt. Meine Großmutter ist die einzige in meinem »adhäsiven Verbund«, sie sagte dazu noch »Familie«, die keine hundert Jahre alt geworden ist. Sie hat sich einfach geweigert, den zellulären Alterungsprozeß durch tägliche VIDATARD-Spritzen (die nun wirklich erprobt und lange im Umlauf sind) zu verzögern. An Kürbissuppe und Brokkoli hat sie geglaubt – und ist nur siebenundneunzig geworden. Sie hätte ab dem fünfundachtzigsten Lebensjahr mit VIDATARD anfangen müssen, dann, so sagt Dr. Rehr, hätte sie gut und gerne hundert werden können. Aber ihr reichten siebenundneunzig Jahre. Kann man, frage ich, kann man das verstehen?

Da ... da ist eine neue Mail gekommen, von Veo! Erschrocken fahre ich zusammen, der Lippen-Abdeckstift fällt mir aus der Hand. Dann lese ich:

»Hallo, Klara, gestern ›Light-Ray‹ gesehen, an dich gedacht, heute Konferenz, Herbstprogramm, morgen 21.00 Uhr zusammen in Tonis Himmelbar?«

Mir wird warm. Mir wird lauwarm. Ich fühle mich wie eine leere, aufnahmebereite, hingebungsvolle Diskette. Plana rasa. Wenn Veo und ich Kontakt aufnehmen, dann weiß ich immer, daß ich in ihn verguckt bin. Einmal habe ich ihm schon schreiben wollen »Ich gucke Dich«, aber das brachte ich dann doch nicht über die Augen.

Doch wenn ich alleine bin, weiß ich, daß ich mir nichts

vormachen kann. Veo ist der einzige Mann, bei dem ich ohne Probleme zu meiner Migräne kommen kann. Dieses Zucken im Kopf. Das Reißen an den Augen von hinten, von unten, von der Seite. Man verliert den Verstand, es hüpfen nur noch bunte Zickzack-Muster vor den Augen, absolute Ekstase, und danach die wohlige Erschöpfung. Am schönsten ist es, wenn man merkt, daß der andere auch gerade eine Migräne-Attacke bekommt. Man starrt sich an, immer rascher schlagen die Lider, und dann – paradoxerweise in dem Moment des intensivsten Sehvergnügens – wird das Sehen ausgelöscht – von bunten Farbbändern und diesem stechschrittartigen Hämmern im Kopf. Simultan-Migräne, ja, das habe ich mit Veo schon zweimal erlebt, einmal in einer schummerigen Ecke auf einer Virtu-Party und einmal – ohne Quatsch – beim Augenarzt, als wir beide an unseren jeweiligen Bildschirmen darüber lachen mußten, daß der Arzt lieber echte Blumen als Plastikpflanzen in seiner Praxis haben wollte. Wer wird das je bemerken?

Wir kicherten, lachten, was man an der veränderten Augenform erkennt (Veo trägt wie ich eine modische breitkrempige *Mund*bedeckung mit witzigen Applikationen), und gerieten bald in Guck-Ekstase, und pars pro toto, Veo war nur noch Augen, riesige Augen, die silbernen Ränder um seine Augen verschmolzen mit dem Zickzack-Muster vor meinen inneren Augen, ein einziges ekstatisches Zukken.

Veos Bild hat sich in mein Hirn eingezeichnet. Für immer. Ich bin so eine verrückte Romantikerin. Im Grunde meiner Augen. Veo trägt immer weiße Satinis, seine *Hände* in rosafarbenen Schützern von »Manus-Protector« verborgen. Im übrigen sind seine *Hände* klein und zart.

Sofort maile ich zurück, schlage als Treffpunkt die hippste der hippen Virtu-Bars, die flamingofarbene Lichtstele, vor. Fünf Minuten später erhalte ich Antwort, ein einziges Wort: »Gut«

Gut. Gut, daß ich mich nicht mit diesem Olivius verabredet habe, meine Energien damit verschwendet habe, mir die *Füße* auf dem Asphalt plattzutreten, um in diesem ordinären Kaufhaus des Nordens Käsehäppchen und Lachs zu mir zu nehmen! Dieser Althippie. Der hätte mir vielleicht noch seine *Hand* auf meinen Satini gelegt. Das hätte mir echt die Augen zugeschnürt. Ist mir ganz egal, ob das mit dem *Kuß* stimmt oder nicht, Leute, die einen leibhaftig sehen und Käsehäppchen essen wollen, sind animalische *Schweine* – Eigenschaften wie Phantasie, Sublimierung, Abstrahierung, Reduktion und Konzeptionalisierung sind ihnen abhanden gekommen, da können sie noch so dicke *Hand*bedeckungen tragen (Olivius: Baumwoll*hand*schützer!!), sie können es nicht verbergen.

Morgen werde ich Veo sehen. Morgen wird Veo mich sehen. Schöne klare Sätze. Gut. »Gut«, hat er gemailt. Mein Lidschlag erhöht sich immer, wenn ich ihn anschaue. Zittrige Pupillen – eindeutiges Indiz der Vergucktheit. »Ich bin von Ober- bis Unterlid auf Liebe eingestellt«, dieses Schlager-Remix geht mir nicht mehr aus dem Kopf. Ein echter Kopfwurm. Ich male mir den weiteren Verlauf des Abends aus. Veo wird mir eine »Glas« anstecken, diese neue durchsichtige Zigarette aus der Hauptstadt der Nordhalbkugel, aus Toronto, die werden wir gemeinsam inhalieren, Duft, Rauch, Wolken, Schwebezustand ... wir werden nur noch Augen und Atem sein ... ich bin verguckt, so verguckt.

Trinken, das hat man sich abgewöhnt, dieses Schlürfen und Schmatzen, da macht man auf das abstoßendste Körperteil aufmerksam, das ist nicht sehr guckig, flirtig.

Veo und Olivius. Der eine sieht aus wie ein guter Biologe, der andere wie ein schlechter Musiker. Der eine hat schöne große Augen und einen kleinen, unauffälligen *Mund*, der andere schminkt sich nicht mal ein kleines bißchen, hat aber, muß man der Ehrlichkeit halber sagen, auch einen kleinen *Mund*, der so hautfarben ist, daß seine Nachlässigkeit im Umgang mit dem Abdeckstift nicht weiter auffällt. Wegen der Verrutschungsgefahr der *Mund*-schützer trägt jeder Erwachsene heutzutage (Kinder vergessen es noch oft) unter den Mundschützern *Lippen*-Abdeckstift.

Und beide sind verguckt in mich. Nein, Olivius ist verschwitzt in mich, dieser Alt-1968er, an dem sogar die unglaubliche Renaissance der katholischen Kirche in den »Purpurnen Zwanzigern« spurlos vorbeigegangen sein muß. Sein Alter läßt sich sehr schwer schätzen, und so was fragt man nicht, möchte man doch nicht den Eindruck erwecken, jemand wirke wie ein unreifes Kreatürchen aus dem zwanzigsten Jahrhundert, den Kopf voller *Liebe*, *Haut*, *Hand* und *Mund*. Je jünger die Menschen, desto reifer heutzutage. Die Alten? Emotionsbündel, launisch, unstet, verplappert, haptisch (kognitive Dysfunktion).

Einmal hat so eine Alte, als ich mich nach der Trennung von Fabricius, von einem Sonnenstrahl unwiderstehlich angelockt, auf die Straße verirrt hatte, das Wort an mich gerichtet, ohne *Mund*schutz, riesige, weiße, gerade Zähne, auf die sie auch noch stolz zu sein schien, und sie sagte: »Frau Klara Grund, bei Ihnen brennt Tag und Nacht das gleiche Licht, sie müssen ein sehr uninteressantes Leben führen!«

Dann kicherte die Alte laut und rauh, schleppte sich wieder auf ihre Bordsteinkante, legte die derben Hände mit der aufgesprungenen, rissigen *Haut* in ihren Schoß. Ein meckerndes Kichern, das ich nicht vergessen kann – ob seiner Vulgarität versteht sich.

Es ist schon 20.30 Uhr, es wird Zeit, mich zu schminken. Früher haben die armen Frauen sich noch immer ewig geduscht, ihre *Haut* mit allerlei überflüssigen Duftwässerchen (»Parfüms« hießen die, glaube ich – ich habe eine sehr gute Allgemeinbildung) beträufelt. Und damals gab es keinen Abdeckstift für die Lippen, sondern man benutzte im Gegenteil, ich konnte es meiner Großmutter kaum glauben, knallroten, rosafarbenen oder rot-orangenen Lippenstift! Die *Zähne* ließ man sich nicht ziehen, sondern richten! Und um die Augen wurde höchstens ein bißchen schimmernder Puder verteilt, ein millimeterkleiner Lidstrich gemalt. Seltsame Zeiten ... Ich rasiere mir absolut routiniert die Kopfmembran, dann ziehe ich den neuen schneeflockenfarbenen Satini an und klicke mich in die Himmelbar – Veo ist schon da. Wie er dasitzt, im cremefarbenen Satini, passende *Hand*schützer, die Augen silbern umrandet. Mir ist lauwarm, ich fühle mich leer, herrlich leer und leicht, wie eine unformatierte Diskette. Veo befreit mich von mir selber. Flüstert mir mit Cäsar, dem hellsichtigen Staatsmann von Anno dazumal, in die Ritzen zwischen den Wimpern: »Ich kam, sah und siegte.« Selbstbewußt ist er schon, mein Veo. Seine geflügelten, knappen Worte. Ein Flügelschlag, ein Wimpernschlag, ein Wort zwischen unseren Augen zwitschert, blinkt, himmelt ab.

Früher, ganz früher haben Männer in Frauen etwas hineingegeben, sie angefüllt, wie nässende Kinder – etwas Glitschiges im Moment eines äußersten Kontrollverlusts in ihnen hinterlassen – keinen Diamant, kein funkelndes Silber, nur eine zähe, stinkende Flüssigkeit. Heute nimmt man etwas fort, erleichtert, ENTSUBSTANTUIERT – natürlich im übertragenen Sinne, Veo entreißt mir ja schließlich nichts, er entgleitet, verhimmelt und vielguckt mich nur. Da bleibt das Licht nachts natürlich an – das hätte ich der häßlichen Alten damals sagen sollen, anstatt mir verwirrt auf die *Zunge* zu beißen!

Dank
für die vielen Anregungen und Gespräche an Franz Stintz, Nina Petrick, Ulrich Reuther, Nadja Gyr, Daniel Dückers, Frank Sandschulte, Bodo Mrozek, Marai Ahmia, Gabi Freudenmann, Karin Graf, Heinke Hager und Angela Drescher

Tanja Dückers

Spielzone

Roman

207 Seiten
Band 1694
ISBN 3-7466-1694-8

Ein rasanter Patchwork-Roman über das Szeneleben in Berlin zwischen Eventhunting, Hipness, Überdruß und der Hoffnung auf so etwas Altmodisches wie Liebe.

»Aus einem Augenwinkel sehe ich noch, wie die beiden in ihrer über und über mit blauen Plastikblumen dekorierten Badewanne liegen, Kiwis löffeln und ihre Zungen über ihre Körper gleiten lassen. Müssen sie denn nie einmal Dinge tun, wie den Müll runtertragen oder Schuhcreme kaufen?«

AtV

Aufbau Taschenbuch Verlag